U0449321

三岛由纪夫

奔马

张林 译
文洁若 序

重庆出版集团 重庆出版社

图书在版编目（CIP）数据

奔马 /（日）三岛由纪夫 著；张林 译. —重庆：重庆出版社，2015.5
ISBN 978-7-229-09527-7

Ⅰ.①奔… Ⅱ.①三… ②张… Ⅲ.①长篇小说—日本—现代 Ⅳ.①I313.45

中国版本图书馆CIP数据核字（2015）第039817号

奔马
BEN MA

[日] 三岛由纪夫 著
张 林 译

策　　划：	华章同人
出版监制：	陈建军
策划编辑：	游晓青
责任编辑：	王春霞
责任印制：	杨　宁
营销编辑：	刘　菲
装帧设计：	周伟伟

重庆出版集团
重庆出版社　出版

（重庆市南岸区南滨路162号1幢）

投稿邮箱：**bjhztr@vip.163.com**

北京联兴盛业印刷股份有限公司　印刷
重庆出版集团图书发行有限公司　发行
邮购电话：010-85869375/76转810

重庆出版社天猫旗舰店
cqcbs.tmall.com

全国新华书店经销

开本：850mm×1168mm　1/32　印张：12.25　字数：263千
2015年5月第1版　2022年10月第6次印刷
定价：49.80元

如有印装质量问题，请致电023-61520678

版权所有，侵权必究

序

文洁若

三岛由纪夫是日本当代著名小说家、戏剧家。他于一九二五年生在东京,原名平冈公威。其祖父曾任桦太(即库页岛)厅长官,父亲曾任日本农林省水产局局长。他的童年和少年时代是和祖母一起度过的。祖母夏子出身名门,经常带他去看能乐和歌舞伎的演出。后来他之所以能写出日本古典戏曲《近代能乐集》(1956),并在《春雪》(1965)中反映没落贵族的思想感情,是和这位祖母的熏陶分不开的。他六岁入学习院初等科,十二岁升中等科,一九三八年,在学习院《辅仁会杂志》上发表第一部短篇小说《酸模》。他是个早熟的作家,十六岁时,即以三岛由纪夫的笔名在《文艺文化》(1941年9月至12月)上连载中篇小说《花儿怒放的森林》。一九四四年他毕业于学习院高等科,由于成绩名列前茅,天皇奖赏他银表一块,同年十月入东京帝国大学法学部,次年二月应征入伍,但因军医检查有误,当天就被遣送回乡。

一九四六年六月，经前辈作家川端康成的推荐，三岛在《人间》杂志上发表小说《烟草》，遂登上文坛，转年十一月大学毕业，就职于大藏省银行局，不出一年就辞职，专门从事创作。他著有二十一部长篇小说，八十余篇短篇小说，三十三部剧本，以及大量散文，其中有不少曾被译成欧美多种文字。他曾两次被提名为诺贝尔文学奖候选人。作品有十部被改编成电影，三十六部被搬上舞台，七部得过各种文学奖。影片《忧国》是他根据自己的小说自编、自导、自演的，上映后，创造了当时最高票房收入的新纪录，并在一九六五年的"图尔短篇电影节"上获第二名。在这部影片中，主人公年轻军官武山因不愿奉命去讨伐"二二六事件"[1]中的叛军而剖腹自杀，新婚的妻子也陪他自刃而死。

二二六事件对三岛的影响是强烈的。他曾写道："二二六事件的挫折确实使一位伟大的神死去了，当时我是个年仅十一岁的少年，只是朦朦胧胧地觉察到这一点。然而在十二岁的多感年龄迎接战败之际，我意识到当时的神的死亡这一可怕残酷的实感，与十一岁的少年时代所觉察到的，似乎息息相关。"[2]

三岛对战后日本的现实十分不满。他感到"照此下去，日本的文化、传统，将从意识上被破坏"，"应该考虑发动一次昭

---

[1] "二二六事件"是发生于一九三六年二月二十六日的日本法西斯军人武装政变事件，企图成立军人政府，建立军事独裁。由于军阀集团内讧，政变于二十九日被平息。但其后执政的广田内阁使日本进一步法西斯化。

[2] 见《英灵之声》中所收《二二六事件和我》，河出书房一九六六年版。三岛曾说，他在两件事上对裕仁天皇感到不满：一是天皇下令镇压二二六事件，二是一九四六年一月一日天皇发表了《凡人宣言诏书》，否定了天皇的神性。

和维新"。一九六七年和一九六八年,他曾率领三十多名右派学生去自卫队受训,并以"三岛小队"为基础,成立了由一百来名"私兵"组成的"盾会",自任队长。一九七〇年十一月,在东京举办了"三岛由纪夫展",这个由照片组成的展览是三岛亲自安排布置的。展览结束后,他于二十五日率领"盾会"的四名会员,占领了离东京闹市不远的自卫队驻屯地的总监室,从阳台上向一千名自卫队队员发表演说,企图煽动自卫队哗变。因无人响应,他按照日本传统方式剖腹自杀。

三岛在预先写好并广为散发的《檄文》(原载《产经新闻》1970年11月26日)的最后部分写道:"我们要使日本恢复日本的本来面目,然后死去……我们是由于深深期望具有非常纯粹的灵魂的各位作为一个男子汉,一个真正的武士而醒悟,才采取这一行动的。"

此事曾在日本国内外引起巨大震动。法国女作家玛格丽特·尤斯纳在《三岛或空虚的幻影》[1]一书中说:"倘若有一日反动的国家主义革命在日本取得胜利,哪怕是暂时的,'盾会'必将成为其开山鼻祖。"[2] 小说家井上光晴在《未能发表的〈三岛由纪夫之死〉和〈何谓保卫国家〉》一文中写道:"不管怎样看,三岛由纪夫的自杀也是污浊的。太平洋战争末期,我们曾陪一位朋友——即将出击的特攻队员坐了几个小时。我无论如何也忘

---

[1] 玛格丽特·尤斯纳(1903—1987),法国小说家、散文家、戏剧家、诗人。一九八〇年当选为法兰西学院院士,是获得这项荣誉的第一位妇女。《三岛或空虚的幻影》一书于一九八〇年由葛利玛尔出版社出版。
[2] 引自涩泽龙彦的日译本,第八十三页,河出书房一九八二年版。

不掉他那副语无伦次的样子，苍白的脸抽搐着，嘴唇发干。把以精心布置的舞台为背景而剖腹的三岛由纪夫，同那在'保卫天皇'的吆喝声中被迫充当炮灰的青年这两者之死相比较，我感到极其焦躁和迷惘。我不得不联想到'为了天皇陛下'而在战争中被杀死的成千上万丈夫、兄弟和儿子的悲惨命运……三岛曾大言不惭地说：'我毫无保留地否定战后天皇宣布自己是人（不是神）这一举动。我甚至为此对天皇本人怀有反感。'究竟三岛由纪夫心目中的天皇和天皇制是什么样的呢？倘若他如愿以偿，凭着自卫队的武装暴动修改了宪法，地地道道的天皇制得以复活，那么日本和生活在这片国土上的人，将会落何下场呢？"[1]

《丰饶之海》是由四卷具有连贯性的作品所组成，被誉为三岛作品的"顶峰之作"。前三卷《春雪》《奔马》《晓寺》分别出版于一九六五年、一九六七年、一九六八年，第四卷《天人五衰》"最终回"原稿是在作者剖腹自杀的当天上午交给出版社的。三岛曾多次说，《丰饶之海》是他的毕生事业。

系列小说《丰饶之海》从日俄战争一直写到二十世纪七十年代初，二十世纪发生在日本的重大历史事件差不多都涉及了。作者用佛教轮回转生的传说，将没有血缘关系的四代人联系在一起，保持了故事的完整性和连贯性，同时也写出了各个时代的特征。《春雪》无疑是四卷当中艺术性最高的。尤其是第三章中用庭园的美景来烘托人物的美。第十二章中，主人公清显和聪子乘人力车去赏雪的场面，写得情思隽永，令人联想到

---

[1] 见《三岛由纪夫》文艺读本，第一三九页，河出书房一九七五年版。

《源氏物语》及《枕草子》中某些段落，说明作者不仅受到了西方文艺思潮的影响，也继承了日本古典文学的传统。清显从小养尊处优，长成一个既任性自私，又优柔寡断的人。他明明知道早在青梅竹马时期就认识的聪子对他一往情深，但当他随时可以把聪子娶到手时，却不屑于承认自己爱她。待到聪子迫不得已和亲王正式订婚，并获得天皇敕许之后，为了偷尝禁果，他才去和聪子频频幽会，致使她怀了孕。正如他的挚友本多所说："你一开始就去跟权力和金钱都奈何不了的对手较量。正因为那是不可能的，你才被迷住了，对吗？倘若是可能的，就视之如瓦砾矣。"（《春雪》第38章）日本评论家田中美代子认为："他的悲惨命运并非像罗密欧和朱丽叶那样不可避免地来自外界，而是他自愿地招致和选择的。"[1]这一卷以聪子打胎后削发为尼、清显心碎而死结束。

本多是贯穿四部曲的次角。他是唯一掌握轮回转生这一秘密的人，而当事人勋和月光公主，却至死都被蒙在鼓里。第二卷《奔马》的主人公勋是作者最钟爱的人物，甚至可以说是他本人的化身。勋纠集了二十名志同道合的小伙子，策划"昭和维新"，目的是暗杀一批要人，实行天皇亲政，维护皇道尊严。事泄被捕，但获释后，他又采取单独行动，刺杀了财界巨头藏原，随即剖腹自尽。

在《晓寺》上半部中，地点转到暹罗，时代背景是一九四〇年，日本已与德、意缔结了三国轴心同盟，将侵略的魔爪伸向东南亚。这在小说中也有所反映。第十章中有这样几段描述：

---

[1] 见《金阁寺·春雪》解说，第四〇二页，新潮社一九七九年版。

"分店经理谈了本多不在期间，曼谷人心的恶化。他说，由于英美巧妙的宣传，这里的人对日本怀有恶感，还是多加小心为好。隔着车窗可以瞥见，街道上拥挤着一群群以前不曾看到过的老百姓。

"这里谣传日本军队很快就要从法属印度支那打过来，各地的治安情况也不好，所以大量的难民拥到曼谷来了。"

在曼谷，本多遇到了幼小的月光公主，偶然瞥见她的左边侧腹上有三颗黑痣，从而知悉她是由清显—勋—转生的。

下半部以战后初期的日本为背景。月光公主已成长为十八岁的少女，只身到东京来留学。本多从钥匙孔里偷看她与庆子爱恋的场面，再度看见那三颗黑痣。果然，她回国后，二十岁就被毒蛇噬死。

最后一卷《天人五衰》以六十年代末叶至七十年代初为背景。倘若说清显献身于恋爱，勋追求武士道，月光公主则至少也还有肉体美。《天人五衰》的主人公透却说得上是战后在日本出现的"愤怒的一代"的变种。年近八旬的本多发现这个孤儿身上有三颗黑痣，也没有调查清楚月光公主去世的日期和他的生日，就把他过继为养子，但他却对本多百般虐待。庆子从本多那里了解到轮回转生的秘密，便当面戳穿了透是冒牌货，指出他完全没有二十岁就死亡的迹象。透的自尊心受到伤害，自杀未遂，双目却失明了。

第四卷的末尾与第一卷的末尾遥遥呼应。六十年前，不论本多还是清显都未能见到刚刚削发为尼的聪子。而今年过八十的本多重访月修寺，终于见到了出家六十载依然保持着绝色美貌的聪子。阔别经年后，本多与老尼进行了一番禅语般的问答。老尼坚持说，她根本没听说过清显一名，并问道："本多先生，你果真在今世见过这个清显吗？你现在能够斩钉截铁地说，我和你以前确实在这个世界上见过面吗？"

这下子可把本多闹糊涂了。他说："假若清显君压根儿不曾来过世上，那么勋也不曾来过，月光公主也就不曾存在了……而且，说不定连我都……"

老尼说："这就要看您怎样去领悟了。"

本多感到迷惘，觉得此刻与老尼会晤，也成了虚虚实实的事。

作者在本卷第八章中引用佛典，说明了"天人五衰"的含义：

"尔时，摩耶在天上见到五种衰相。其一，头上花萎；其二，腋下出汗；其三，顶中光灭；其四，两目频瞬；其五，本座不乐。"

作品中不但写了本多的衰老，透的未老先衰，也流露出作者本人在执笔时不断地转着寻死的念头。本卷刚刚脱稿，他就演出了剖腹自杀的一幕。

最后引用一段玛格丽特·尤斯纳所做的《丰饶之海》题解作为结束。她写道："这个题名原出自开普勒[1]和第谷·布拉埃[2]时

---

[1] 开普勒（1571—1630），德国天文学家和占星家。
[2] 第谷·布拉埃（1546—1601），丹麦天文学家。逝世前他把自己一生观测天文的资料赠给他的学生和助手开普勒，为开普勒发现行星运动三定律创造了条件。

代的占星天文学家的古老月理学。'丰饶之海'指月球中央那片广漠的平原。该平原跟月亮这整个卫星一样，是既没有生命也没有水和空气的一片沙漠。此题名一开始就鲜明地表示出：促使那四代人依次活动的一连串沸腾的众多计划，以及与之针锋相对的计划，骗子获得成功，真实遭到破坏，到头来是一场空，也就是虚无。"[1]

二〇一三年五月三十日

后注：《丰饶之海》是以《滨松中纳言物语》[2]为文献根据的梦与转生的故事。附带说一下，书名是月海之一的拉丁名 Mare Foccunditaris 的日译。

---

[1] 见《三岛或空虚的幻影》，第五十五至五十六页。
[2] 菅原孝标之女于一〇五三至一〇五七年所著。

一

昭和七年，本多繁邦三十八岁。

在东京帝国大学法学院就读期间，他便通过了高等文官司法专业的考试，大学毕业后，担任大阪地方法院见习法官，其后一直住在大阪。昭和四年，他升任法官，后又升任地方法院的右陪审员，去年又迁至大阪高等法院任左陪审员。

他的父亲有一位担任法官的好友，在大正二年法院组织法大幅修改之后退休。本多在二十八岁时和这位世伯的女儿结婚。在东京举行婚礼后，两人一起回到大阪，婚后十年一直没有生育，不过妻子梨枝温柔体贴，夫妻相处倒也算和睦。

本多的父亲三年前去世，因此他本想处理掉东京的房子，把母亲接来大阪，但母亲却拒绝了，宁愿孤身一人在东京守着那座大房子。

本多夫妻用三十二日元租了一栋房子，上下两层，二楼有两个房间，一楼包括玄关有五个房间，还带一个大约二十坪的院子，两人还请了一个女佣。

本多一周只需上三天班，其他日子则在家工作。上班时，他先要在位于天王寺阿倍野筋的自家门前搭乘市内电车，到北滨三町目下车后，穿过土佐堀川和堂岛川，再走过流桥，桥那头便是法院了。法院是一栋红砖建筑物，大门上面，巨型的菊花御纹徽章闪耀着光芒。

包袱布是法官的好助手，因为上下班都要携带文件。少的时候还好，但大多数情况下总是多得连公文包都装不下，只有包袱布最方便。本多现在用的是大丸公司赠送的薄棉布中号包袱布，里面装了另外一块，以备不时之需。因为包袱布就像本多事业的生命，所以即使是坐火车时，也绝不把它放在行李架上。有的法官下班后和同事去喝酒时，甚至经常会在包袱的打结处穿上一条绳子，随手挂在脖子上。

判决书当然应该在法院的法官办公室里写，但不开庭的日子，即使去上班，办公室里的桌椅也不够用，再加上耳际传来的辩论声，还有旁边为学习而聆听、受教的见习法官，在这种环境中，根本不能专心写判决书，还不如在家里熬夜工作。

本多是刑事案的专家，可是大阪的刑事案却特别少，所以有人认为他出头无望，但是他却并不介意。

在家工作的日子，本多彻夜研读下次开庭的警方调查书、检察官调查书和预审调查书，并且写成摘要，转交给右陪审员法官。表决后，还要起草庭长宣读的判决书草稿，每到东方发白还不停地写着"依主文如下判决……"之类的词句。经审判长订正后，还得用毛笔誊写，因此本多的手指就像代笔先生一样，长了厚厚的茧。

一年一度的年终宴将有艺伎表演，向来都是在城北新花街区的静观楼举行。席间，部长和法官们相互举杯痛饮，还有人喝醉后对着高等法院院长语无伦次。

平常他们只是在梅田新道的咖啡馆或小吃店喝两杯，算是生活的调剂。有一家咖啡馆提供特殊服务，客人询问时间时，女服务生就会卷起裙子，看看绑在大腿上的手表回答。当然，其中也不乏古板之辈，听到咖啡馆就真的以为只是纯喝咖啡的地方。有一次，某位法官受理挪用公款一千日元的案件，当被告辩称钱已经全部花在咖啡馆时，法官竟大怒说：

"胡说，一杯咖啡才五毛钱，怎么可能喝这么多？"

减薪之后，本多大约三百日元的月薪仍和军中团长的薪俸差不多，生活颇为宽裕。有些人闲暇时爱看小说，也有些人沉迷于观世流的能乐舞蹈，有人则收集俳句和俳画，不过，大部分人都将这当作喝酒的借口。

时髦的同事大都喜欢跳舞，本多虽然对跳舞不感兴趣，但经常听热衷此道的同事们谈论。由于大阪的城市法规禁止跳舞，所以他们只好去京都的桂街或蹴上街的舞厅，或是去尼崎那个田野中央的杭濑舞厅。从大阪坐出租车过去，大约要花一日元。雨夜中，那座好似室内体育馆的建筑物孤零零地耸立在田野里，窗口晃动着舞者的身影；狐步舞曲飘荡在溅起白色雨滴的田野中。

这，就是本多此刻的生活缩影。

二

三十八岁，是多么奇妙的年龄啊！

青春已消逝在遥远的往昔。自从与它告别至今，脑海深处已寻不到一丝它的影像。所以，反而像是一直生活在与青春一墙之隔的地方。彼端不断传来轻轻的声响，可是墙上却没有通道。

对本多而言，青春似乎已随着松枝清显之死而终结，曾在那里凝聚、结晶、燃烧的东西也已消失。

直到如今，在写判决书写到厌倦的深夜，本多还会反复翻看清显留下的《梦之日记》。其中多半都像没有任何含义的谜语，不过也有暗示夭折的不祥而美丽的梦境。黎明前的黑暗将窗子染成青紫色，清显的白木棺柩横摆在房间的正中间，而他的灵魂则飘浮在空中，俯视着这一切。这梦境在一年半之后竟成了现实。只是梦中抚棺哭泣、前额留着美人尖的那个女人，也就是聪子，却始终没在清显的葬礼中出现。

十八年过去了，在本多的记忆中，梦与现实的界限变得愈加模糊。看着清显唯一的遗物——《梦之日记》——这确凿的手迹，清显所做过的那些梦、那些仿佛用簸箕淘出的沙金一般的梦，比起清显曾经存在于这世上的事实本身更为写实。

随着时光的流转，梦与现实在朦胧的记忆里变得等价。曾发生过的事和似曾发生过的事之间的界线渐渐变淡。梦迅速地侵蚀着现实，从这一点来说，过去又与未来十分相似。

年轻时，人们总认为现实只有一个，未来则蕴含着种种变化。可随着年龄的增长，现实变得复杂，而"过去"则因种种变化而变得扭曲。由于过去似乎与复杂的现实相互结合，因此现实与梦的界线就愈发模糊了。如此容易变化的现实的记忆，已与梦境没有什么不同了。

连昨天才见过的人，本多都不一定能记住他的名字，却随时都能唤起有关清显的回忆，就像昨夜的噩梦留下的记忆，倒比今早走过时看到的熟悉街景更为鲜明。一旦过了三十岁，人的名字就像剥落的油漆般总会被渐渐忘却，那是因为这些名字所代表的现实，比梦更虚无缥缈，将从每日的生活中一点一滴地流失。

本多的生活早已没有了波澜，他觉得不论世间发生什么，他能做的，只有用严谨的法律体系去对待一切。毋庸置疑，他属于理性世界，只有这个世界，才是比梦和现实更为可靠的东西。

当然，由于审理过许多刑事案件，他也不断地接触到人世间的激情。虽然自己从未有过，却常常见到这样的事例：在某些人的人生中，一种情欲竟具有宿命般的魔力。

他真的安全吗？仔细一想，如同远方的银堆一样，自己心灵的深处也曾面临崩溃的危险。从那以后，他渐渐获得了一种铁壁般的自由，使他能不为任何诱惑所动。那远方轰然崩溃的危险就是清显，那诱惑，也正是清显。

他喜欢谈起和清显共度的时光，不过，对于仍活着的人来说，青春只不过是一种免疫力罢了。何况，他三十八岁了，这是一个微妙的年龄，说已历经沧桑，未免太过轻巧，但说风华正茂，却又随时可能逝去。这个年纪，生活的经验隐约散发出腐臭，新鲜的欢乐正日渐消退。这个年纪的人，无论多么愚钝，都会感觉到美正飞快地抽离而去……本多对工作的热衷，意味着他渐渐爱上了这个不可思议且抽象的工作，这个与感情彻底隔绝的工作。

回到家里，进书房之前，他会先和妻子共进晚餐，但时间不定。在家工作时大约六点吃晚餐，而开庭日若是加班，也有八点才开饭的时候。不过，现在不像担任预审法官的时候，会在半夜被叫起来了。

无论多晚，梨枝总会等他共进晚餐；他晚归时，她就把饭菜重新热一下。本多一边听着妻子和女佣在厨房充满生气的忙碌声，一边看着晚报。饭前饭后，是本多一天当中最好的休息时间。虽然家庭规模不同，但他的脑海中却浮现起当年父亲在黄昏时休息的情景。就和自己现在一样。他在不知不觉中竟变得像父亲了。和父亲不同的地方，大概是自己少了那种不自然的明治风格的威严吧。因为他没有孩子可以显示威严，家里就保持着更为自然和单纯简明的秩序。

梨枝寡言少语，谦和恭顺，从不追根究底。她有轻微的肾炎，偶尔会略显浮肿。这种时候，她会化比较浓的妆，那困乏的眼神反而因此显出迷离的娇媚。

五月中旬的一个星期日晚上，梨枝脸上又出现了这种神情。第二天是开庭日，尽管是星期日，本多仍从下午起就投入工作，他估计在晚饭前可以告一段落；于是嘱咐妻子，今晚的工作完成之前，不希望被晚餐打扰，然后就进了书房。等工作完成时，已经八点了，在家的日子很少这么晚吃饭。

本多原本没什么生活情趣，不过因为久住关西的关系，对陶瓷器皿产生了一些兴趣，日常用的餐具都是些精品，譬如仁清风格的饭碗、栗田陶瓷第三代传人与兵卫制作的酒具，也算是小小的奢侈吧。梨枝花心思做了抹上芥末的怀石风味小油香鱼，还在关东风味的烤鳗鱼里放了冬瓜，她认为这对工作了一整天的丈夫身体有益。

火钵内火苗凄迷地跳跃，铜壶中开水单调地沸腾，又到了这令人感伤的季节了。

"今晚可以多喝一点，牺牲了一个星期日，总算把工作赶完了！"本多仿佛在自言自语。

"是啊！"梨枝一边斟酒一边回应。

她一手拿着酒杯一手倒酒，这平淡和谐的姿势就像两手之间有根看不见的绳子在牵引，显示出游戏一般的自然规律。梨枝绝不会打乱这种规律，这一点就像眼前开满清香朴花的夜间庭院般真实。

这种静谧触目即是，伸手可及，是当年的有为青年经过二十年才得到的。本多也曾有过几乎难以触摸现实的时候，但是他并未因此而焦躁，所以才得到了如今的一切。

本多悠然自得地喝着酒,新鲜豌豆蒸的豆饭冒出热气,直扑到他的脸上。本多正要开始吃饭,听到了叫卖号外的铃声。他吩咐女佣出去买。仓促印制的号外,纸裁得歪歪斜斜,油墨还没干。这是有关五一五事件[1]的第一条报道:海军将领袭击犬养首相。

"真是的!前一阵子才刚发生过血盟团事件[2]。"

本多说道。不过话中透着一种自负,当世间人带着阴暗的神情慨叹世事时,他觉得自己已经从俗世中超脱了,并达到了一个更为清明的境界。醉意中,他更真切地看见了这个世界明晰的部分。

"你又要忙了吧?"梨枝说。

妻子的无知与法官女儿的身份很不相称。本多为此油然而生一种怜惜。

"不,这是军事法庭的问题。"

这种事本来就超出了本多的管辖范围。

---

[1] 昭和七年(一九三二年)五月十五日,日本海军青年将领及陆军士官学校的学生们为了树立军事政权而掀起的军事政变,他们袭击首相官邸、杀死犬养首相。以后军部势力日益抬头,为政党内阁时代画上了休止符。
[2] 一九三二年初,在日本发生的包括五一五事件在内的一系列暗杀政界要人事件,由右翼法西斯团体血盟团掀起。

三

连日来法院的法官室里都在谈论这件事。可是一到六月，诉讼案件每天纷至沓来，也就没人理会职责之外的事情了。不过对报端未曾披露的真相，法官们都很清楚，也互相交换着自己得到的信息。高等法院院长须川是一位剑道家，大家都很清楚，他对五一五事件的被告极为同情，只是没人敢提。

事件就如夜里扑向沙滩的一波波浪潮，先是奔涌而来，但一接近却又倒卷、碎裂、退却。本多想起十九年前，和清显及暹罗的王子们一同躺在镰仓的海滩上，眺望着波浪此起彼伏。但是，对于事件的浪潮，沙滩是没有责任的。它的任务只是毫不退缩地将波浪推回去，绝不让它们漫上陆地。它把从广阔的恶之海中涌来的波浪，一次又一次推回原来那死亡与悔恨交缠的领域。

何者为恶、何者为罪，本多觉得从本质上来看，这不该由他考虑，而应由国家的正义去思考。在他内心深处，所谓"罪恶"，就像柠檬汁渗进了脏手的皲裂处，散发出某种香味强烈的刺激，这种难以消除的影响可能正是清显留下的。

尽管如此，这种"不健全"的想法，并未强烈到他必须与之战斗的程度。本多那理性的性格，反倒使他缺乏那种为正义而正义的狂热信仰。

六月上旬的一个上午，审判比预期的结束要早，本多回到法官室时，离午餐还有一段时间。于是他打开红木佛坛形状的衣橱，把绣紫线的黑色法官帽以及从胸前到肩部绣有紫色蔓草花纹的黑色法袍脱下来收了进去，然后站在窗边，出神地抽起了烟。

外面飘着细雨。"我已经不年轻了，"本多想，"工作时不用顾及别人的看法，可以依照自己的意图做事，只要符合规矩，就可以心满意足。在这一行，我已经是专家了，就像熟练的雕塑师，只要随便捏捏手里的黏土，就可以变成自己想要的形状。"

他轻轻摇头，努力回忆刚才一直注视着的被告的脸，然而始终无法清晰地重现。

检察院占据了三楼南侧临河的所有房间，因此法官室的窗口是北向，从这里可看到阴森森的拘留所。

为了使被告出庭时避开外人的眼光，在法院和以红砖墙隔开的拘留所之间，建了一条有围墙的走廊。

本多注意到油漆过的墙壁因为受潮而渗着水珠，他打开窗户想通通风。下面红砖墙的对面，那栋两层楼高的白砖建筑物就是拘留所。两座建筑物之间，有一个高出来的监视岗楼，形状像是牧场的饲料仓库，窗上没有铁栏杆。

拘留所的屋瓦和烟囱的小瓦顶都湿湿黑黑的，散发出砚台般的光泽，它背后是一根大烟囱指向天空。从本多所站的窗口望出去，只能看到这些，其余的都被遮住了。

拘留所的墙壁上开着四四方方的窗户，都装有白色铁栏杆和百叶窗，窗户下方被雨淋得像件脏衬衫似的白砖墙上，用阿拉伯数字写着醒目的数字：30、31、32、33……一楼窗下的数字和二楼窗下的数字错开了，二楼的32号下方是一楼的31号。长方形的通风口排成一行，一楼相当于地面的位置上，是一排掏粪口。

本多突然想到，刚才那个被告不知道进了哪间牢房。通常法官是不会知道这些的。被告是高知县的一个贫苦农民，把女儿卖到大阪，可拿到的钱却连说好的一半都没有。他愤怒地到妓院理论，反而受到鸨母羞辱，结果失手把她打死。现在，本多已记不清楚被告那岩石般木然的表情。

香烟的烟雾有气无力地从本多的指间飘向雨雾之中。在一墙之隔的另一个世界中，这支烟就像宝石般贵重。有一瞬间，他感到法律隔出的这两个世界的价值对比，有着某种极不合理的成分。在那个世界里，香烟的美味无与伦比；而在这个世界，抽烟只是无聊的消遣罢了。

拘留所的院子里，有一些被画成扇形的犯人运动场，每个区域大约可容纳两三人做操或散步；从窗口常常可以看到他们的蓝色囚衣和发青的光头，但或许是下雨的缘故，今天的运动场简直和鸡群死绝的鸡舍一样。

这时，用力关上窗户的声音从下面传来，划破了这潮湿而沉寂的气氛。

但寂静马上又将那声音包围，雨雾被微风吹散，像粉末般散落在本多的眉毛上。本多正要关上窗户，同事村上法官在另一个法庭闭庭后走了进来。

"刚才我听到了执行死刑的声音。"本多突然像要解释什么似的说。

"我最近也听到过，真不舒服！在这堵墙附近设置刑场，实在是差劲的设计。"村上脱着法袍回答。

"该去吃饭了。"

"你想中午会吃什么？"

"还是池松的便当吧。"他的同事回答。

两人穿过阴暗的走廊，一起向三楼的高等官员餐厅走去。他们总是一边吃午饭一边谈论案件。写着"高等官员餐厅"几个大字的木牌挂在彩色玻璃门上，门上镶着弯弯曲曲的新艺术风格花卉图案，在室内灯光的照射下灿烂夺目。

餐厅里面摆着十张三尺宽的大桌子，上面分别放着茶壶和茶碗。本多望着先到的人，想看看高等法院院长是否也在。为了和法官们交谈，院长经常特地来这里吃午饭，每当这种时候，经验丰富的餐厅老板娘就会立即在院长桌上摆一个别致的小茶壶，里面装的不是茶而是酒。

院长今天没来。

本多和村上相对坐下，取出便当盒内的菜盒。菜盒底部被下层白饭的蒸汽熏湿了，饭粒粘在有点剥落的红漆上，颇令本多不快，因此他仔细地用手指把那些饭粒拈进口中。

村上看着本多的习惯性动作，笑着说："你也是从小就每天早上把米粒供奉给那个盘腿而坐，腿上放着蓑笠的农民小铜像吧！我也是，一粒饭掉在榻榻米上，大人都要我捡起来吃掉。"

"即便是武士，也会为不劳而食感到难为情的。这种教育目前还在持续。你是怎么教育孩子的呢？"

"父母怎么教我，我就怎么教他们。"

村上爽朗地说着，脸上是坦率的表情。他觉得作为法官，自己的容貌缺少威严，所以有段时期蓄了小胡子，可是却被上司和同事嘲笑，因而又刮掉了。他喜欢读文学作品，所以经常聊这样的话题。

"奥斯卡·王尔德曾说过，现在世上没有所谓的单纯犯罪，全是出于需要才犯罪的。从最近的案件来看，我也常常这样认为。但身为法官，是不该这样想的。"村上说。

"是啊！也可以说，是社会问题自然延伸才导致了犯罪。很多案件都是社会问题造成的恶果。那些罪犯当中虽然没有几个知识分子，压根就不明白怎么回事，但这恰巧体现了这个问题。"本多慎重地回答。

"东北地区的农村似乎很穷啊。"

"幸好我们法院的管辖区域还不至于如此。"

大正二年以来，大阪高等法院的管辖范围包括大阪、京都、兵库、奈良、滋贺、和歌山、香川、德岛和高知等二府七县，大都是富裕的地区。

两人接着谈到思想犯与日俱增的问题，以及检察院对此的态度。谈话间，本多的耳边还回响着刚才行刑时的声音，那就像是木头的清香，能令木匠满足且使人舒畅。他的胃口依然很好。他觉得有个水晶楔子般精妙的东西嵌进了自己的心，使得自己不至于因那声音而不快。

这时须川院长进来了，大家都向他注目示意，老板娘赶忙奉上小茶壶。院长在本多和村上身边坐了下来。

这位红光满面、身材高大的剑道家是北辰一刀流[1]的教士[2]，也担任武德会的顾问。因为训话时经常引用五轮书[3]的内容，因此背后被讥为"五轮法学"。不过他心地十分善良，判决时也很有人情味。管区内举办剑道大会或比赛时他都很热心，欣然地应邀致祝贺词，因此，他和神社就自然而然地结了缘，每逢盛大祭日，他都会成为和武道相关的神社的座上宾。

"真是伤脑筋！"院长一坐下来就说，"早就答应人家的，可是现在却去不成了！"

本多想准是和剑道有关的事，果然没错。

六月十六日，奈良县樱井的大神神社将举办神前剑道比赛，与赛者包括来自东京各大学的优秀选手和该神社遍布全国的信徒。院长受邀去致祝辞，然而同一天又有高等法院院长会议，必须去东京，实在无法参加剑道大会。法官本来不应受其他事务干扰，即便院长也不能强求别人替他去参加，可是院长却谦恭地问本多和村上能否帮忙，两人便翻开了自己的记事本，那天是村上的开庭日，因此爱莫能助，本多则留在家中办公，而且负责的案件也不复杂。

---

[1] 日本剑道的流派之一。

[2] 大日本武道会所评定的武道家等级之一。

[3] 日本武道的书籍，宫本武藏著，共五卷。

院长喜出望外地对他说:"太谢谢你了!这样一来,我的面子就保得住了。令尊的大名神社都知道,有你做代表,他们一定很满意。这样吧,就当你出差两天,比赛当晚可以住在奈良旅馆,那里非常清静,你可以在旅馆里继续工作。第二天,奈良市内大神神社的摄殿[1],也就是率川神社会举办"三枝祭"[2],感兴趣的话你可以前往参观。我看过一次,再也没有比这更美好、古雅的祭典了。怎么样?就这样决定吧。如果本多君愿意,我今天马上写信安排……不,还是去一趟吧,那是非常值得一看的庆典。"

本多在院长善意的强迫下,不情愿地接受了。

从学习院[3]毕业以来,已经二十年没看过剑道比赛了。从前他和清显都讨厌剑道社的社员以及练习时的狂热叫声。对于敏感的少年来说,那叫声具有一种能将人的内脏搅得仿佛要翻涌上鼻头的、腥臭的、令人窒息的疯狂。喊叫者装腔作势地把这种疯狂当作神圣的疯狂,而他俩听起来却无法不感到痛苦。当然,本多和清显对此所感到的厌恶,在本质上多少有点不同;清显觉得那声音是对纤细感情的侮辱,本多则觉得是对理性的侮辱。

然而那种感觉已是从前的事了。本多现在已修炼得能够对周遭的一切无动于衷。

---

1 附属于本殿,供奉与本殿关系较深的神明。位于本殿与末殿之间。
2 奈良市率川神社于六月十七日举行的祭典活动,主要是以三朵花装饰供奉神明的酒杯。
3 为皇族和华族子弟的教育于一八七七年在东京设立的贵族学校。

离下午开庭还有一段时间，平常像这样的日子，若是天晴，可以到堂岛川畔散散步，眺望被船拖曳着溅起白色水花的木材，但遇上雨天就没办法了。法官室人声鼎沸，让人静不下心来。和村上告别后，本多来到正门玄关，那里有一排斑驳的花岗岩柱子，苍白的光线从画着蓝色和白色橄榄树的彩色玻璃上透进来，穿过走廊，在柱子上留下模糊的投影。本多在那里站了一会儿，忽有所思，便去会计室借钥匙。

本多去借钥匙，是因为他想到塔上去。

红砖砌成的法院高塔在大阪久负盛名，映在堂岛川上的倒影从对岸看来极美。有人称它为伦敦塔，并传说塔上有绞刑台，死刑就在那里执行。

法院没有善加利用英国设计师的这种特殊癖好，塔被一锁了之，里面全是灰尘。偶尔会有法官到上面散心。天气晴朗的话，这里的视野非常开阔，可以清晰地看见淡路岛。

本多开锁进去，里面是个一望无际的白色空间。塔的底部正好是玄关门廊的天花板，从那里直到塔顶都空空荡荡，四周的白墙饱受雨迹和尘埃的污损，只有塔顶的四周有窗户，沿着窗子的内侧设计了狭窄的露台，通向露台的铁梯曲曲折折，有如藤蔓般沿墙而上。

本多摸着楼梯的扶手，他知道待会儿手指头一定粘满灰尘。虽说是雨天，但从塔顶的窗口射下的光线，给这巨塔里面的空间带来了黎明般的阴郁光亮。又宽又高的墙面空空如也，铁梯漫长得似无尽头。来到这里，本多总觉得仿佛进入了蓄意造作且夸张的奇异世界，也觉得这空间的中央应该立一座表情愤怒、庞大无比的巨人雕像。否则，这空间便太过空虚、太无意义了。如果走到塔顶的窗户旁边，会觉得它们很大，但从楼梯口望去，它们只不过如火柴盒般大小。

本多踏着可以看到塔底的铁梯，一步步向上走，脚步声在塔内引起一阵阵雷电般的回响。他知道铁梯设计得很坚固，不需要担心，然而，从逐渐升高的梯阶向下四顾时，脊柱不禁传来阵阵的战栗；与此同时，尘埃也静静地飘向了渐渐远离的地板。

从塔顶窗口看见的景色，对本多而言并不新奇。虽然雨天不利于远眺，但还是可以看清徐除南去的堂岛川和土佐堀川汇合的交点。南面的对岸蹲踞着公会堂、府立图书馆和日本银行的青铜圆屋顶，中之岛的楼群也显得低矮了，西边的近处耸立着堂大厦，堂大厦后面的阴影中可以看到仿哥特式建筑的回生医院正面。连接法院东西两侧翼楼的红砖墙面被雨淋得非常艳丽，院子里的一小片草地显得更为碧绿，就像台球桌上的绿色绒布。

在这么高的地方，看不到地面的人影，只有鳞次栉比的大厦里透出白日的灯光，毫不抗拒地淋着雨，委身于自然界中，无一幸免地承受着一切。

本多心想："我正站在高处，令人眩晕的高处。但并不是凭借权力和金钱，而是代表国家的理性，站在犹如钢筋建筑般的逻辑世界的高处。"

来到这里，本多比坐在红木法官席上更清楚地感觉到，自己是在以法官的眼光俯视世界。从这里望出去，地面上的种种景象，以及过往的种种景象，有如一张淋了雨的地图。假如理性也有孩子气的一面，那么俯视一切大概是最合乎理性的游戏了。

塔下正在发生种种事情：大藏大臣被枪杀，总理大臣也被枪杀，异见教员被大量拘捕，流言蜚语四起，农村危机进一步加深，政党政治面临瓦解……而本多却仍立于正义的高处。

当然，本多可以将这样的自己任意描绘：他站在正义的高处，用镊子夹起各种阴暗的激情进行评估，将它们用温暖的理性包袱布包回家，将它们作为判决的素材，将一切神秘拒之门外，终日致力于加固法律的砖墙……

然而，站在高处，或是从人性中高级的那一部分来俯视人性低级的部分，或是身居离法律近而离现象远的地方，都总会造成某种实际结果。法律，又代表什么呢？就像马夫身上沾了马的气味，他的三十八岁，也已熏染了法律的正义气息。

四

六月十六日，大清早就暑气逼人。炎夏就这样提早来访，阳光热情地吹打着鼓笛，宣告这一消息。院长特意派车来接本多，因而上午七点，他就离家前往樱井。

官币大社[1]的大神神社俗称三轮明神，以三轮山作为神体。三轮山又简称"御山"，海拔四百六十七米，占地约四里[2]。山上生长着繁茂的杉树、扁柏、红松等。这儿没有一棵活树会被砍伐，不净之物一律禁止入内。这座大和国首屈一指的神宫，是日本最古老的神社，据说它承袭了最古老的宗教仪式。所以，信仰古神道的人，一生中必须来这儿参拜一次。

关于"大神"的词源有两种说法，其一为古代酿酒的酒瓮读音误读；另一说法则认为这是韩语中"用米酿酒"之义。因为把神酒与神视为一体，故而称之为"神"。这里受祭祀的主神"大

---

[1] 明治以后受宫内省奉纳币帛的神社。
[2] 日制一里约为三千九百米，后文出现的里均为日制。

物主大神"是"大国主神[1]"的"和魂[2]",自古以来一直作为造酒之神而被供奉。

神社院内有一座祭祀荒魂[3]的狭井神社,颇受军人的信仰,很多参拜者都到此祈求武运长久。五年前,在乡军人会会长开始在这里举办剑道比赛,后来由于狭井神社的场地狭窄,只好改在祭祀主神的本殿前庭举行。

院长就这样向本多说明了大神神社的来历。

本多在挂着"下马"牌子的大牌坊前下车。

铺着鹅卵石的参拜小道徐徐迂回,左右杉树夹道,树枝与树枝间系着细绳子,间隔均匀的白纸条在上面悠悠摇曳着。露出地面的松柏根上的苔藓,被昨天的雨淋湿,呈现出海草般的绿意。路的左边有一条小河,"哗哗"流过竹丛和羊齿草下方。头上的杉树梢间洒下强烈的日光,笼罩着脚下的草地。走过神桥,才能依稀窥见曲折石阶上方的遥远处,有拜殿[4]那白底紫花帷幔的一角。

本多站在石阶上擦汗。威严的拜殿耸立在三轮山山腰。殿前宽敞的院子里,一块四方场地中的沙粒已经清扫干净,微红的土地上撒了细沙。比赛场的三面都摆着椅子和木板凳,左右的席位上方架着大帐篷,本多在那儿看到了可能属于自己的来宾席。

---

1 或谓"大国主命",是出云神话中的代表大神,出云大社的主神。
2 柔和的神灵。
3 勇猛的神灵。
4 位于本殿前,用以祭拜的神殿。

身着白衣的祢宜[1]出来迎接他，并告知宫司[2]正在恭候。本多回头看了一眼被旭日染成蔷薇色的比赛场，随后跟他们走向社务所。

总是摆出严肃表情的本多并不是虔诚敬神的人。看到拜殿后方的神山上，葱郁挺秀的杉树在长空下凛然闪耀，他不禁肃然起敬，但这并不是说他一直保持着对神的虔诚信念。

把神秘看成弥漫在这清爽世界中的景象，或者根本认为神秘只存在于另一世界，其实是两回事。当然，本多对神秘顿有好感，这点很像母亲。然而，本多自十九岁开始就拥有一种年轻人特有的自负，认为没有母亲，自己能过得更好。这种自负有一半是与生俱来的。

和来宾中的地方名流交换名片，寒暄一番之后，本多在宫司的引导下来到了通向拜殿的回廊里。有两名女祭师正用长柄勺子往客人伸出的手上浇禊斋[3]的水。拜殿上已经坐着穿着剑道服的五十名选手，看去一片蓝色。本多被引领坐在最上座。

乐师吹奏笙箫。身穿礼服，头戴乌纱帽的神官走到神前，宣读祝祠。

"承天日神灵之福，奉大和大物主大神之尊名，于三轮神宫之前庭……"

神官还将祭神用的玉串[4]在众人头上左右挥舞。

---

1 神官职名。

2 神社的最高神官。

3 祭神或举行法事之前，以水洁身心的仪式。

4 献神用的杨桐树小枝，有叶六七枚，缠以布条或白纸。

接下来由本多代表来宾敬献玉串。选手代表则是个六十岁左右，身着褪色剑道服的老人，他也敬献了玉串。在这庄严肃穆的仪式中，暑气依旧袭人，汗水沿着背脊涔涔而下，本多觉得衬衫底下好像有虫子在爬动，很不舒服。

参拜结束之后，人们一同来到前庭，来宾坐在来宾帐篷的椅子上，选手则坐在选手帐篷的草席上。露天席位中也坐满了参观者，他们面朝着东面的拜殿和神山，刚好被上午的阳光直接照射，只能利用扇子或手帕来遮挡。

接着是冗长的祝辞和致辞，本多也站起身来，说了一些冠冕堂皇的话。据说五十名选手会分为红白两队，每队二十五人，每场比赛各队派出五人出战，一共比赛五次。本多之后起身致辞的是在乡军人会会长，他的发言漫无边际，坐在旁边的宫司趁机向本多耳语：

"请看对面帐篷第一排左端的少年，他是东京国学院大学预科一年级的学生，将作为第一场比赛白队的先锋。您不妨多留意一下，他在剑道界深受厚望，十九岁就三段了！"

"他叫什么名字？"

"姓饭沼。"

这姓似乎在哪儿听过，本多又问道：

"饭沼……他父亲也是剑道家吗？"

"不，他父亲叫饭沼茂之，是东京著名国粹团体的塾长，也是本社的热心信徒，不过，他自己不搞剑道。"

"他今天来了吗？"

"听说他本要来看儿子比赛，很不巧，正好和大阪某会议的时间冲突，实在分身乏术。"

看来，一定就是那个饭沼。饭沼茂之相当有名气。不过，知道他就是清显从前的学仆，只不过是两三年前的事。在法院的法官室内讨论思想运动时，本多从一位周密调查过这类事件的同事那儿借来各种最新杂志和资料，其中有一篇题为《右翼人物总览》的文章，在介绍饭沼茂之的部分写着："近来声名鹊起的饭沼茂之是土生土长的萨摩人，从初中起就享有该县第一秀才的盛誉。由于家境清寒，通过乡党的推荐，上京担任松枝侯爵家少爷的学仆，致力于教育少爷学习，同时自我进修。后与侯爵家名叫峰子的女仆热恋并私奔。备尝辛苦后，这位热血青年终于办成了如今规模宏大的饭沼学塾，并和夫人峰子女士育有一子……"

直到那时，本多才知道从前那位饭沼的行踪，但并没有和他碰面。在松枝宅邸的阴暗长廊上默默带路时，那穿着深蓝底色碎白花纹衣服的严肃背影，便是留在本多脑海中有关饭沼的全部记忆。限于这模糊的记忆，饭沼一直只是阴暗背景中一个"性情不明"的人物。

清扫过后的比赛场地内，一只牛虻刚刚飞落，马上又朝着来宾席那铺着白布的长桌飞来，在人们耳边嗡嗡作响，一位来宾展开扇子把它挥开，展扇和挥扇的神态颇为不凡，让本多清楚地回想起那人名片上印着"剑道七段教士"的头衔。此时，在乡军人会会长的冗长致辞仍在继续。

眼前是个四方形的空间，此刻本殿大屋顶的元宝屋脊与神山的翠绿和光辉的天空融在一起，洋溢着灼热的气息。在这不久即将被激烈的叫声和竹剑的击打声所占据的沉默空间中，偶然有迷失方向的风吹过时，便使人生出这样的幻觉，仿佛那风也受着一场鏖战之预兆的影响，不停地屈伸着它那透明的四肢。

本多将视线投向对面饭沼茂之的儿子。比自己和清显大五岁的饭沼，二十年前只不过是一名来自乡下的学仆，现在却成了这么大孩子的父亲。本多自己没有孩子，所以不知不觉间便忘记了岁月的逼人，如今想到饭沼，岁月逼人的感觉便回来了。

那个少年正坐在草席上，一动不动地倾听着会长的致辞。不知道他是否真的在听；不过那闪闪发光、直视前方的眼神，使他看起来有如与外界绝缘的钢铁。

眉清目秀、肤色微黑，紧紧抿着的唇仿佛横衔着刀刃一般，的确有饭沼的神采。然而饭沼那混浊忧郁的线条，已逐一被重新雕琢，加入了锐利与轻捷的气息。"这是对人生还一无所知的脸，"本多心想，"这是还不相信刚降下的雪，终究会融化、污浊的脸。"

选手们的膝前整齐地放着护手，上面是用手巾覆盖的面具。手巾的空隙间，隐约闪出面具金属部分的光芒。那一排排紧挨着的蓝色膝盖间透出的光芒，与交战前尖锐的危机所带来的烦闷情绪十分相称。

主裁判和副裁判站起来叫着名字：

"白队选手，饭沼。"

戴上防护面具的赤足少年踏上灼热的泥土，恭敬地在神前行礼。

不知何故，本多希望这位少年能获胜。第一声叫声，仿佛受惊的鸟鸣，从少年的口中吆喝出来。

这叫声一下子把本多的思绪拉回他的少年时代。

本多对清显说过：大正初年是他们的年轻时代。几十年后，那段岁月的细腻感情都会被悉数忘却，当时自己把剑道社的社员全部归之于该时代的"愚神信仰者"。这一点如今已得到验证。然而使自己感到意外的是，那种愚神的事情在今天想来反而令人怀念，比起自己曾经稀里糊涂地信仰过的高贵神明，愚昧的神明看起来更为美丽。此时本多突然掉进少年时代的洞穴，但确切地说，那已不再是和从前位置相同的洞穴了。

正是因为这样，冲进本多耳中那股裂帛般的叫声，听起来就像从细缝中迸出的少年灵魂之火。此时，一种发出那种怒火时的苦闷（其实，那时的本多几乎和苦闷无缘），鲜明地复苏了，仿佛他当年曾亲历过这种感觉。

这是时间在人类心灵中进行的一幕不可思议的认真表演。在不将昔日那镀银记忆中微妙的虚伪锈迹强行剥去的情况下，重新演示一种包含了梦与希望的完整形象，并试图通过这种演技，到达从前不曾意识到的更深层的本质。正如从远方的山岭眺望以往居住过的村子，即使往昔经历的细节已然模糊，在那儿住过的意义却仍然明朗。当时恼人不已的广场石板上的积水，如今远望正闪烁着光芒，竟表现出一种美，一种天然而未雕饰的美。

在少年饭沼最初发出叫声的一瞬间，这位三十八岁的法官觉得，那叫声如同箭镞一般深深刺入了少年的胸口，留下锐利的痛楚。他从来没有像现在这样，试图深入探索被告席上那些年轻人的紧闭心灵。

敌方的红队选手像鱼鼓着鳃片一样,用双唇将面具两边的护罩弹起,发出威吓的叫声。

少年饭沼很镇静。两位选手都采取把剑平举的姿势,相向绕着圈子。

少年的脸朝向这边时,面具的光与影交会的深处,可以看到乌黑而清晰的眉毛、闪亮的眼睛,以及发出叫声时露出的皓齿。当他背向这边时,后脑系得很整齐的手巾和蓝色带子下,那剃得干干净净的脖颈令人感到一种清爽的强悍。

突然,如同惊涛骇浪中两艘船撞到了一起,少年背后那根代表白队的白布条飘了起来。瞬间,沉重的声音响起,对方的脸被打中了。

观众热烈鼓掌,饭沼击败了第一个对手。

面对新的敌手,饭沼摆出蹲踞姿势,然后从腰间迅速拔出竹剑。那种敏捷的动作,已早早具备了制敌的气势。

对剑道一窍不通的本多此时也注意到了少年饭沼姿势的端正。无论在如何激动人心的瞬间,他的身形也像是贴牢在空中的蓝色裁衣纸样,丝毫不乱。他的身体从来不会像陷入空气的泥沼中那样失去平衡,似乎只有他周围的空气不是黏热的泥沼,而是一泓澄澈自在的水。

少年饭沼向前一步,迈出了帐篷的阴影,他的黑色护胸映出蓝天的光彩。

敌手退了一步,洗旧了的剑道服及裤子呈现深浅不同的蓝色,系着斜十字形护胸带的地方,更是被磨得泛了白,就是在那儿垂着一条鲜红的细布。

已经踏出一步的饭沼有被击中护手的危险。渐渐看出门道的本多,很清楚地观察到比赛的紧张状态。

从护手到袖口之间露出的前臂,不像一般少年那么纤细,粗大的手臂内侧,可以看到白色肌肉的跃动。护手内侧的白色皮革因外侧蓝色调的渲染,呈现着黎明时分的天空般抒情的颜色。

两支竹剑的剑尖好像两只骤然相遇的狗,神经质地相互敌嗅着。

"咿啊!"

敌手发出怒吓的叫喊。

"啊啊啊!"

激起饭沼嘹亮的叫声。

敌人袭击腰部,饭沼用竹剑向右挥打,爆发出鞭炮般的声响。两人迎面互击,相持不下,裁判把他们分开。

"开始!"

主裁判一声令下,展开攻势的饭沼有如翻涌的蓝色波涛,连续追击敌手。

那是一招招规范、精彩、锐利、果决、无懈可击的连续招数。敌手左遮右挡,一失神,正面被打个正着,仿佛是他扑过去挨打似的。

主裁判和副裁判同时举起三角形的小白旗。

饭沼已经击败两人,场内响起如雷的掌声。

"气魄十足,追击不舍,对方只有挨打的份。"本多邻座的剑道教士装腔作势地说,"红队盯着白队的剑尖看是不行的。不能看对方的剑尖，那样看会心慌意乱。"

虽然一点儿也不懂，本多还是很清楚地察觉到，饭沼体内有一根放出蓝紫色光芒的弹簧，正是它令少年的灵魂以一种极其精确的跃动，迫使对手的心灵在瞬间变得空白。

敌手的空隙就像一个真空地带，吸引空气般地吸引了饭沼的剑，饭沼的剑只是被捏出正确的姿势，好像进入没上锁的门内，轻松地击中敌手。

第三个敌手像婴儿撒娇般，左右扭动着身体向前逼近。

敌手面具内的手巾绑得不好，没有在额上形成一条整齐的白线，一端落在右眉附近。他稍稍弓背，有如一只盛怒的鸟。

不过这是一个不能轻视的敌手，他出剑的架势有大将之风，不失为个中高手。他像啄饵后迅速飞逃的鸟，从远处猛刺饭沼的护手，这种攻击通常都能奏效，然后又退到远处，随即发出胜利的呼啸。在防御时，无论多么艰险困难，他也能从容还手。

和这种敌手对峙时，饭沼挺着胸膛、有如在水上滑行的姿势，便显得脆弱而危险。说不定这次他会因为自己优美、正确的姿势而失败。

一步一剑的出击都被对方躲开，敌手企图用自己丑陋的姿态和焦躁的情绪传染对方。

本多从比赛一开始就忘却了暑热，也舍去了一向不离嘴的烟，他注意到眼前烟灰缸里烟蒂的数目没有增加。

他伸手把皱得厉害的白桌巾拉平，邻座的宫司叫了一声："啊！"

抬头一看，裁判正交叉挥舞着小旗。

"太好了！在紧要关头击中护手。"宫司说。

少年费尽心思逼近总是与他保持相当距离的对手。他每逼前一步，敌手就退后一步，就像身上缠满了狡猾的海藻，那稳固的防御令他无懈可击。

"呀——"

饭沼挥剑出击，对方立即冷笑着进行防卫，两人的护手相撞，继而互推，相持不下。

两支竹剑几乎直立着缠在了一起，仿佛停泊的船只那微微晃动的桅杆，护胸如船腹般散发着光泽。此刻，两人好似合力托着一片绝望的蓝天。他们呼吸急促，汗水涔涔，肌肉相搏，对抗的力量达到了顶点，并产生了不满的焦躁……这一切都充塞在两人僵持的气息中。

就在裁判为了解围而准备叫"停手"时，饭沼利用对方推击而来的微弱力量向后飞身，手上的竹剑随即发出悦耳的声响，击中对方腹部。

两位裁判高举小白旗，观众席上响起热烈的掌声。

本多这才松了口气来点烟，但看到香烟在正朝桌布逼近的阳光中发出的若有若无的火光，顿觉索然无味。

黑色汗水像血似的滴在少年饭沼脚边的土地上。他从蹲踞改为站立姿势时，从被尘土弄脏的蓝色裙裤下摆露出来的苍白肌腱，就像鸟儿起飞一样猛地伸直。

五

饭沼勋连赢五人,第一回合就这样结束了。

五回合全部赛完后,主办单位宣布:白队获胜。饭沼荣获个人优胜银杯。前去领奖时,他脸上的汗水已经拭净,红润的双颊上隐约透着胜利者特有的谦虚。本多已很久未见如此充满朝气的青年了。

本多很想和这位少年谈谈他的父亲,无奈因被催促到另一间殿堂吃午餐而错失机会。进餐时,宫司建议:"有兴趣到山上看看吗?"

本多望着照在庭院中的烈日,有点迟疑。

宫司又说:"当然,一般人是不能进入的。平常只有老信徒才容许入山。不过那是比较严格的规定。参拜过山顶磐座[1]的人都说,被那里的神秘气氛所震撼,有一种被雷击中的感觉。"

本多再望望庭院中绿色草坪上的夏日阳光。他想象着与那阳光一样光明的神秘,不禁心动。

---

1 日本神道中神座的岩石。

他所能容许的神秘，首先一定要是光明的。若有一种连细微之处都明晰无比的神秘，他可能会主动去相信它。当神秘尚属一种奇迹般的例外，尚局限于一种现象的时候，它便还隐藏在幽暗之处；如果有一种能在坦荡荡的日光下存在的神秘，那么，这神秘才属于一种明确的法则，也就是属于本多的世界。

饭后休息了一会儿后，本多在一名祢宜的带领下，爬上一个苍翠的小斜坡。五六分钟后，到了摄殿的狭井神社。该神社准确的名称是狭井坐大神荒魂神社，照惯例，应在此参拜并接受祓禊[1]，然后登山。

屋顶由质朴的柏树皮搭成的拜殿隐在杉树林中，确实给人祭祀荒魂的感受。屋顶后方耸立着几棵高挺的红松，令人联想起古代扎着红色绑腿的矫健武士。

祓禊结束后，祢宜把本多交给一位穿着胶底短布袜的殷勤老向导，在登山口，本多第一次看到了一株低矮的野百合花。

"这是明天三枝祭用的百合花吗？"

"是的，光在这座山中采不够三千株，因此从附近的摄殿、末殿[2]收集了一些，已插在本殿中了，今天参加奉神剑道比赛的学生，会把百合花送到奈良的。"向导如此回答。

昨天的雨把山路的黏土弄得滑溜溜，很容易摔跤。向导提醒本多要小心步履后，自己就带头爬了上去。

方圆约四里的三轮山，包括西边本殿背后的大宫谷禁区在内，周围共有九十九处山谷地。爬了一会儿，便可以看到右边

---

[1] 去除不祥的仪式。

[2] 附属于本殿，格局次于摄殿。

栅栏里的禁区，红松底下长满茂盛的野草，树干在午后的阳光中泛出耀眼的玛瑙色泽。

禁区里的树木、羊齿草、竹丛以及透射其上的无数道阳光，显示出一种浑然天成的尊贵圣洁。一棵杉树根部露出新土，据向导说是野猪拱的，这使人联想到《古事记》和《日本书纪》中被描述为异族化身的古代野猪。不过，脚下的御山却很难让他产生有神灵或是神灵御座的感觉。

本多惊讶于上了年纪的向导脚步竟如此轻盈，他只能在后面拼命追赶，连擦汗的时间都没有。午后阳光更加酷热，幸好溪流旁的林荫道遮挡了骄阳。

虽然避开了阳光，但道路渐趋险峻。山中有很多杨桐树，叶子比在市区中所见的要大，浓郁的绿荫中露出簇簇的红花。当他们来到上游时，溪水愈发湍急已经到达了三光瀑布。供人泼水净身之用的小屋半挡住瀑布的景色，据向导说，围绕瀑布的这一带树木最为茂盛，森林中光线交错，恍如置身于光线编织的笼子中。

往山顶去的路从这里开始崎岖难行了。他们扶着岩石或松树根，攀登无路可循的光秃秃的山崖，总以为前面会有比较平坦的小径，却又出现了一座被午后骄阳烤得滚烫的山崖。本多喘着气，汗流浃背，也感到只有醉心于这种苦行时，才能体会到神秘的接近。这就是法则。

他看到了静静地矗立着直径一丈有余的红松和黑松的山谷，看到了被藤萝和蔓草缠得枯朽的松树叶子全都变成砖红色，看到了长在山腰处的杉树，因为入山的信徒感到某种神性而被缠上草绳、奉上供品。那株杉树的一面因为长了苔藓而呈青铜色。随着御山顶的接近,一草一木都被赋予了神性,自然而然地成了神的化身。

例如,微风徐来,高高的杨桐树梢上飘下淡黄色的花朵,在渺无人烟的深山中,这些穿过树木飞来的花朵,会像突然带电似的具有了神性。

"再加把劲,那里就是山顶了,冲津磐座和高宫神社就在那里。"向导的气息毫不紊乱。

冲津磐座赫然出现在崖道上。

如同遇难的巨船残骸,形状不一或尖或裂的巨石群盘踞在圈起的草绳当中。从太古时代开始,这群异样的石头,就以绝不被纳入凡间秩序的姿态,以一种令人生畏但又纯洁的杂乱,一直被弃在此。

石头和石头扭作一团,在击打中倒地裂开;其他石头延伸成广阔而过于平坦的斜面,与其说是神明的御座,不如说是激战后的战场,或者是神坐过之后,地上的事物才会变成这种形状吧!

阳光毫不留情地照在石头表面疥癣般的青苔上。到了这样的高度,风也有了活力,使附近的森林响起清爽的低语。

磐座的正上方就是高宫神社,海拔四百六十七米。这座小祠简朴而肃然的形状,缓和了磐座的粗野和恐怖。人字形屋顶上的装饰圆木很小,露出的锐角被青松包围,仿佛一块缠头巾。

参拜过后,本多擦去满头的汗水。得到向导的允许后,他点上本应禁止的香烟痛快地吸着。好久没有这般尽兴地登山了,好像完成了什么壮举的满足感,开阔了本多的心田。附近的松涛声中隐藏着明晰的神性，令他感到再也没有什么难以相信的事情。

可能因为地形、高度相似，本多突然回忆起十九年前的夏天攀登终南别墅后山的事。当时透过树木的间隙，看到暹罗王子们在长谷大佛前诚惶诚恐地下跪合掌膜拜的情景，清显和他都在心里暗自嘲笑。然而，如今若重睹那种情景，他绝不会再加以耻笑了。

在初夏喧闹的山风停歇的间隙，周围的寂静如点点水珠渐渐滴下，连牛虻的振翅声都显得刺耳。眼前是被杉树树梢刺穿的亮丽天空，以及飘浮的云和阳光下颜色浓淡不一的樱树丛……本多感到无比的幸福。而这种把些许莫名的哀伤像薄荷一样含在嘴里的幸福，已是一种久违的感觉。

下山并没有想象中的轻松。脚下常常打滑，原以为踩着树根会好走些，但一踏上红土更加滑脚。来到三光瀑布附近的林荫道时，本多发觉衬衫已经被汗水浸透了。

"要不要冲凉呢？会很舒服的。"

"以这种心情沐浴不太好吧？"

"不要紧，经过瀑布水的冲洗，头脑会更清醒的。这算是一种修行，所以不要有顾虑。"

本多进入小屋，看到钉子上挂着两三套剑道服，已经有先到的客人了。

"可能是参加比赛的学生，一定是准备留下来参加百合花供奉，所以先让他们在这里净身吧！"

本多脱掉衣服，剩下一条内裤，踏出小屋的门走向瀑布。

高高的瀑布口草木茂盛，圈着一根草绳。只有这附近有风袭来，草木的鲜绿色和白色纸条一起翻飞，画面生动。从那里向下望，不动明王的小祠设在一个山洞中，由阴暗的山岩护守着。被飞沫溅湿的羊齿草、紫金牛和杨桐树都显得有点灰暗，只有那条细长的瀑布是白色的，在岩石上激起剧烈的回响。

三个年轻人只穿着内裤，身体靠在一起，正接受瀑布的冲洗，水花打在他们的肩膀和头上。瀑布的声响中，掺杂着奔泻的水鞭击落在年轻而富弹性的肉体上发出的声响。本多向前走去，看到被打得通红的肩部肌肉在飞沫中透了出来。

看到本多，其中一人便催促同伴离去，三人恭敬地向本多鞠躬。他们是要把瀑布让出来。

本多很快地从中认出饭沼勋的脸。他朝着三人让出来的瀑布走去，然而，当肩与胸膛受到水的强大冲击时，如被棍棒打击般的感觉令他立刻退却。

饭沼愉快地笑着走过来，请本多站到一旁，大概是要示范如何接受瀑布冲击的方法。他高举双手，纵入瀑布的正下方，就像捧着一个凌乱水花编成的花篮，用张开的手指支撑着奔流而下的水，朝本多笑了一笑。

本多学他的样子走近瀑布，视线突然被少年的左侧腹吸引，在他左边乳头的外侧，平常被上臂遮挡的部分，清楚地露出三颗聚在一起的小黑痣。

本多战栗着凝视在水中嬉笑的少年那张生气蓬勃的脸。被水冲得皱起的眉毛下，不停眨动的眼睛正朝他看来。

本多回忆起清显临终那句话：

"我们会再见面的，一定会的，就在瀑布底下。"

六

窗外只有猿泽池的蛙鸣，在奈良旅馆的一个房间里，四周一片寂静。桌上堆着沉甸甸的诉讼文件，本多没去碰它，沉溺于思潮中，一夜无眠。

他回忆起今天傍晚搭乘汽车离开大神神社时，在映着夕阳的稻田水面附近遇到了货车，车上堆满了如同染上山中朝霞后割下的野百合花，用草绳捆着。学生帽上绑着白手巾的三名学生，一人拉车，两人在后面推，捧着币帛、身穿白衣的祢宜站在前面。看到汽车中的本多，拉货车的饭沼勋马上立正并脱帽致敬，其他两名学生也照样做。

自从在瀑布下有了那个不可思议的发现后，本多变得心神不宁，对于神社的种种招待也恍若不觉。在被夕阳映照的稻田边，再次看到出现在百合花阴影中的缠白手巾的少年，使他的恍惚达到顶点。年轻人站在汽车飞驰扬起的沙尘中，他的五官和肤色虽然与清显完全不同，然而，本多却认为，他的存在形式本身正是清显。

独自一人在旅馆中时，他觉得自己至今一直生活于其中的世界，从今天起彻底改变了，这令他非常不安。他立刻离开房间，进入餐厅。对送上来的饭菜，却也只是食不知味地吃着。回到房间，在台灯暗淡的灯光中，已铺好的床上，床单的三角折边散发出白色光泽，就像被折起的白色书页。

他打开灯，企图把缠绕他的神秘从身边驱除，却没有成功。既然本多所处的世界容许有这种奇迹存在，那么以后不知道还会发生什么事呢。

他亲眼看到的不可思议的转生，从触目的那一瞬间开始，就成为不可告人的秘密。如果对别人说，别人只会认为他已经发狂，人们必定会立刻传说他不适合当法官。

神秘本身也具备合理性。正如清显十八年前说："我们会再见面，一定会的，就在瀑布底下。"而本多确确实实在瀑布正下方遇到了和清显在同一部位长着三颗黑痣的年轻人。他联想起，在清显死后，自己跟随月修寺女住持受教所读的许多佛书上，记载着"四有轮回"的说法。饭沼勋今年十八岁，从清显去世的日子算起，正好吻合转生的年龄。

"四有轮回"中的四有是指"中有""生有""本有"和"死有"四种。这四有应算作"有情轮回转生"的一个周期。两次生命之间存在暂时的因果报应，这就称为"中有"。"中有"期限不定，短则七日，长则七七四十九日，在这期间会脱胎转到下一生。尽管不知道饭沼勋的生日，但很可能是在大正三年早春清显去世之日算起的七天至四十九天内出生的。

根据佛家的说法，"中有"不仅是灵魂的存在，还具备了色、爱、想、行、识五蕴的肉体，以五六岁左右的孩童形体出现。"中有"非常敏锐，耳聪目明，可远听，可透视，可随心即达。但是人和畜生看不到他们，唯有性灵极其纯净而获得"天眼通"之人，才能看见这些在天空中飘游的孩童。

透明的孩童在空中快速飘动，同时吸食香火以维持生命，因此"中有"又称"寻香"，它的原文是Gandharva[1]，发音为"干闼阀"。

这些孩童在空中飘荡，看到将成为其父母之男女的交合姿态，便动了凡心。如果"中有"的情欲属于男性的话，会受到将成为其母亲的女性那副模样所吸引，而对将成为其父亲之男性的模样感到愤怒。当父亲所泄出的不净之物即将进入母胎之中，它认为那是自己所有，因此喜不自胜，不再流连于"中有"形态而托生于母胎；就在托生的一刹那，即成为"生有"。

本多从前把这种佛理当童话来看，但如今却不自觉地回想起来。本多认为，人世间的神秘毫不在乎我们的意见，突然无理地袭击并占据我们，这种作风和"中有"很相似。神秘就如一件危险的礼物，如一个美丽彩球从外面被踢进冰冷而严谨的法律秩序与理性构造当中。这球的色彩也是循着一种严格的法则而变幻的，只是这种法则与我们理性的法则毫不相同，因此这球绝对不能被人看见。

不管本多承认与否，神秘已在他心中烙下深深的印痕，早就无法摆脱。如果说有摆脱的办法，那也不是摆脱，而是寻找分担秘密的对象，那就只有饭沼父子了。然而，现在并无证据

---

[1] 本名为干闼婆，也被称为香神。

说明他们当中有任何一人已发觉这个秘密。大致能确定的是，从前看过清显裸体的饭沼茂之，应该知道他儿子的身体和清显的相似处。但纵使他知道了，说不定也会加以掩饰。有什么办法能从这对父子嘴里问个究竟呢？或许质问本身就是下策。首先，即使他们清楚这个秘密，难道会愿意公开？如果不愿意，这个秘密或许就成了本多一人心灵上的重担。

时至今日，本多仍时常回想起清显年轻时留下的敏锐活跃的生命。本多从未希望重复他人的人生，然而，清显短暂而美丽的生命，就如绽放淡紫色花朵的寄生兰般深深地在本多生命之树的一段重要时期里扎下了根。因此，清显的人生象征着本多人生的真义，孕育了本多原本不会绽放的花。这种事情真的发生了吗？这次转生究竟有什么意义呢？

团团疑惑使他迷惘，但另一方面，本多的心又宛如翻涌的地下泉水般畅快。清显复活了！那株长到一半突然被砍伐的年轻树木，再度萌生绿芽。十八年前这两个朋友都还年轻，而现在本多已失去青春，朋友却依然散发着青春的光彩。

饭沼勋没有清显的美貌，却具备清显所欠缺的雄壮。经过仔细地观察还能发现，饭沼的纯朴与刚毅，取代了清显当年的傲慢。这两人的差异犹如光与影，相异而互补的特性使他们都成了青春的化身，这是他们的共同之点。

本多想着从前和清显共度的岁月，思念与哀伤交缠，但是又感到了意外的希望。正因为这种心弦的颤动，他觉得把往昔被自己的理性所束缚的信念完全摒弃也在所不惜。

然而，在奈良这与清显有缘之地，接触到这种转生的奇迹，又是怎样的奇缘呢?

"等到早上,先不去率川神社了,而是要乘车去带解[1]的月修寺拜访聪子,为了自清显死后就不曾与她联络向她表示歉意。而且,这个转生的好消息虽然令人难以置信,可是我也有责任马上告诉她。前任住持圆寂后,听说她成了现任住持。那微露衰老前兆的姣好面容上,这次一定会出现由衷而激动的欣喜吧!"

这种想法使本多一时恢复了年轻的冲动,然而,瞬间又生出另一股有力的思绪,压抑了这种思潮中的轻率。

"不,我不应该这么做。她连清显的丧礼都没有参加,足见她遁世之志的坚定。事到如今,我没有打扰她的权利。无论清显转生几次,都是她已抛掉的凡尘俗事,与她无关了。不管能提出什么确实的转生证据,她也一定不会动容。虽然对自己而言是奇迹,但她所处的世界里,奇迹早已不存在了。我不能因一时的兴奋而将两个世界混淆起来,所以还是不要去拜访她吧。如果这不可思议的转生是基于真正的佛缘,那么就算我不促成,聪子终究也会和转生后的清显相逢,我还是等待时机自然成熟吧。"

这些犹疑不定的思绪,使本多越发清醒。枕头和被子都躺热了,却仍无法安稳入梦。

窗口开始泛白。

室内的灯光映在桃山式木雕窗框里的玻璃上,宛如一弯残月;泛白的天空下,已经看得到池旁树林中兴福寺的五重塔。从这里只能看到上面三层和刺破拂晓耸然而立的塔尖。但是,那几乎还似剪影般的形象,在晨光中的天空一角,以三层屋檐

---

[1] 奈良地名。

那微妙的翘起诉说着一个多重的梦境：刚从一个梦中醒来，又进入另一个梦中；刚刚摆脱了一个幻觉，又陷入了另一个更为活灵活现的幻觉。梦从高高的塔顶传到塔尖上的几个金属环和装饰的宝石，随后便如看不见的轻烟般消失在破晓的天空。看到这个情景，本多更加不能确定自己是否真的已经苏醒；即便醒了，说不定还会踏进与现实极其相似的另一个梦。

小鸟的啼啭使本多突然想到，复活的岂止是清显呢？或许复活的还有本多自己。从那精神的冻结里，从那庄严的死别后，从那如同几千万页封闭的档案般漠然的痛苦中，从"自己的青春已经逝去"这句永远重复的话中获得新生。

本多的生命曾因清显的存在而被那样地蚕食，又因他的死而被深深埋藏，正因如此，他们才会共同获得新生，就像照亮一棵树梢的旭日挪到另一棵树梢一样。

想到这里，他才生出了一种不可思议的安全感，一股微微昏迷的睡意终于袭来。

七

　　本多忘了交代服务生唤醒自己，惊醒后便仓促准备，但来到率川神社时，三枝祭已经开始。他躬身穿过人群，来到帐篷下为自己预留的木板凳上坐了下来，无暇环顾四周便开始观赏眼前的祭典。

　　率川神社位于距奈良站不远的市中心，内部有三殿，中央是子神"姬蹈鞴五十铃媛命"，左右有父神三轮大神及母神护卫。围着红色栏杆的三座美丽小神殿，用白底上画了金碧辉煌的松竹图案的屏风连接着，每座殿都有三级洗净的石阶，其上是通往御门的十级木梯。系在殿前草绳上的白色纸条遮住了朱红栏杆，在那浓密的黄色与金碧色彩的屋檐阴影前方，仿佛洁净的牙齿浮现了出来。

　　为了今天的祭典，石阶铺上了新草席，殿前的沙砾扫得很干净。前面有座回廊式拜殿，拜殿的左右是神官及乐师，参观者可以透过拜殿观见祭典。

　　神官已开始仪式，低头的参观者上方，挂在大杨桐树上的三个小铃在鸣响。祝祠已经颂起，大神神社的宫司手捧系有红带子的金色钥匙，走出来跪在殿前的木梯上，白衣背部，日光与阴影分明。副宫司在旁哦哦高唱两声。宫司再往前走，把钥匙插进扁柏御门的锁孔，恭敬地向左右打开，里面的黑紫色神镜闪出光亮，此时乐师的弦轻轻弹出若干个颤抖的音调。

副宫司在殿前铺上新草席，然后和宫司一起在垂着纸穗的乌木神案上摆好用柏叶覆盖的供品。接着，三枝祭将进入高潮部分。

装满白酒的樽及装满黑酒的罐已准备好，装饰得异常艳丽。樽是用白木制成的桶，罐是由黏土烧成的壶，但都用百合花裹着，看不到原来的形状，就像是两束百合花竖立在那儿。

酒具周围被绿色的百合枝裹得不留一丝缝隙。这些百合枝用发亮的白色麻绳扎着，扎得很紧，因此花、叶和花蕾都挤在一起。红绿交织的花蕾虽显得土气，盛开的百合花那淡绿的纹理也沁着含着的淡红，上面还粘着砖红色的花粉，花瓣的边凌乱地翻卷，花瓣看来晶莹剔透，参差的花枝悉数低垂着颈项。

从少年们运来的三千枝百合花中选出的形状最好的花枝，除了装饰樽与罐之外，也插在瓶中，放置在殿前的四处。触目可及的地方都是百合，微风中也洋溢着百合花香，百合的主题在每一个角落执拗地展现着，就好像世界的意义都包含在百合中。

神官们亲手搬来樽与罐，将它们捧至齐眉。樽与罐上的花比神宫的帽子还高，颤颤巍巍的，衬着那白衣、黑冠、黑纱帽缨，显得非常美丽。其中最高处的一枝百合花蕾宛如紧张得要晕倒的少年般苍白。

笛声尖锐，羯鼓轰鸣，放在发黑的石墙前的百合立即泛起红晕。

神官蹲下身子，拨开百合的花枝，用勺舀酒，还有几名神官手捧白木瓶子接酒，然后分别献给三殿神明。随着音乐的声响，人们联想到神宴的热闹景况，仿佛能看到黑暗的御门里面众神那蒙胧的醉态。

片刻之后，四名女祭师在拜殿上跳起了杉之舞。她们都是貌美的少女，头上缠着杉叶，并用金黄色的硬纸绳将红白纸条束在秀发上。她们穿着朱红色的裙裤，白色祭服的衣摆拖着银色稻叶图案的白纱，衣领则叠成红白相间的六层。

少女们从吐出青灰色花蕊的百合花丛中出现了，手上都拿着百合花束。

她们站在四个角上，随着乐声舞了起来，高举的百合花开始摇曳，状似无依，随着舞蹈的进行，百合花时而高傲地直立，时而又平放，时而相即，时而相离，掠过空中的柔和白色弧线逐渐变得锐利，好似某种刀刃。

百合花渐渐垂下，音乐及舞姿都和谐而典雅，只有手上的百合花，像是在被残酷地折磨。

看着，看着，本多如醉如痴，他从未见过如此优美的祭典。

睡眠不足的脑子里，一切事物都模糊不清，眼前的百合祭和昨天的剑道比赛纠缠在一起，时而是竹剑变成了百合花束，忽而百合花束又变成了竹剑。悠然起舞的少女们涂着厚厚白粉的脸颊上，因阳光照射而呈现出来的长睫毛的投影，也与剑道护面颤动的闪光合而为一。

来宾敬献玉串的仪式之后，御门重新关上，近午时分，祭典告终，之后是客殿里的斋宴。

宫司带来一名陌生的中年男子介绍给本多，这中年人身后跟着头戴白条纹帽子的少年饭沼，因此本多猜测来者就是饭沼茂之。饭沼蓄起了八字胡，致使本多未能立即认出他。

"您好，本多先生。真是久违了，屈指算算不是十九年了吗？听说昨天小犬勋多承照顾，真是感谢。唉！真是奇缘啊！"

饭沼说着，从怀里拿出一沓名片，从中挑出一张自己的递给本多。素有洁癖的本多注意到那张名片的一角有些折损，而且还有点脏。名片上印着：

靖献塾长　饭沼茂之

首先让本多大感惊讶的是，饭沼与从前判若两人，变得能言善道、态度豪爽。昔日的饭沼绝不会如此。仔细再一看，那副前襟露出胸毛的邋遢样，有棱有角的宽肩膀，阴暗忧郁而怯生生的眼神依然如故，只是待人接物方面改变甚大。

饭沼看了本多那满是头衔的名片说：

"我这么说也许很冒昧，您真的颇有作为，其实我早已听说您的大名，可是像我这种泛泛之辈，如果凭着那么点旧交情就贸然造访的话，一定会让您很为难，因此一直不敢造次。啊，现在终于见了面，您还是一如过去。少爷如果还在世，您必定是他最信赖的朋友。后来我也听说了，您的友情确实难得，那么尽心地照顾少爷，真的，大家都很敬佩您。"

本多听着，多少有点被嘲弄的感受，但是饭沼这般无所忌讳地提及清显，可见他还没察觉自己儿子转生的秘密。换个角度来说，或许可以解释成饭沼只是故作磊落地先发制人，警告别人不要触及这个秘密。

但是看到饭沼那袭印有家徽的和服与侍立其后的勋，一切都显得再平凡不过，饭沼肌肤上所积存的岁月以及世俗的痕迹，都散发着只有现实存在之物才能拥有的强烈的"存在之腥味"，从昨夜以来一直纠缠着本多的那种扑溯迷离的念头，此时只像一夜的幻梦；本多甚至觉得连看到勋腋下的三颗黑痣，也只是自己的错觉。

本多今晚有必须处理的工作，可是依然忍不住问饭沼父子："你们要在关西逗留多久？"

"我们计划搭今晚的夜车回东京。"

"真遗憾！"本多凝思片刻之后，断然地说，"今晚出发之前，能否带令郎到舍下来一起共进晚餐？这是很难得的机会，我们叙叙旧，好吗？"

"怎么好意思！连小犬也一起去，不是太打扰了吗？"

"你也无须客气，和令尊一同来吧。是和令尊搭同一班车回去吧？"本多直接问勋。

"是的。"

从勋回答的语气听得出，他顾忌着他的父亲。最后饭沼茂之表示，恭敬不如从命，下午处理完大阪的几件事情后，再一起登门拜访。

"昨天令郎的比赛精彩极了，您没来参加实在可惜！所谓大快人心的胜利，想必就是那种情形。"本多一边看着父子两人的脸一边说。

此时一名西装革履、瘦小却矍铄的老人，和一位三十岁左右、容貌姣好的女人向这儿走来。

"那是鬼头中将和他的千金。"饭沼在本多耳边悄悄地说。

"鬼头中将，是那位和歌界的名人吗？"

"是的，正是他。"

饭沼全身紧张起来，低低的几句耳语就像天皇出巡时警卫们说话的语调。

鬼头谦辅是位退役的陆军中将，同时也是著名的和歌诗人，享有《金槐集》[1]诗风再世的美誉。本多也曾在朋友的推荐下，看过鬼头那本闻名遐迩的诗集《碧落集》。那是本极具古雅及简朴之美的和歌集，真让人想不到竟是出自当代军人之手，本多甚至能毫不费力地背出其中两三篇。

饭沼殷勤地同中将寒暄了一番，然后转过身来，向中将介绍说："这位是大阪高等法院的法官本多繁邦先生。"

如果只是能使人联想起旧交的私人介绍，那倒也无所谓，可是为了炫耀自己，饭沼却在介绍时特别突出本多的头衔，这样一来，本多不得不戴起职业性的面具，摆出一副威容。

中将出身于阶层分明的军中，因而看来也通达此中奥妙，他展露了礼貌性的微笑，使得眼角处原本已有的笑纹更加显著可见，并从容地说：

---

[1] 日本古代将军源实朝的作品。

"敝姓鬼头，请多指教。"

"我很早就拜读过您的大作《碧落集》。"

"那可真让我汗颜。"

老人没有以势压人，反而给人一种老军人特有的亲切感。戎马生涯本应是一种英年早逝的职业，这种职业的幸存者年老时便具有一种特有的豁达，总是能令人强烈地感觉到，就像冬阳射进古老而质地良好的木制窗棂时，停留在窗纸上的明亮，窗外还有寥寥落落的几处残雪。

本多和中将交谈了几句，听到旁边他那个美貌女儿和勋的谈话：

"听说你昨天在个人组的比赛里连过五关，获得了冠军，恭喜你！"

意识到本多的视线扫向女儿，中将介绍说：

"小女槙子。"

槙子也毕恭毕敬地低头致意。

本多觉得她抬起束发的头、面孔出现在眼前的一刹那，是那么使他期待。近看时，她那几乎没有化妆的白皙肌肤，以及纸上隐现的细纹般的妙龄衰颓之象历历在目；端庄的脸庞上，有某种幽远的忧郁，抿得过紧的唇角，浮起似冷笑又似绝望的表情，令人觉得不安，但是双眸却又含有一种温柔且怡人的润泽。

正在和中将父女闲谈三枝祭之美同时，身着白衣和淡黄色裙裤的祢宜，开始催促三三两两站着说话的客人们入席。

中将父女又遇到其他熟人，便先走了，因此本多他们和中将父女之间马上被人群隔开。

"好漂亮的千金呀,还没出嫁吗?"

本多自言自语般问道。

"是离了婚回娘家的,三十二三岁了吧!不过说也奇怪,竟然会有男人肯放弃这样的美女。"

饭沼声音含混,就像正用手抚着八字胡下面的双唇。

客殿大门外的换鞋处人群拥挤,有争先的、有相让的。本多随人流走过去,从人们的肩缝之间,清楚地看到斋席的白桌布上面摆着无数簇百合花。

本多不知什么时候和饭沼走散了,他在拥挤的人群中想到,转生的清显一定也混杂在这人群之中。可是回头想想,在这初夏的白昼阳光下,那是一种不着边际的幻想。那过分明亮的神秘使他目眩。

仿佛海洋和天空在遥远的水平线上融合在一起那样,也许梦和现实也会在遥无边际的地方融合为一。但是在这个地方,至少在本多的身边,人们都在法律的控制和保护之下。本多是这个世界现行的法律秩序的保护人,法律像是一个沉重的铁锅盖,盖在现世这一锅大杂烩之上。

本多想着:"进食的人……消化的人……排泄的人……生殖的人……或爱,或憎的人。"

这都是法院控制之下的人,稍有差错即可能随时变成被告,也是唯一一种具有现实性的人。那些打喷嚏、嬉笑、摇晃着生殖器的人……假如每一个人,都毫无例外的只是这种人,那他所恐惧的神秘,便是任何地方都不该有的,即使这些人中隐藏着一个清显的转生之身。

本多应邀在上位坐下,眼前已摆好了菜肴、酒和碟盘、小碗。每隔一定距离,就摆着一个插有百合花的花瓶。槟子和本多坐在同一侧,因此本多只能偶尔瞥见她美丽的侧面和些微散乱的鬓发。

初夏的阳光稀稀疏疏地洒在院子里。人间的酒宴开始了。

八

下午回到家后,本多就嘱咐妻子张罗晚餐,以便招待客人。午睡时梦中出现了清显,本多为此而欣喜,和他说了几句话,可是清醒后,本多却并未因这场梦而感到震撼,他很清楚,那不过是昨夜以来自己的思绪一直滞留在疲劳的脑子里,而显示了一种图解罢了。

傍晚六点钟,饭沼父子来了,还带着旅行箱,看样子是打算离开本多家后便直接到火车站去。

彼此对坐下来,都不愿提起往事,只谈谈近来的政治和社会百态。虽然如此,也许是顾忌本多的职业,饭沼并不表露对时事的慨叹。勋则正襟危坐,双拳搁在腿上,聆听父执辈的谈话。

昨天透过护面尚且闪烁发光的那对眼睛,在如此平常的聚会里,愈发清澄、锐利、炯然,因而显得与这家宴并不协调。那是一对总给人怒目而视之感的眼睛,只要看到它,就会令人产生不安的感觉。

本多与饭沼谈着话，却总为勋的眼睛困惑不已。他很想对少年说："在这样的场合，不必这样瞪着眼睛。"那种与日常生活琐碎的起伏过于格格不入的眼神，人看了总会内疚。

人们对于共同的回忆往往能热烈地谈上一个小时，但这不是普通的聊天，而是因原来仅属于自己的怀旧之情找到了可以分享的对象，从而开始的一种憧憬已久的独白。各自独白一番后，突然觉得彼此好像各在断崖一岸，早已无话可谈。

可是片刻之后，再也无法忍受沉默，话题又回溯到过去。本多忽然很想问问饭沼，何以在右翼团体的报纸上，署名写了一篇《松枝侯爵之不忠与不孝》的文章。

"哦！那件事吗？深受侯爵恩泽的我不能恩将仇报，所以想了很久始终不敢写，最后终于在上谏不成唯有一死的心情下写了那篇文章，这完全是出于爱国之念。"

饭沼虽然对答如流，但终究无法说服本多，于是本多提起，清显读了那篇文章后，感觉到了字里行间所透露的深意，愈加怀念起饭沼来。

饭沼略带醉意的脸上呈现令人迷惑的感动，八字胡也微微颤着。

"原来如此，少爷真的这么说吗？可见我们的心灵还是相通的。怎么说呢？写那篇文章确实有个动机，我想即使会牺牲侯爵，也一定要向天下说明少爷是无辜的。这话怎么说呢？我怕一味置之不理的话，少爷的事一定不胫而走，就难保他不会有意外灾难临头。于是我心想，如果我先下手为强，将侯爵的不忠公之于世，就能使少爷免受连累。而侯爵若真有父子之情，大概也愿意为儿子背负恶名吧。结果，我的文章只惹得侯爵大怒，但实在也是不得已。不过现在我知道了，我当年所做的事并非枉费气力，至少少爷理解我的苦心，所以也不需要说什么了，我很感谢他。

"……本多先生，请您听我说，有道是借酒壮胆、酒后吐真言，一点儿也不夸张，得知少爷去世时，我连哭了三天三夜。原以为起码得去守灵，可是却被门房挡住了，他一定是接到了上面的命令。公祭时我又被警察赶出来，连上一炷香都没能如愿。

"我知道这是自作自受，但也是我一生中最大的遗憾，至今还时时常为了此事向内人发牢骚。少爷是何等可怜，还没实现自己的心愿，年纪轻轻的，二十岁就过世了，我一想到他……"

饭沼从怀里掏出一条手帕，拭了拭潸潸的泪水。

出来斟酒的梨枝不知该说什么好，勋也从未见过父亲如此激动，于是把筷子放在桌上，低下了头。

本多隔着灯火下的狼藉杯盘凝视饭沼。如此看来，饭沼的真情似乎不容置疑，若其悲伤是出于真心，就绝不可能知道清显的转生。假如他知道，这种悲泣应带有某种不纯、暧昧且不真实的成分。

本多如此思量着，却不禁扪心自问，饭沼如此悲叹，自己为何竟然滴泪不弹？其因有二，一者为多年来的理性职业锻炼而成，再者是萌生了清显转生的希望所致。他觉得一旦蒙胧地产生了人类可能转生的想法，这世上最深切的悲伤将立刻消失，其真实性和新鲜感如同枯叶般飘落。人类的气质因悲伤而损毁无遗，就某个角度想，那比死亡更为可怕。

饭沼哭过之后，突然转向勋，说是忘了打电报，叫他赶快去打，以便让私塾的学生们明早到东京火车站接他们。梨枝要女佣去，可是本多知道饭沼希望儿子暂时避开，便信手画了一张地图给勋，告诉他距离最近且夜间也办公的邮局在哪里。

勋出去后，梨枝也回厨房去了。本多心想这正是盘问饭沼的最好机会，这念头使他着急，不知道怎么问才能显得自然，正在迷乱之际，饭沼开口了。

"我觉得我对少爷的教育很失败，所以，我尽可能好好地教育自己的儿子，虽这么想，可是仍未尽如人意。说也奇怪，儿子长大后，看到他才想起少爷的优点，以前我对少爷那么头痛。"

"不，您有个好儿子，就一个人格的形成来说，清显比不上勋。"

"没想到本多先生也会给我戴高帽。"

"起码勋会锻炼身体，光是这点就有很大的不同，清显从不锻炼身体。"本多边说边暗自忖度，如何才能若无其事地把话题引到转生之谜的关键点上去，因此内心很不平静。"清显之所以会因患了一场肺炎而去世，就是因为他的身体只是个空壳子。他从小就跟着您，您一定对他身体的每一部分都了如指掌吧⋯⋯"

"没有那回事。"饭沼连忙摇了摇手，"我连少爷的背也没替他洗过。"

"为什么？"

此时，这位粗犷的塾师脸上泛起了难以形容的羞怯，血液往黝黑的脸颊涌上。

"少爷的身体……总是令我觉得耀眼，所以从来都不敢正视。"

勋打完电报回来，就到了该出发的时间。本多这才想起没和勋谈几句话，于是提出了一个有些不自然的问题，这是因为他的职业很少和少年打交道。

"你最近在看什么书？"

"噢，"正在整理旅行箱的勋从里面抽出一本薄薄的线装书，拿给本多看，"这是上个月朋友推荐的，买回来之后，已经反复看了三次，从来没看过如此扣人心弦的书，先生您看过吗？"

那本书装帧简朴，封面上用隶书体印着：

神风连史话　山尾纲纪著

本多翻了翻这本与其说是书不如称为小册子的书籍，确认未曾听过作者的名字，也没见过卷末出版社的名号之后，默默地把它交还给勋，但少年却用他那壮实且被竹剑磨出茧的手把书推了回来。

"您若喜欢，请留下来看吧！这是一本很好的书，借给您吧，以后邮寄还我就好了。"

正好饭沼如厕去了，否则一定会责备儿子这种强加于人的失礼，可是少年热心推荐时那对闪闪发亮的眼睛，令人意识到少年相信把这本最喜爱的书借给本多，是报答本多厚意的唯一方法。本多不愿扫他的兴，便收下那本书并道谢：

"你这么珍视的书，我真有点不好意思！"

"不，只要您肯读读它，我就很高兴了，想必您也会受感动的。"

勋的语调铿锵有力，本多感受并羡慕这个年龄的孩子特有的单纯的精神世界——他们不能区分别人和自己在受感动这一点上的本质区别。可轻易到达的精神世界，就像蓝色粗花布一样，上面的碎白花纹始终单纯如一，令人羡慕。

梨枝的个性中有一点难能可贵：任何访客走后，都不予评头论足。这也是她绝不轻信任何事物，像食草动物般不愿多事的踏实生活态度所致。但是梨枝并不单纯，她常常在两三个月之后，才轻描淡写地指出某天的客人有些什么缺点，使本多十分惊讶。

本多虽然深爱梨枝，可是也知道要与她谈幻想和梦是不可能的。当然，梨枝会很高兴地听，但是，不管她会不会将这当作蠢话，反正她是一定不会相信的。

本多已经养成绝口不对妻子谈工作的习惯，因此可以毫不困难地把属于自己不算十分丰富的想象力的那一部分和工作上的秘密一起隐藏起来。从昨夜起他的心情就混乱到极点，但是他认为，那些事情也该和清显的《梦之日记》一样，一起收藏在抽屉深处。

夜已深了，本多走进书房，面对必须在明晨之前处理好的文件，责任心顿时成了压力，从难以研读的调查报告的纸面上反弹回来，令本多无心工作。

本多顺手摸起勋留下的小册子，在百无聊赖的情形下读了起来。

九

神风连史话

山尾纲纪著

（一）卜问神意

明治六年夏季的某日，熊本城南二里开外，新开村的大神宫内，有四名壮士正陪神官继承人太田黑伴雄拜神。

这座新开皇大神宫是伊势大神宫[1]的分祠，所以又称"御伊势新开"，这座茅草屋顶的简朴神社，耸立在青翠田园中的树林里，备受当地人民的景仰。

不久，他们祭拜完毕，其余四人都退至太田黑家的客厅，只留下将执行宇气比秘密祭典的太田黑。

这四人是：表情严肃、正值壮年的加屋霁坚，年逾花甲的上野坚吾，以及同为知命之年的斋藤求三郎与爱敬正元。加屋

1　日本天皇的宗祠。

霁坚留着全发¹，所有人肋下都系着佩刀。

他们正在等待宇气比的结果，气氛之紧张使他们顾不得擦汗，也无暇互视，只是沉默地端坐。

知了的叫声使骄阳下的空气变得愈发沉闷，卧龙松枝叶浓密地遮掩着客厅前院子里的小池塘，门廊上寂静无风，可是池边如刀剑般直立或呈圆弧状弯垂的菖蒲却在微微摇动，百日红的白枝上，在池水中映出涟漪。

四下绿色浓郁，胡枝子叶也被染上了浓浓的绿意。黄蝶飞舞，抬头仰望，院子周围不高的杉树丛之间，尽是灿然而寂静的晴空。

加屋用锐利的眼神注视神社的方向，只有他对今天的宇气比寄予异于他人的期待。

大神宫的拜殿中央挂有一面匾额，上面装饰的是细川忠利侯爵的白鞘²刀，左边有一幅神龙图，右边是细川宣纪侯爵所绘的雌雄白鸡图，除此之外，还有黄檗雪机题撰的"万治三年大神宫"字样。房间靠墙处还设了高台，是为藩侯或藩侯代理人前来祭拜而备的。

太田黑伴雄身着白色祭服趴伏神前，他的脖子细瘦，面色如病人般苍白，这是因为他每次祈神之前都会进行七天或十天断食，并烟火五十至不近百日。

宇气比是卜问神意的祭典，三年前仙逝的本家先师林樱园相当重视这项神事，更著有《宇气比考》一书，可视为先师遗训

---

1 江户时代，老人、苦行僧、医师等可保留全发，无须剃去一半头发。
2 不漆图案的木制刀鞘。

的精髓。

樱园的国学较平田笃胤的"幽显一贯"之说更为精深,他认为:"神事本也,现事末也"。并说"治世政人者,以神事为本,现事为末,本末合一以治世政人时,天下不足治也",将其秘义之根本,置于占卜神意的宇气比当中。

《宇气比考》一书,开宗明义便说:"宇气比乃神道最灵奇之神事,其始源于可敬可畏之天照大神(日本开国之神)及须佐之男命(命为尊称,此人乃皇孙也)在高天原(天堂)宇气比后,传于显国(日本)。"

须佐之男命为了表明自己心地的清澄,经过宇气比后生下众子,其中天之忍穗耳命正是迩迩艺命的父神,绵延不绝的日本皇统乃始于此神,因而宇气比正是神事的根本。本是通过此神事请示神的训示,或得知神的意向,但是自中古时代以来,该神事中断了很久,林樱园深以为憾,总希望在这混沌紊乱的世界里将其恢复。

由此可知宇气比乃是"可堪崇敬的神道",再者日本本为"言灵佐幸之国",亦即可借助于灵验的神言之妙用,蒙受天神地祇之助,故云"宇气比之神事,乃言灵之道也"。

某人引用了熊本[1]的藩学——宋学——所说的治国平天下之理,批判宇气比之神秘时,林樱园驳道:

"此世中,治人者凡人也,被治者亦凡人,凡人之欲治凡人,如无舟而于海洋中救助溺者也。宇气比诚为浮宝,乃济助溺者所需之舟也。"

1　日本南方的诸侯国之一。

林樱园以真渊及宣长二位国学大师的学说为本，汉学涉猎经、子、百家，佛学则秉研大乘、小乘，甚至涉及西学的博学硕彦，并且抱持内昭皇道，外耀国威之志。美国海军将领佩里[1]首次来到日本时，日本当局手足无措，而且打着"攘夷论"招牌行颠覆幕府之实。樱园对这种权术不满，看破红尘，之后沉潜于幽理，成为方外之人。

他希冀恢复古神世，不满足于真渊及宣长等人的古典解释学，决心通过古典阐明古神道，借以匡正人心，振复此世为清明神世，以待天佑。这是古道的实行，复古的覆践。他更谈及"希腊的苏格拉底"，但是也对"道本在无道之国所倡，皇国无道却胜彼也"之说，表示赞同。

神之道乃政教一致之道，认为侍奉现世的显形之神——天皇，同于侍奉幽世的无形之神，所有的祭典都要秉承神命而行；但若欲承神命，则唯有极尽虔敬，依据宇气比行事。

这位热情的敬神者一生影响所及，催生了以太田黑伴雄为首的皈依神的纯洁信徒，林樱园去世时门徒们悲恸的情形，可与释迦牟尼涅槃时围绕身旁的弟子们相比。

适值先师殁后三年，洁身正心的太田黑伴雄，今天正以紧张的心情执行宇气比的神事。

王政复古之诏下达时（指明治维新，德川幕府的武士政治结束，天皇取回政权），一道曙光出现，意味先帝孝明天皇的攘夷之志即将达成。但是天日骤黯，年复一年、月复一月地进行开明政策。明治三年，天皇面许原为公爵、现为亲王的满宫能

---

[1] 佩里1853年率领美国舰队远航日本，迫使江户幕府打开门户与其通商。

久王留学德国，当年年底禁止庶人佩刀；明治四年通过削发废刀之令，和外国陆续订立条约；明治五年更采用了西历；今年正月设置六镇台[1]以安抚民众，大分县发生叛乱。这种时局的动态，完全与先师主张的政事之本背道而驰，与其说是时局在变动，毋宁说是逐渐倾斜崩溃。人们的希望幻灭、心灵荒芜，污浊代替了清世，高尚为卑俗所更替。

倘若先师在世睹此情景，将作何感想？倘若先帝在世观此情状，又有何反应？

当然，这是太田黑伴雄等人不得而知的。明治四年日本元老岩仓公爵匿访欧美各国时，以副使身份随行的木户孝允、大久保利通、伊藤博文等青年们，就在船上展开了一场关于改革国体的论战，大家的结论是为了与欧美列强分庭抗礼，日本也该采取共和政体。

与此同时，明治五年下敕更改神祇省为教部省，后又废教部省改置社寺局。至此，传统悠久的神社降为和外来的寺院同等地位，先师复古与政教一致的理想更无实现的希望。

现在太田黑要祈请两件事情，第一是加屋霁坚的志向，即"进死谏于当路，令弊政得变革"。

加屋坚信秉持言举，刀不血刃即可制敌，欲效法明治三年萨摩藩武士横山安武的死谏，在提出奏表的同时自刃剖腹，以成死谏之举。但是其他同志都很怀疑他的行动是否真能奏效。

第二是，万一死谏不被采纳时，即"暗中挥剑，击扑当路奸臣"。

---

[1] 明治初期军团之称。

太田黑本人也认为，如果第一个方法不得神允，也只好这么办了。

《宇气比考》一书提倡神武天皇（日本第一代皇帝）用酒瓮和糖稀进行的宇气比，而太田黑则选择了宇土的住吉神社所传的伊势大神官系统的宇气比秘法，先挑选适宜的桃枝将之削直，再将美浓纸[1]剪成条状，贴在桃枝上作为祭神用的"御币"，并且写上留待神示可否的祈问词。

接着写了一张"进死谏于当路，令弊政得变革之事，可也"的纸条。

另外又写了三张"……之事不可"。

每张纸都揉成团，搅乱之后放在小供桌上，由拜殿走下楼梯再登上通往本殿的楼梯，恭敬地启开御门，膝行进入本殿那白昼的黑暗中。

日正当中时本殿里闷热难耐，黑暗中只听见蚊子的振翅声，阳光洒在正在叩拜的太田黑的白色祭服衣摆上，素绢制的裙裤也沐浴在阳光中，像是摞放在一起的芙蓉花。太田黑琅琅吟诵着大祓[2]。

神镜在幽暗处放射光芒。太田黑深切地感觉到神就在这酷热的幽暗中，就如汗水由额头滴到太阳穴再爬过耳边的感觉般真切，他又意识到自己心脏的搏动已成为神的搏动，响彻了本殿的四壁。太田黑觉得他衷心向往着的眼前那片黑暗中，正有一种看

1　用楮木树皮制的纸，纸质韧而稍厚，因原产于美浓而得名。
2　大祓乃日本古来在每年六月及十二月的最后一天举行的祭神大典，宫中亲王以下的百官聚集，祈求神明降福洗净罪恶。大祓词为此时祭祷之词。

不见、清如泉的东西向自己因酷暑而萎靡的身体中流来。

太田黑举起御币时，御币发出鸽子鼓翅的声音。他先在小供桌上方依左右左的顺序挥了三下，以示洁净，然后静下心来，轻轻地指着小供桌。

四个纸团中的两个被御币粘起，离开了小供桌。太田黑把它们打开，利用户外射进来的光线端详，发皱的纸上清楚地呈现出"不可"二字，另一个纸团也是"不可"。

太田黑又朗诵起祈问词，开始作第二次的宇气比。这次问："暗中挥剑，击扑当路奸臣。"

做过同样的动作后，只有一个纸团被御币粘起，打开来看，又是"不可"。

迎候太田黑的四位同志都低着头，恭恭敬敬地准备聆听神示，唯独加屋锐利的眼神并未往下看，反而仰视太田黑苍白且汗水淋漓的脸。三十八岁的加屋已决定，只要神意准许，他就代表同志们只身去死谏。

太田黑一言不发。终于在最年长的上野的询问之下，大家才知道这两种办法都没有获得神的许可。

众人献身君国之志不因神明不允而有所更易。有人建议，如此则应更加虔诚祈愿，等候值日之神的平灾降福，时机成熟后，再到神前发誓，共同奉献躯体和生命。大家再度一起来到拜殿，焚烧献在神前的誓愿书，并把纸灰放在神水中轮流饮下。

在熊本地方，神风连的"连"字意指乡党，如坪井连、山崎连、京町连等，皆是以培养武士作风为重的地方团体。林樱园门下的志士们特称"神风连"，其来有自。明治七年，县厅举办神职人员考试时，这几人不约而同地在试卷上写：

> "俟人心端正，皇道兴隆时，必如弘安年间之元寇，神风忽起，扫攘夷狄。"[1]

主考官看了之后大为惊讶，所以称他们为"神风连"。

这些志士们，尤其是年纪较轻的富永喜雄、野口知雄、饭田和平、富永三郎、鹿岛瓮雄等人，都将这一派忌讳污秽，憎恶新政的精神体现于日常生活中。

野口知雄认为电话来自西洋，因而绝不从电话线下走过。在此附带一提，日本的电信规则是明治六年发布的。野口每天去参拜清正公的庙宇时，都挑没有电话线的地方，绕路而行，别无选择之时，只好打开白扇遮头而过。

野口的袖子里经常备有盐巴，每遇僧侣、穿西装的人或葬礼时，都会往自己身上撒盐，借以洁身，此事充分显示平田笃胤所著的《玉襷》一书对青年们的影响之深。据说这派的领袖人物中，最讨厌看书的福冈应彦也爱看这本书。

富永三郎也很绝，他曾卖掉其兄守国的赏典俸禄，结果到白川县厅领到的却是纸币。从未摸过这种仿西风的污秽钞票的富永三郎，只得用筷子夹它们回家。

樱园先生赏识青年们的尚武精神。多数青年都不近文雅，中秋节到白川河边赏月时，就想到今年的明月，将是自己此生中所见的最后一次明月；暮春赏樱时，又会想到今年的樱花将

---

[1] 忽必烈遣大舰两度进攻日本，均因台风而全军覆没。

是自己能看到的最后一次樱花。他们齐吟咏水户藩的志士莲田市五郎所写的和歌。

"举矛望月兮，当思未来，
何日此月兮，照我尸骸。"

樱园先生的教义里，幽世本无生死，现世的生死起于伊邪那岐及伊邪那美二神的宇气比。可是人本就是神之子，所以只要身心不犯种种罪秽，履行神传古道，立得直、坐得正、行得清，即能超脱现世的死、灭之境，进而升天为神。

因此，樱园先生写下：

"魂随白鸟飞天去，
空留骸壳于人世。"

明治七年二月暴发佐贺之乱，征韩党举兵叛变，熊本镇台也派兵参加镇压，守城兵员一度仅剩两百，太田黑认为，不可坐失良机。

太田黑对于改革政治的军略胸有成竹，他认为若欲清除君侧之奸，恢宏皇运，唯发动义兵，夺取熊本镇台以为根据地，号召同志，再与东西各地同志相呼应，联军东进。第一步便是攻占镇台，对同志而言，现在正是空前的好时机。

这时太田黑第二次通过宇气比卜问神意。

和上次一样，太田黑经过几天的断食后，来到神前，挥动御币虔心卜问神意。

此次没有炎夏时的闷热、阴暗,本殿内充满早春凛冽之气,再加上宇气比的时刻是在黎明之前,宅邸深处响起了鸡鸣声,这叫声似电光、似迸血、似裂帛,撕破了黎明前的黑暗。

平田笃胤虽然对死秽要求非常严格,但是对血秽却不十分计较。太田黑忆起在神前时纯净血液的沸腾,并深信一旦因清除君侧而要流血,神是会允许的。太田黑的祈念五彩缤纷,其中有斩奸之刃的闪光,也有喷洒迩地如幻似梦的血。而拂拭掉鲜血的远方,则如蓝色的水平线一样凝结着纯洁、刚直、正确。

晨风微袭,神前的灯火摇曳。太田黑挥动御币,带起了一阵风,灯光顿时倒伏而下,险些熄灭。

诸神正在凝眸注视。用人的尺度,并无法获知诸神安排人事的准则。唯神能够预见所有的结果,并作出可否的指示。

太田黑拿下粘在御币上的纸团,在烛光下打开一看,上面写——"不可"。

神风连的志士们,并非冥顽不灵且不识情趣的人。青年们都企盼得到一个壮烈而终的机会,可是他们的日常生活里却也不失一般青年应有的气息。

沼泽春彦的臂力超人,尤善于四天流[1]武术的搏斗。有一天,正在院子里捣米时,骤雨忽至,他立即抱起臼杵,搬进屋内,若无其事又捣了起来。

猿渡弘伸疼爱两岁的女儿梅子,某日略带醉意返家,拿个酒瓶给酣睡的梅子抱,并说"西瓜、西瓜"。平时喜吃西瓜的梅

---

[1] 日本剑术和击技的一个流派。

子睡眼蒙眬地抚摸怀中的酒瓶，其妻数子笑着数落说："平时你不是要求孩子不能说谎吗？自己怎么会有这种行为？"猿渡很是懊悔，赶紧出去买西瓜，可是西瓜产季已过，最终大费周章地买到一个给梅子。

鬼丸竞曾和河上彦斋等人以政治犯之名同监服刑一年。他性好杯中物，服刑期间还让家人在元月初一那天把用三升酒浸过的冻豆腐装在大食盒里送来。狱卒责怪酒味太重，鬼丸答说那是酒煮冻豆腐，当然会有酒味。

田代仪太郎是个孝子，医生建议其父多吃牛肉，虽然牛肉是神风连青年们最忌讳的秽物，但仪太郎还是每天都到上河原的屠宰场买牛肉回家煮给父亲吃。举兵那年夏天，父亲要他成婚，未经同意即替他订好一门亲事。仪太郎知情后，含泪坚拒到底，因为他已决心一死，不愿拖累一个无辜的女孩。

野口知雄生性刚直，远文近武，特别擅长骑射。每年春秋在藩主花田的宅邸中表演武术时，从未误失目标，百发百中。他亦是守信之人。某次和朋友闲聊时，听朋友说因未买到萝卜而无法做腌萝卜，当天深夜就和弟弟一同扛着一大桶腌咸菜去敲朋友的门。

明治七年夏，白川县县长安冈良亮举用神风连的诸壮士担任县内大小神社的神职。受任新开皇大神宫神官的，当然是太田黑伴雄，同时又任命野口满雄与饭田和平为祠掌[1]；锦山神社的神官是加屋霁坚，木庭保久、浦楯记及儿玉忠次等人则为祠掌。就这样，同志们相继出任十五个神社的神职，他们虔诚敬

---

1 神官的助手。

神的生活态度获得广大县民的信任，同时县中各地神社也大多成为此党本部或分部。

诸壮士们当然不会就此而得意丧志，他们益加尊敬神祇、忧怀国事，并越来越为政局背离樱园先生所提倡的神世复古之说而慨叹。

明治九年政府的一记重锤，把他们仅存的一线希望也击得粉碎了。这就是该年三月十八日所公布的废刀令，以及其后县厅颁布的削发令，而县长安冈严格地执行了这两道法令。

青年们非常激动，太田黑为了暂时平复他们的情绪，劝慰说，既然不能佩刀，就改成放在袋子里拎着走。但是仍然无法转移青年们激昂的心情。青年们相继拜访太田黑，并质问什么时候能够让他们舍身就义。

刀剑被剥夺，同志们就等于失去了保护他们所敬之神的凭借。该党人向来自视为神之卫兵。侍奉神明需要虔诚的神典仪式，保卫神祇更要有象征雄赳赳、气昂昂之大和精神的日本刀。因而禁止佩刀之后，被新政府日渐轻视的日本诸神，便只能作为无力的愚民百姓之精神支柱了。

他们感到樱园先生曾那样热情地向身边人宣扬过的诸神，那些会点燃他心中火苗的神祇，正逐年遭遇贬黜的厄运。它们被剥夺地位，遭到排斥，它们发挥力量的范围被尽可能地缩小。政府唯恐被基督教国家视为愚昧的异教国，因而更加积极地冲淡政教合一的理想，使众神陷于绝境，成为无力的小神，有如僻地因河风而发芽的芦苇上攀附的蜉蝣一般，这一连串的动向已显而易见了。

刀剑也将和诸神同命运,国土不再交与腰际挟有神州不灭之光的大丈夫们护卫。山县有朋[1]所规划的军队并不能使旧士族各得其所,亦非国民个人凭自发意愿来从事国防重任的组织,而是一支打破阶级界限,建立征兵制度,脱离了传统的西式职业军队。日本刀被西洋式指挥刀所取代。今后,日本刀面临着失去灵魂,被作为美术品、装饰品而玩弄的命运。

此时,加屋霁坚放弃了锦山神社神官之职,上了一篇长达数千言的佩刀奏议书给县长,并请转呈中央政府。这是赞美日本刀的千古名文,是字字句句呕心沥血的绝唱。

《为禁刀之令奏议》:

草莽微臣加屋霁坚,诚惶诚恐、昧死上书元老院诸公阁下:本年三月,以太政官第三十八号令,凡着大礼服之军人、警察、官吏等,除用成规之服外,禁止带刀。于固有赫赫神威之国体,虽惶恐而不敢置微言,然出于忧国之至情,不忍畏慎沉默以窃位。既于四月二十一日略以缕陈左列条件具情抗疏熊本县令,并恳遴解本官兼补之职。但今日上申趣旨抵触成法,地方厅难于余议,至六月七日,竟下庋本书。嗟乎!鄙陋小民,不谙郁郁乎文明之礼法,论述亦多粗漏,深知难得上方体察,今后应稍有讲究,然臣犬马之恋、蝼蚁之忠弥益迫切,不能自已。故论列谨录上事如左。

---

[1] 一八三八——一九二三,明治、大正时期的军人、政治家。

这一段序文中充满几经压抑的忧郁和愤怒，洋溢着再也不能遏制的犬马之恋、蝼蚁之忠。

"伏唯我神武之国，佩戴刀剑乃绵邈神代固有之风仪，国本赖以立，皇威赖以恢，以慰祭神祇，以攘除妖邪，以勘定祸乱。则大之以镇国家，小之为护身之用也。呜呼！尊神尚武之国体，须臾不可离者，乃刀剑乎！况体敬神爱国之朝旨、担广布仁义之贵任者，争可忽刀剑哉！"

霁坚如此旁征博引，据实证明从信史以至现在，刀剑于日本是如何被重视，如何振兴日本精神，并说举凡士农工商都必须佩戴刀剑，才合乎古神时代以来的"先王之法"。

然近闻街谈巷云禁刀令之下也，出自陆军长官某公之奏议，其言曰，军队之外有携兵器者关系陆军权限非浅云云。臣反复熟考此言之非体，绝非出自长官之献策，乃为万民街谈巷议之虚言。何以哉？盖陆军长官乃皇家之爪牙、神国之倚赖也。其恩威宽严，孰不具胆思服。况在兵籍者，皆公之羽翼枝叶。凡属神皇之民者，即令荷戈提剑者充满天下，其实强陆军之兵权，多庙算备缓急时用，争有妨碍政治之理哉！若是，则细戈千足[1]之国威亦将自辉。（中略）

由是观之，神武国威之衰替，似未有甚此时者。苟欲竭心力报国家者，奈何可徒尔游逸，无其方略献替之恩，

---

1 日本之美称，精妙武器足够之义。

徒费碌碌光阴哉？此诚股肱爪牙之君子，焦心苦虑，鞠躬尽瘁之秋也。（中略）

  此举与废藩置县诏中之昭大义、正名分，内以保安亿兆，外以对峙万国之朝旨亦相乖戾。所谓国自毁而后人毁之、人自侮而后人侮之，此祸害于今倍加骚骚矣。（中略）

正如这篇文章的开端所说，加屋的奏议由县长原封不动地退回，而后他又补充了文辞，修整了建言的体裁，准备只身上京呈交元老院，并且当场剖腹自杀，因此，进而参加党人共同起义的心思，也就淡薄了。

另一方面，青年们仍然追问着太田黑："身为武夫者，刀剑既被夺，活又有何意义！先生何时让我们舍身就义？"

太田黑耐心安抚血气方刚的青年们。一天，他召集了富永守国、福冈应彦、阿部景器、石原运四郎、绪方小太郎、吉田十郎以及小林恒太郎等七位参谋到新开神宫，告之事已至此，即应在远近各地的同志们产生为难情绪前，率先发动义军，刺杀当地的文武大官，夺取熊本城，以为垂范。七位参谋都深深信任太田黑，于是决定第三次通过宇气比卜问神意。

那是明治九年初夏五月，大家秘密聚集在皇大神宫里时，已是夜阑人静。

太田黑洁身后进入神殿。

参谋们并排跪坐于拜殿内，静候神示。

殿内传来太田黑拜神时清脆的击掌声。

太田黑身材瘦小，手掌却极为宽大，所以击掌声特别洪亮，使人觉得他那如同粗略刨过的杉板似的手掌凹窝中，抓住了一团清净的圆形空气，击掌时仿佛压碎了那些空气，瞬时爆发出某种神气。

所以富永就说过，你们听吧，诚心斋戒沐浴、身心洁净的人，就能拍出这么叫人宛若置身深山幽谷的声响。

尤其是今晚，在即将进入梅雨季节的黑夜里，从这声阔然响起的击掌声中，散放的是强烈的祈念和清澄的信仰，几可与叩打天门的响声相比。

接着太黑田念起大祓词，声音琅琅，仿佛夜深天空，东方将白。从拜殿望去遥遥可见白色祭服背后那道缝合线，这时他的声音就像是宝剑清脆地劈刺着邪恶。

"窃闻，自皇孙之朝廷始，天下四方之国，未有堪谓罪之罪耳。虔乞者，如神风之吹散天上之八重云；如朝风、夕风之吹扫晨雾、暮雾；如解开舳舻，将泊于要津畔之大船推至汪洋；如以烈火打制之锐利镰刀砍伐彼方繁木之根，尽被罪孽而无遗……"

七位参谋在拜殿里等候，屏气凝神地注视这神秘的神事。今天神祇若不应允，他们就不会再有起义的机会。

祝词终结，随之而来的是一阵沉默，太田黑伏地而祷，帽冠折向前方的黑暗。

拜殿紧邻田园，夜里，神社周围嫩叶的清香、田间肥料的气味，以及柯树花的芬芳都混合在一起，形成一种令人郁闷的气味，随微风若续若断地飘进殿内。殿里未置灯火，也就听不见慕火而来的虫鸣。

他们突然听到屋顶上传来一阵迸裂般的声音，原来是鹭鸶振翅而过所发出的声浪。

七人面面相觑，同时感到一阵战栗流过自己的身体。

不一会儿，神殿里的灯光被站起身的太田黑背影所遮，人们从踅回拜殿的脚步声中听出了吉兆。

太田黑转告众人，神祇已允许他们的祈愿。既得神允，该党人就是正式的神军了。

至此，太田黑开始派遣同志至各地，又暗中与筑后柳川、福冈、南丰竹田、鹤崎、岛原以及佐贺、长州荻等地的同志结为同盟，并让滞留于熊本的同志们斋戒沐浴、祈祝大事竟成长达十七天，举事的日期及义军成员，都听凭神旨决定。

神祇明示举事的日期为：

"农历九月初八，以月入山顶为号。"

义军成员也一律按神签决定。

也就是说，分全军为三队，再分第一队为五小队，第一小队由高津运记率领，以熊本镇台司令陆军少将种田政明的宅邸为袭击目标；第二小队由石原运四郎领导，目标是熊本镇台参谋长陆军炮兵中佐高鸬茂德的住宅；第三小队的首领是中垣景澄，攻击重点是步兵第十三团团长，陆军步兵中佐与仓知实的屋子；第四小队由吉村义节率领，向熊本县县长安冈良亮的官邸进击；第五小队则以浦楯记为首，攻击对象是熊本县议长太田黑惟信的家。以上共三十余人，合称第一队，若达成任务即放火为号，而后回本队集合。

接下来编成的一队是由太田黑伴雄及加屋霁坚率领的中

军,有上野坚吾、斋藤求三郎二位元老和阿部景器、绪方小太郎、鬼丸竞、吉田十郎、小林恒太郎、田代仪太郎等参谋以及鹤田五一郎等英豪相助,袭击炮兵第六旅。为数七十余人,称第二队。

第三队则由富永守国与福冈应彦等参谋指挥,以爱敬正元长老和植野常备、涩谷源吾、野口知雄等精锐相辅,共七十余人,袭击对象是步兵第十三团。

众人之中,唯有加屋霁坚迟迟不肯发难。

加屋为人一向方正严厉、义胆干云、热忱洋溢于眉宇,他文工诗、词、歌、赋,武精于四天流剑法。

他参加发难与否,事关全体党人的士气,因此富永等几位干部不断地游说,结果直至起义前三天才同意。加屋表示,只要神旨认可他便参加。

由于加屋已辞去神职,便由浦楯记代向神明请教加屋本人的进退。浦楯记来到西边可望金峰山、东边隐约可见阿苏山的锦山台上的锦山神社,虔诚地为同志卜问神意。虽然神旨曾对携奏议书上京死谏元老院一事表示过"不可",但这次卜问的结果,神示"前进"。

加屋深信,先前自己之所以不赞同举兵之事,只是基于个人的成见而已。而今神旨超越了他个人的见解,下令进行这毫无谋略、更无胜算的战事,神明已为斗志昂扬的战士们铺开了一张洁净平整的白布,准备了一桌神宴。现在加屋心中的疑虑荡然无存,准备挺身而出。

神风连是如何完成战备的?

他们不分昼夜地往来于各神社，祈求神祇庇佑，这就是他们最重要的战备。

敌方镇台的兵力有两千人，己方却不及两百，元老上野坚吾曾提议多备一些枪械，可是同志们不屑使用夷狄污秽的兵器，因而异口同声反对，所以他们就只使用剑、长矛和长柄大刀之类的武器。

不过为了火攻敌营，他们还是暗中制造了五六百枚燃烧弹——将两个碗扣在一起，内盛火药、沙砾，再附上导火线。为了同一目的，暗中还买了大量煤油。

神风连的军装又如何？

有披戴盔甲护胸、穿战士礼服、戴武士礼帽的，但是多半都着平日穿的短裙。所有的人腰间一律绑上白布、佩双刀，背上斜背白布带，肩膀别上一小片写着"胜"字的白底肩章。

比装束、武器或旌旗更重要的是背在太田黑身后的灵牌。出阵时太田黑背上的这尊藤崎八幡宫军神灵牌，是神风连看不见的统帅，更是冥冥中的总指挥，还凝聚着先师的遗志。

传闻青年时代的樱园先生，得知美国军舰来犯浦贺的消息后，义愤填膺，在东征途上，即背负着同样的灵牌。

（二） 神示之战

神风连举事当夜的集会场所是元老爱敬正元的寓所，它位于大樟树树荫下的藤崎八幡宫正后方，旧城西侧的台地上，紧邻熊本镇台。两百名全副武装者聚集于此而未露风声，是因为采取了这样的方法；黄昏时，他们先在各据点集合，等夜幕低垂才三五结伴，由各据点向总集会地汇集。

从总集会地可以窥望农历九月初八的上弦月下，耸立在黑夜中的熊本城。大天守（城中最高的瞭望楼）矗立在城中央的月光下，其左伴有小天守，再往左是大厅堂及住宅平缓屋脊线的绵延，突兀高耸的瞭望台投影位于其后。天守左方两三处起伏的屋顶棱线，尽头是稍显突出的三层瞭望楼和望月楼，月光正润泽着屋瓦。第二队要攻击的炮兵营地，静静地躺在西侧与望月楼仅隔一道壕沟的"樱树马场"前面。

月亮开始西沉。

攻打要人私宅的第一队首先出发，时间已过十一点。满天繁星，野草丛生的藤崎台沾满了露水。紧接着，太田黑与加屋率领的第二队朝炮兵营地前进，与此同时，第三队也向步兵营地出发了。

第二队是中军，大约有七十名成员，上了庆宅坡之后分成两支，分别攻打炮兵营地紧闭的东、北两门。

袭击东门的同志中，二十二岁的饭田和平与二十六岁的田代仪太郎都是剑道高手。这两名青年奋力爬过栅栏，高喊"我最先进来"，跃入栅栏里，随即砍倒问话的卫兵，小林恒太郎和渡边只次郎也跟着跳进去。田代仪太郎马上在东门附近的厨房找到一根杵，用它击断门闩。城门大开，全队如雪崩般冲入。

速水宽吾击倒站在营前的一个炮兵，用绳索捆绑起来，准备让他带路。

此时北门也破了，飞奔而入的一队人和东门的同志会合，齐声欢呼杀进了两栋炮兵营房。

酣睡的官兵被平地响起的吼叫惊醒，睁眼一看，黑暗中白刃飞舞，每个人都吓破了胆，被追得落荒而逃，在营舍里四处寻找隐身之处，瑟瑟发抖。

当晚炮兵营的值勤官炮兵少尉坂谷敬一从二楼的值班室里飞奔下来，抽出洋刀抵挡砍过来的白刃，可不一会儿就负伤不敌，只好从后门逃走。

坂谷敬一躲在树下窥视形势的变化，只见群龙无首的士卒们像妇孺般逃命，东边的房舍着火了，随着黑烟的涌起，藏身其中的士兵从窗口跃身落地，在奇装异服的叛军追赶下作鸟兽散。青年军官见此情形，恨得咬牙切齿。

营地里的火势，是小林恒太郎与饭田和平等人从东边屋舍投掷火种，米村胜太郎等人从西侧房子丢火种，并浇上煤油后引起的。尽管他们有火种和煤油，却没有火柴，只得大喊："谁有波斯波罗？有没有波斯波罗？"然后从其他同志处拿到了火柴。波斯波罗是荷兰语的火柴之意。

坂谷炮兵少尉避开熊熊的火光，奔进卫戍医院，迅速给受伤的右臂上了绷带。返回的路上，他碰上营地的士兵们，想指挥他们应战，士兵们却吓得牙齿咯咯作响，不再遵从命令。好容易有几名镇静下来的兵卒正要追随坂谷少尉迎战时，长矛高手斋藤求三郎注意到了这里的动静，以迅雷不及掩耳之势飞奔而来。

坂谷少尉用伤臂挥刀应战，然而立即被斋藤求三郎的长矛刺穿胸膛，抛下一句"我不甘心"便倒地了，他是第一个阵亡的军官。

此时，吉村义节等第一队第四小队的人，虽已将安冈县长砍成重伤，可混乱中却没来得及取其首级，便匆匆离开了安冈宅邸，转向火势熊熊且嘶喊雷鸣的城内，越过下马桥，加入了另一场战争。正在追击敌兵的阿部景器迎接他们，并得知第四小队袭击的经过和年仅十七岁的爱敬元吉不幸阵亡的消息。这是神风连的第一个牺牲者。

炮兵营里没有准备步枪。未及逃命的官兵们或葬身火窟，或被神风连飞舞的白刃所斩，以致尸骸成山。鬼丸竟杀了个痛快，此时刚巧看见吉村，便咧嘴一笑。两栋营已被烈火包围，周围被映照得白昼一般，鬼丸竟看着血迹斑斑的钢刀，豪放地嘲笑道："真没想到，镇台兵就这么厉害啊！"火光照亮他浑身的鲜血，他又向残敌追了过去。

炮兵营已被捣毁，一小时内，神风连的胜利已成定局。

太田黑与加屋收兵，回师途中，举头仰望外城步兵营的上空，也正为熊熊火光所笼罩。

加屋知道步兵营里的战斗方酣，号召大家一齐去帮忙。一行人都随声呼应。背后那已攻陷的炮兵营的大火，以及在火红天空的背景下耸立着的黑漆漆的熊本城，还有山崎町和本山村的火，以及伸向四面八方的火舌，都显示着同志们的奋战。他们仿佛看到了那些长年共守节操的同志们在火光下奋勇挥舞白刃的模样。同志们为了这一天的来临，能忍其不能忍，暗自磨刀霍霍以待今日之举。太田黑胸中涌现难以名状的喜悦，喃喃自语："如何？大家不是干得很好吗！干得好！"

另一方面，富永守国、爱敬正元、福冈应彦和荒木同率领七十人的第三队，也与太田黑及加屋所率的中军同时从藤崎宫出发。他们的攻击目标步兵第十三团也在外城东端，而藤崎宫在其西侧。敌方兵力近两千。

由于步兵营的西门紧锁，二十岁的沼泽春彦首先爬上栅栏，高呼："我最先到！"便纵身跃入栅内，几个青年紧随其后。一个守门的哨兵想奔回营房吹紧急号，但是还没来得及吹响便被砍倒在地。

荒木同随身备有绳梯，他抛上栅栏，正要攀绳而入，但因人同时攀绳，绳子断了。荒木的忠仆久七让几位同志轮流蹬踩其肩，越过栅栏，从里面打开了门，全队人马呐喊着直攻而进。

福冈应彦挥着大木槌，将营门逐个击破，紧随其后的同志又扔入了火弹，步兵团本部及第二大队的第一中队、第二中队、第三中队营舍顿时都起火燃烧。

依当时的军规，士兵平时不配置弹药，至此紧急关头，军官只能使用指挥刀，而士兵也只能以带刺刀的空膛步枪为武器。

面对震天的呐喊声、滚滚而起的火焰烟雾和飞扫而过的利刃，官兵们皆束手无策，团本部的值班上尉还没来得及给士兵下令即被斩杀。遍地都是士兵的尸首，有的只穿薄衫，有的身无寸缕，惨兮兮地横尸火中和浓烟深处。小野少尉独自挥着指挥刀苦战，两位中士欲上前帮忙时，却同遭厄运，三人就这样共赴黄泉。

此时，第一队的第三小队袭击团长与仓中佐宅邸落了空，也从外城城门进来参加战斗，士气顿时高昂。

但因步兵营的敌军人数甚多，致使此处的战况迥异于炮兵营；而且，刀剑所能消灭的敌兵毕竟有限。营内各个受突袭的地方虽陷入混乱，但这种混乱还需要一段时间才可能波及他处。时间不断地流逝，理智也逐渐苏醒，眼睛也慢慢能观察事情的真相。火攻战术确使敌方惊骇万分，可是到了此时却置神风连于不利之地，因为火苗高蹿，营内亮若白昼，军方发现，跳跃、奔逐于火光下的神风连人数极少。

一军官见此，便召集士兵在营房的两处布下密集队形的圆阵，向四面八方伸出刺刀，状似蓟花，准备迎击神风连。元老爱敬正元见此情形，连忙舞起他擅长的长矛，数十位同志也把矛尖摆齐，并排冲入，敌军的圆阵随即崩溃败走。多罗尾准尉不愿就此罢休，独自留在原地抵抗，终于死于乱刃之下。

在此之前，住在营外的佐竹步兵中尉和沼田准尉看见镇台起火便欲归队，途中在法华坡遇上败兵，于是了解了事情的经过。坡道北侧壕沟的水面被火映得通红，时而还有三三两两的士兵。他们中间没有一人顾及衣冠的整齐，败下阵来都被恐惧击垮了，说话也结结巴巴。被两名军官厉声呵斥之后，他们总算清醒过来，就地组成一支十六人的队伍，可是他们已经手无寸铁。

此时正好来了一个商人立山吉藏，愿意提供藏在仓库的子弹一百八十发和雷管一千个。两位军官欣喜若狂，败兵也渐渐恢复信心。于是，佐竹中尉由后门、沼田准尉由南边的太平门，悄悄地带弹药进去和残余的一队取得联系，守住未遭火袭的营房进行射击。

团长与仓知实中佐在京町台的官邸遭到了神风连第一队第

三小队的突袭。

鹤子夫人听到神风连冲入大门的声音，便唤醒了中佐，中佐马上察觉是神风连的夜袭，于是跳起来冲进马夫的房间。刚披上马夫的外套，神风连便杀了过来，他背上挨了一刀，跪拜哀求说："我只是区区一个马夫，请饶命！"然后穿过敌群逃走了。

中佐逃到锦山神社后面的酒楼一日亭，在这里匆匆包扎了伤处，刮去了胡子，并向酒楼的厨师借了衣服，乔装成老百姓，来到步兵营后方的栅栏边翻了进去。

这时，一名军官率领两名士兵飞奔而过，中佐认出了该军官，便喊出沈川上尉的名字。

上尉看到栅栏处化装成平民的团长，一时怀疑自己是否看错了，当确定是团长后，便飞奔而去禀报战况。他说目前第二营的值勤官铃木少尉正指挥一个小队支撑颓势，遗憾的是弹药不足，上尉说，他正要带两名士兵到仓库搬运演习剩下来的弹药。

与仓中佐说了声："好，快去拿来。"便跑进队伍中指挥败兵，并派出传令兵，召集四散的士兵。团长回来了，士兵们的士气大为振奋。

有了佐竹中尉和沼田准尉的子弹，又有沈川上尉的弹药，再加上从总司令部拿来的弹药，军团得以重新布好阵势。

这时，儿玉源太郎参谋少佐已经回到总司令部，他让人打开弹药库，除了分发弹药给与仓团长派来的士兵之外，自己也率领一小队士兵跑上城堡中心的高处，命令士兵们一起发射，目标是步兵营区中混战的神风连。在火光中能清楚地看到神风连闪烁发光的铠甲、奇异的武士礼服和头上的白布条。

第三大队的花烟分营未遭敌袭，于是拿出昨天刚发下来的施奈德枪的弹药，发给各小队，让他们去支持步兵营。一队是从庆宅坡，另一队则从下马桥杀过去。

与此同时，前来救援的太田黑、加屋率领的第三队冲破南门、直驱步兵营之时，胜败之势已然逆转，志士们都成了笼中鸟。尽管他们利用墙壁或石垣作掩护，极力应战，奈何刀矛终究无法抵御子弹，只能咬牙切齿，却无计可施。

可是第二队的到来，却也为在场的党人带来了最后一线希望。暴露身子，便会有子弹射来，但若老躲在暗处，又无异于自甘败北。面对步枪，他们尚无进攻的方法。

六十六岁的上野坚吾回头望了望身边的队伍，弯腰隐蔽着身子说："当时我就主张一定要配备步枪，可是大家不听，而今想来，确是一大憾事。"

其实，现在哪个人不是这种想法？

然而，他们不选择用步枪迎战步兵，正蕴含着神风连举事的本义，这一点也是大家早就认识到的。神助在我，神忌讳敌方的洋式武器，这就是我方仅凭一剑而举兵的精神所在。西洋文明发明出更厉害、更残酷的武器对付我们，假若我们也还之其道，就会沦入修罗道了。如此一来，樱园先生复归古道之遗志将荡然无存。应该说，他们高昂的士气是不惜败北身亡，慨然以一剑对敌，这正是他们义气之所在，这也是"雄赳赳的大和精神"之精髓。

同志们的斗志渐炽，胸中也燃起火焰，明知在枪林弹雨中只会失败，却仍一个个地向火光下的营房冲去。

深水荣季紧握名匠来国光锻造的刀，与沼泽春彦齐奔弹雨之中。沼泽右臂中弹，便躲进暗处，低身咬开衣服，迅速扎起伤口。在他前面八九米处的深水胸膛中弹倒地，福冈应彦飞奔过去，将之抱起却看到深水已经断气。福冈不禁发出了悲切的吼声，再度举刀冲向敌阵，也身中数弹而亡。伤口包扎好的沼泽刚要站起来杀入敌阵，一颗子弹便斜穿他的左太阳穴，从此再未起身。

加屋霁坚是双刀高手，已经奋战数十回合，现在他正提着缺口累累、沾满鲜血的长短两刀，怒视敌阵。他想起弟弟四郎的面孔，长州藩军征讨幕府时，弟弟也随之而去，战败之后，在天王山切腹自尽。今天，自己也将与弟弟一样，为某种使命而结束四十一年的生命了。起初，自己的主张不同于其他战友；虽然服从神命加入此行列只是三天前的事，现在自己却义无反顾地与同志们共生死。

他举刀指挥四周的同志，并自任先锋向前奋进，炮火集中在他身上。加屋被击中要害，大叫了一声在武神面前发出的誓言，随即"砰"的一声倒地。

在此前后有元老斋藤求三郎、荒木同、猿渡弘伸及野口知雄等十八人阵亡；爱敬正元、吉村义节、上野坚吾和富永喜雄等二十多人受伤。

太田黑目眦尽裂，不听同志们退兵的建议，正欲只身冲入敌阵之际，子弹穿过了他的胸膛。

吉冈军四郎原先所负之责，是挡住举刺刀攻来的官兵，此时他把任务交给鬼丸等精锐同志，自己背起太田黑跑下法华坡，在刚赶到的太田黑之内弟大野升雄的协助下，送太田黑进入坡下的一栋民房。

太田黑伤得很重，昏了过去，一会儿又醒来，转眼又失去意识。在那时昏时醒、忽醒忽昏的空当，他问自己的头朝着哪个方向。吉冈和大野同声答复是朝西。太田黑说："天皇在东，快把我的头转过去。"他们照办了。

太田黑要求升雄砍下自己的头，并以微弱的声音吩咐他们，要把军神灵牌和自己的首级送往新开。

他们不知何时敌兵会追至附近。大野实在不忍砍下自己姐夫的头，最终在吉冈的劝告之下，举起了刀；他先将刀上的敌军污血拭净，缓缓地举刀过头，凝望姐夫深深低垂的脸。吉冈扶住太田黑的上身，使其向东端坐。此时，太田黑已无法维持端坐姿势，在他上半身即将向前扑倒的刹那，大野迅速地砍下了成全他的一刀。

（三） 升天

金峰山位于熊本城西一里半的地方，仿大和国[1]的金岳山而得名，人称"天下第一灵山"，山顶供奉藏王菩萨。

藏王神社规模虽小，但历史悠久。元弘三年菊池武重公在此打仗时，曾到该神社祈愿并获神助。他胜利归来后重建神殿

---

1 相当于今日的奈良县。

以表酬答之意，并且亲自以一刀三叩[1]之礼雕就一尊神像供奉于社内。

这尊神像屹立于山顶，一手横于额前，似在眺望自己军队的雄姿。此乃胜利之像，但是首次举兵之翌晨，即农历九月初九重阳佳节，神社周围或坐或站了四十六名败退至此的同志，他们不顾寒风吹袭伤处的痛苦，茫然地眺望着远方。

神社四周老杉稀疏，耀眼的旭日透过树枝投下条纹状的光影。小鸟啼啭，空气清新，昨夜惨烈战争的余景，只能从他们身上混合了血迹与污泥的战袍，及倦容上无神的目光才能看出。

四十六人当中，包括石原运四郎、阿部景器、鬼丸竞、吉田十郎、小林恒太郎、田代仪太郎与仪五郎兄弟、浦楯记、野口满雄、鹿岛瓮雄及速水宽吾等人，他们都茫然地眺望着远处的海、山以及浓烟缭绕的熊本城。

这群人枯坐在山坡上，无聊地摘下黄色的野菊，信手揉搓，让花瓣染黄了自己的手指，无助地凝望隔海的岛原半岛。

天亮之前原本是有办法从海上逃走的，同志加加见十郎等人，得助于旧藩主某富豪，准备了六艘船，不巧今天早上正值退潮：船只全都搁浅，推不动也拉不动。再拖下去必遭敌兵逮获，因此他们只得弃船逃至金峰山顶避难。

视线所及的山腰上散布着村落，一片片的梯田直往高处延伸。从这里看下去，看得到开着白花的树木和穗粒丰满的稻田。郁郁葱葱的山林围绕在那些如同晒着的座垫的小村庄四周，早晨的光线出现了明暗的层次，顺着大山平缓的起伏而舒展开来。

---

1 雕刻神像时，每刻一刀就叩拜三次。

那里是与神风连战士们的生活迥然有别的民宅，他们心中对此战之胜败大概永远都不会有所感慨，会一直过着平稳且毫无变化的生活。

沿河向西，海马形状的绿色海角探出了头，西边白川河口的淤泥呈扇形伸向大海，若将视线从翱翔在附近山谷上空的老鹰翅膀上移开，河口的泥滩就像那带有茶色斑渍的鹰翼。

俯视可及的海峡，接近介于有明海与天草滩之间的岛原半岛。海水大致呈深蓝色，但海峡中段有股潮流，像一片巨大的墨色浅滩，看在志士们的眼里，像是一段意义不明的神示文字。

败北的清晨，风景却是如此美丽、无秽、清澄而寂静。

对岸的岛原半岛以云仙山为中心向左右展延，山坡上的民房都清晰可见。云仙山山顶覆盖了层层云彩；西北部佐贺的多良山也依稀可见，它的上空飘浮着片片映着阳光的白云。

此时此景，令神风连战士忆起樱园先生的升天秘诀之说。

先生说凡欲登天者，都必须经由天柱或天之浮桥两条路线。天柱与天之浮桥自古即存，然而身心不洁的俗人无法企及，当然就不得其道而升天。若能洁净身心，以虔诚的襟怀复返往古，即能变得与上古神人相同，天柱或天之浮桥自会呈现于眼前，得以直登天堂。

山上的浮云蕴含神圣的光辉，使人觉得天之浮桥即将出现在眼前，若真如此，须趁此机会欣然自刎。

与此同时，在悬崖边面东而立的一群人，依然凝望着余烟袅袅的熊本城。

眼前，荒尾山突崖在左方，天狗山、本妙寺山及三渊山全都朝前方的杉树林延伸，在它们对面，石神山延伸到了熊本城的方向，山形就像一只昂着头的石狮子的背影。熊本城林木苍翠，由此眺望，眼前尽是绿林一片，少见民家；熊本城的大天守就矗立于茂林正中。藤崎台一带也尽收眼底。昨夜十一点开始为时三小时的苦战，及溃败后的惨状又都浮现脑海，大家仿佛仍在挥舞白刃，驰骋在那军营中。幻影般的神兵仍在晨曦已临的兵营中同烈火及敌人作战。可以说，如今为了避敌而来到金峰山顶，像眺望古战场一样眺望昨夜战场的自己，反而更像一种梦的存在。

城东侧更远处的阿苏山外围仍冒着烟，并迅速化为云朵，漫布于天空之一隅，染黑了清爽的晨空。烟雾显得宁静寂然，可又确实在动，缕缕不断地冉冉上升。

眼前的情景使志士们的精神为之一振，胸中翻腾起反攻的雄心。

到山下村落去采买酒及粮食的同志回来了，一伙人狼吞虎咽地吃着，并传着坛子喝酒。无论是决意殉节还是再次反攻的人都恢复了精神，不过比较现实的判断占了优势。例如鬼丸竟主张反攻，小林太郎则持反调，最终决定先派侦察员一探敌情虚实，再分析应对之道。

侦察员派出去了，而人群中较年轻的一批也议论纷起，他们是十六七岁的岛田嘉太郎、猿渡唯夫、太田三郎彦、矢野多门太、元永角太郎、森下奖和速水宽吾七人。

他们私底下议论纷纷："长者们在犹豫什么呢？要切腹或者要再度举兵，最好能快点决定。"当这些少年们知道，他们将被因脚部肿起而步行困难,现年四十八岁的鹤田五一郎带下山时,全都一愣,同声坚决抗议。

经长辈们再三劝说后,少年们才百般无奈地随鹤田悄然下山。鹤田之子太田直年已弱冠,因此与父亲分手后继续留在山中。

入夜了。

神风连成员三五成群地下了山,想到岛崎村一同志家中听取侦察结果,这时侦察员也回来了。据报,熊本城内外皆警戒森严,各个港口也已封锁,据说敌人之侦察队业已潜至该村附近。

一伙人偷偷赶到近津海岸,请求曾是吉田十郎旧仆的一个渔夫准备渡船,可该渔夫只能勉强提供自己的一艘,这三十余人是无法乘一艘船同行的。

大家在这儿解散了。要去郡浦的吉田、加加见、田代兄弟、森下照义与坂本重孝等人坐上了这艘好容易弄来的船,此役至此告终。

登上金峰山的同志人数,不到举兵之初的三分之一。

其余的三分之二或阵亡,或于负伤逃匿时受官兵追击而壮烈自刎,元老之一爱敬正元虽逃至三国岭,却被三名警察追踪,于是停坐路旁切腹自尽,享年五十四岁。

松本三郎年约二十四岁,春日末彦年约二十三岁,都是回家后自裁。二十三岁的荒尾楢直先回家向其母谢不孝之罪,表明自杀就义的决心,反受其母激赏,荒尾喜极而泣,去先父墓冢参拜后,切腹于墓前。

从金峰山带领七名少年下山的鹤田五一郎将少年们逐一送

回家后，也返回寓所准备自刎。

他要妻子秀子备好酒肴，并举杯与其告别说，自己身后还留有一个儿子太直，无须过于气馁。

这时已是举兵后的第三个晚上。鹤田另有二女分别为十四岁与十岁，其妻意欲唤醒女儿，让她们与父亲告别。鹤田力阻，径自脱去衣裳切腹，并将刀刃插入咽喉，拔刃倾倒之际，大女儿醒了，目睹眼前情景不禁号啕痛哭。

天刚拂晓，秀子即获独子太直自刎之讯。丈夫临死前留下遗嘱，并令其转告其子，岂知丈夫甫逝之翌晨，竟又传来了儿子的死讯。

队伍于近津解散后，太直随同伊藤健与菅夫一郎，共赴新开大神宫向朋友辞别，继而只身前往健军村，他想由此逃往长州。

伯父建山氏居住在健军村，太直抵达后方知当天下午父亲五一郎已来过，表达了赴死的决心，并交代了后事。太直认为此时父亲已归西，便打消了去长州的念头。

他借用伯父家的院子，在大树下铺了一张草席，向东方的皇城遥拜三次，随后默默参拜家乡。一切就绪后，便手持短剑切腹并贯喉。

噩耗迅速传到鹤田家。

伊藤健及菅夫一郎与鹤田太直别后，赶到了熊本市南郊的宇土。

宇土的三日村，为伊藤之兄长正克所住之地。正克见了胞弟，厉声斥责其行为不轨，甚至下了逐客令。

两人被迫流落在宇土街头,当晚在郊野一河堤上,相向切腹自杀。

夜幕深垂的河畔,有人听见三次掌声,附近居民觉察到这是切腹者在死前遥拜神明和天皇时的击掌声,不禁潸然泪下。

伊藤享年二十一岁,菅享年十八岁。

被鹤田五一郎送回家的七位少年中,岛田、太田及猿渡三人均自刎而终。

十六岁的猿渡唯夫临起义前,在当晚充当头巾的白布上写诗一首:

割土卖戎夷,
一朝王室危。
丹心报国志,
天地神明知。

回家后听说许多同志自杀,他不理亲戚木下的制止,与父母亲戚交杯诀别后,独自走进另一间房切腹、贯喉。不想刀刃位置稍偏,碰喉骨而致缺裂,猿渡便请家人另取一刀,再次刺入咽喉而死。

太田三郎彦年约十七,返家即就寝,鼾声大作,翌晨才悠然醒来,向姐姐告知自己的决心,并请她叫来柴田、前田两位少年朋友,表明永别之意,且详嘱后事。

两名少年离去后,太田独自进入一室,叔父柴田房范便在仅一纸之隔的邻室等候。正当他觉得侄儿已经切腹时,忽闻凄厉的叫声:"叔父,叔父,请来帮忙!"揭门一看,刀已入喉,柴田略一用力,少年便英勇就义。

岛田嘉太郎时年十八。甫进家门,家人便要他乔装成僧侣逃命,他却不以为然,决意自刎殉节。饮下诀别酒后,他请柔道家内柴重藏到家中传授自刎之法。少年切腹之后,以刀指喉咙问:"老师,这里对吗?"内柴答"对",刀已直入。

树下一雄、井村波平与织田寿治三人,起义失败后藏身于柿原村望族大矢野家里,其间曾赴镫田与从金峰山下来的同志楢崎楯雄、椋梨武每会合,并邀二人复至大矢野家。五人藏身于当地乐源寺的岩洞内,备受大矢野家照顾。

时经七日,其间不断传来同党自刎之讯,岩洞中的五人决心不再隐匿,于是出洞向大矢野家族诀别,大矢野一家为他们摆下了惜别之酒宴。

树下认为切腹后食物外流不甚雅观,便坚不用餐;可豪放的楢崎却如老饕般大事吃喝。之后,他俩向大矢野家人索得红胭粉抹在脸上,为的是不使遗容失去生气。

黄昏时分,五人前往附近的鸣岩,那是九月十五的月夜,草地上露水如珍珠般晶莹。五人端坐在草坪上吟咏辞世之诗篇,从最年轻的年仅二十岁的织田开始切腹,而后相继谢世。此时,井村三十五岁,楢崎与椋梨二十六岁,树下二十五岁。

与阿部景器、石原运四郎在镫田分手后,小林恒太郎和鬼丸竞、野口满雄一起,在农历九月十一日深夜回了家。

小林恒太郎非但少壮,且智勇兼备,经常与豪迈的鬼丸竞在言论上争执,但性格如此迥异的同志,却在同时同地自决成仁。

他们三人在小林家得知反攻不易且神风连已全军覆没，因此于翌日晚间同时切腹。

自决之前，小林先向母亲告不孝之罪，并同当年春季才结婚的妻子——十九岁的麻志子到另一房间，提出离婚要求，因为他不想让妻子寡居一生。麻志子哭着拒绝了。

三人进入内室，家人皆避于厨房，小林说："谁都不准来此，把水打来后放在走廊上！"语毕，便搬动一张榻榻米叠了起来。

鬼丸面东而坐，露出上身。

厨房里的人再次听到小林的叫声。

"请帮鬼丸君割断喉咙。"

不久，内室寂静无声。

推门一看，三人皆向东决然剖腹，鬼丸居三人中央。

鬼丸四十岁。小林二十七岁。野口二十三岁。

阿部以几子是阿部景器之妻。

以几子是鸟居喜新太的长女，嘉永四年生于熊本城。

兄长直树拜师樱园学习皇典，并于宫部鼎藏门下研究兵法，是一位提倡尊王攘夷论的国士。以几子自幼耳濡目染其兄及其同志之言论，受影响甚深。她家境贫困但勤勉孝顺。

十六岁那年，有一富者欲娶她为妻。然而，以几子心中抱定非国士不嫁的意志，其母亲、兄长亦作如此想。只是碍于充任媒人的村长之情面，而且对方也帮助过以几子家，因此答应了这桩无奈的婚姻。

以几子问母亲："只要去他家就可以了吗？"母亲答："是。"于是婚礼如期举行。当晚，以几子正襟危坐于房中，不让新郎靠近。待到天刚亮时就奔回娘家，跪于其母前说："我已经到过他家了，这样就可以了吧？"这桩婚姻便于当天告终。

明治元年，以几子十八岁，其兄直树为朝廷所任用。

就在此时，阿部景器与同志富永守国携手至本妙寺参拜清正公，于寺门附近瞥见一妙龄美女，两人得知是同志鸟居直树的妹妹，便向她行礼。少女离去后，富永贸然问道："你不想娶她吗？"阿部答道："娶也无妨。"富永便从中做媒，二人不久即完婚。当时，阿部二十九岁。

以几子如愿以偿地成为国士之妻，独以未得子息为憾事。

以几子已届双十年华。阿部的同志镜山纪伊从久留米越狱来投靠，阿部接纳并藏匿了他。镜山离开后，阿部被捕并受严刑，被关入监狱。

盛夏，丈夫困于狱中，以几子绝食早餐，祈求神明洗雪丈夫之冤，晚上不挂蚊帐，和衣卧于木板上，以体会丈夫身受的磨难。

阿部出狱后，无意中于某店铺发现一块质地甚佳的缠腰布，但是价格太贵，无力购得，回家便将此事告诉妻子。以几子便暗中变卖自己的衣物筹钱给丈夫，丈夫感激不已，起义时便将之缠于腰际。

举兵之期迫近时，阿部家如同司令部，以几子与婆婆都极热诚地款待来客。十余人为备战事宜而在她家聚会时，婆媳俩不但多方照应且备酒肴招待。以几子见其中有一较浮躁之人，便告知"作战须怀沉着之心",提出婉转的劝诫。

当夜以几子和婆婆清子共睹熊本城上空的熊熊火势及京町、山崎、本山等地的五处火焰,雀跃不已地欢呼:"开始了,开始了!"并彻夜灯火通明,为起义的胜利及丈夫的武运向神明祈祷。

但噩耗竟与黎明齐来,战亡、自刎成仁之事亦迭有所闻,丈夫行踪不明,以几子又毅然绝食,诚心祈求神祇佑其夫婿。

丈夫返家时,已是三天后的农历九月十二拂晓之际。

神风连解散后,阿部景器与同石原运四郎离开近津,翌日藏身于盐屋山中,直至晚上才转赴镫田的杵筑神社,夜阑人静时,赶到神官坂本应气的家,会合其他队伍的小林恒太郎、鬼丸及野口满雄等人。十一日暂留于该地,讨论日后的进退,坂本应气请示神旨的结果显示,再度举事仍具希望,众人深受鼓舞,阿部、石原即与小林等人分手各自回家。

以几子被门外传来的叫声惊醒,是丈夫的声音!她兴奋地起身开门,丈夫默然而入,并向母亲及以几子简述战败经过。以几子让丈夫脱下血迹斑斑的衣裳,将它埋在后院。

此后,白天阿部随身携带匕首,藏身于书房地板下,日落时分才露面。以几子则悄悄造访石原寓所,与石原之妻安子共同商议。

以几子与安子觅得一艘驶往岛原的船只,然而船的航行受到严格的管制,因此从海路逃逸毫无希望。

到十四日拂晓之际,种种迹象显示似乎有希望突破陆路警戒线;已抱定舍身成仁之志的石原运四郎和阿部,为共赴最后行动而恸别妻子。

黎明时分,叔父马场被请到阿部家,石原、阿部及马场三人共商对策,马场认为警戒森严,逃亡实在困难,于是便回家去了。

石原安子求助于石原的哥哥木村。此时,传来搜查队士兵军靴触地的声响。木村知道情势紧迫已无法脱逃,于是让安子去通知阿部。

安子雇了一辆人力车,在阿部家附近下车,敲后门叫出以几子,通知她搜查队已迫近石原家的事。

以几子用手比出贯喉的姿势,安子点头同意。以几子对安子说,再与丈夫见面必将妨碍其义举,还是不见的好,于是安子转身离去。

以几子将详情告诉阿部与石原。刚才听了马场的见解之后,两人知道再次举事已然无望,便决定以死殉志。

两人恭敬地在皇大神宫的画轴前祭拜祈祷。以几子在白木三宝上敬了三杯酒,也为自己斟了一杯。阿部和石原脱去上衣,拿起短刀,以几子也取出怀剑。阿部和石原见此情形震惊不已,一同阻止她。但死意已决的以几子坚定地说,她未生子,可以同归于尽,阿部只好成全其志。

两位志士刀划腹部的同时,以几子刃已入喉。

这是农历九月十四日的午后,阿部享年三十七岁,以几子享年二十六岁,石原则三十有五。

切腹后不久,阿部家的门猛然作响,搜查队来了。老母亲用大声喊说:"刚刚切腹了!"士兵们随着军官入室检查,看到了三具业已断气的尸体。

党人在近津海边解散之后，乘上渔船驶往熊本南郊宇土的郡浦的共有六人。

其中二十八岁的吉田十郎和参谋小林恒太郎同为少壮之年，在作战中砍断了两把刀后，他又抢了一把刀继续战斗，杀死了中佐大岛邦彦等人，自己也身负重伤。

加加见十郎年届不惑，为古乐名手。田代仪太郎二十六岁，是剑道名人，在炮兵营一战中一马当先。其弟仪五郎二十三岁，曾于步兵营中奋战。森下照义二十四岁，袭击了种田少将，并激战镇台将官，战绩超群。坂本重孝年仅二十一岁。

六人所投靠的是郡浦神社的神官，樱园门下的甲斐武雄同志。他本应参与此举，但因住处颇远而未获通知。甲斐热情地接待了他们。

六人在甲斐处停留一夜，商讨再次举兵的军需筹备事宜。加加见十郎提出建议，据悉，加加见昔日的主人三渊永二郎已迁居植柳的松井邸，于是写了一封信交给甲斐，恳请主人三渊代为筹备军旅费，甲斐带信随即出发。

众人静候甲斐，然而至翌日九月十二仍未见其归来。

甲斐到松井邸找人时，三渊已不在，而早就埋伏于四周的巡警察知他为残党，终被逮捕。

当天，随着时间一分一秒地流逝，六人明白甲斐回来得越晚，危险性越高，若到了某一时间仍未见人影，就必须立即采取行动。

田代仪五郎、森下与坂本三人焦虑难耐，黄昏时分，他们登上附近的大见岳远眺熊本城。由此放眼望去,大天守阁的模样与昨天并无二致,然而问过樵夫后,才知城内夜夜火把通明,白天搜查队士兵到处出没。三人从山上回来后告诉其余的三个人,殉死时分到了。

终于决定舍生取义,地点是大见岳山顶,时间是第二天破晓时分。

六人听见首次鸡鸣便登上了大见岳山顶,他们在昨天傍晚田代选好的一处洁净平坦之地面四周圈上草绳,并将白纸条系在上面,纸条迎着晨风摇曳生姿。

望着山顶上透射晨曦的云层,加加见十郎开始咏诵辞世诗。

"于大和神的庇护下,今朝欲上天之浮桥。"

这当然是模仿樱园先生的《升天秘说》所作的诗。加加见想替行将诀别的友人奏一曲自己拿手的古乐,然而苦无乐器,不禁怅然。

六人纷纷走进草绳圈内,举杯道别,一致推荐田代仪太郎担任断头之职。加加见知道只留田代一人必定痛苦不堪,因此提出和田代一起留下。

吉田十郎首先在微风中脱去上衣,在腹部横划一刀,在田代帮助下身首异处,当即毙命。

之后是森下、田代仪五郎和坂本重孝各自切腹自决,仅留下田代仪太郎和加加见十郎各自切腹、贯喉而终。

新美吉孝警官接获密报,随即带领数名巡警上山,行至山腰时,遇到一个下山的猎人,慌忙地叙述着方才山顶上有六名神风连残党切腹自杀。新美命令一行人停止前进:"我们在这儿休息片刻吧。"说完就坐在树下吞云吐雾。新美是有意成全他们，故而稍作歇息，企图拖延时刻。

当警官一行登抵山顶时，天已泛白，六位志士井然有序地伏在草绳围成的空地内，系在绳子上的白纸条溅满鲜血，在旭日中闪烁着光亮。

举兵失败后，遵从神旨挺身自首，而被判无期徒刑的参谋绪方小太郎，撰写了《神焰稗史端书》一书，书中有这么一段遗憾之辞："何以神风未起，宇气比又为何幻灭？"

神风连忠贞不贰，秉持纯一的志气，何以未得神助？绪方在狱中努力思索这个谜，但终究不能揭开谜底。以下记载纯属绪方个人的诠释、推测，然神意冥冥，又岂能为世人所知。

  谨遵神意而举事，却有如暴风雨侵袭花朵一般，顶天立地的忠义之士，在一夜间凋敝殆尽，如霜露般无常，真是可悲可叹啊！

  然而，何以愚蠢到发生这种事呢？虽然我起初也曾不安甚至怨恨，但不久，我认为这大概是神明的旨意吧。

  因为神明如果阻止了这批英勇前进的壮士，则筹谋至今的计划将会泄露，而酿成更严重的事端。即使会无罪释放，又怎知没有人会因感叹世情愤恨自己，而自刃了结呢？于是我惶恐地窃自认为，是因为神明深悯我们的心志，所以让我们完成我们的心愿，想使我们能在死后侍奉于神明之侧，因此才下此灵妙之计。

在这一段聊以自慰,并且借以告慰同志们在天之灵的文字背后,隐藏着难以言喻的痛恨。绪方用了一句话表达同志们那欲罢不能的志节,可以说吐露了所有军人武士的心声。

"……我们神风连怎么可能做出如柔弱女子的行为?"

《神风连史话》完

十

已是梅雨季节。上学前饭沼勋收到本多寄回的《神风连史话》,匆忙中瞥见里面还夹着一封信,心想到校后再仔细读,便放入了书包。

走入国学院大学的校门,玄关处放着刻着传马町御鼓师小野崎弥八之名的大鼓,大概颇具渊源。鼓身挂着一个大铁环,鼓面呈圆形,犹如春天黄沙飞扬的穹苍,屡被敲击的痕迹如白云般浮现。但在这潮湿的梅雨季里,大鼓却显得乏力、无声。

勋正走到二楼教室时,上课的鼓声响了。第一节课是逻辑学,他对这门课及任课老师都不感兴趣,于是便拿出本多的信悄悄读起来。

饭沼勋君:《神风连史话》寄还给你,这的确是一本耐人深思的书,真感谢你。

我能体会你之所以感动的理由,也能了解这批被神明捉弄的愤世志士从事叛乱的动机与心情,并且有所启示。

然而，我感动的性质或许有别于你，在此我想解释一下其中的差异。

如果我回到你的年纪，那么我的感受是否会与你相同？我想那是毋庸置疑的。我心中虽有愧意，亦有所钦美，但仍不免嘲讽那些有勇无谋，将一切孤注一掷的人。当年的我相信，自己必将成为社会上的有用之才，因此感情上尚能保持平衡，同时也相当理智。我自知大部分的热情都不适合自己，也知道每个人在社会上都扮演着他的角色。一如我们无法超脱自身的肉体存在一般，也无法从一定的人生剧本中跳离出来。所以，当我看到别人热情奔放时，便急欲发现其中的不和谐，也就是热情与他本人之间微妙的龃龉，为了保护自己而轻轻嘲笑他们，这是我的习惯。只要以此心态寻找，这种"不和谐"便俯拾即是；然而我的嘲笑并非全然恶意，嘲笑本身就隐含某种善意与肯定。因为当时的我认为，热情原本就是一种对不和谐缺乏自我意识的产物。

但是，曾与令尊交往过的友人，即名为松枝清显的这位男子，破坏了我原本的认知。当他对某位女性抱以冲动的热情时，身为友人的我感到十分不和谐。因为我本认定他是个水晶般冷澈而透明的人。的确，他也是个十分任性而感情丰富的男人。我曾想过，他若能将细腻的感受活用于人生，必能以单纯的热情保护自己，进而成为安全的人。

但是，事情没能如我所料。爽朗的热情改变了他，爱情使他成为适合谈恋爱的理想人选，愚蠢而盲目的热情成为最适合他的东西，临死之际更表现得淋漓尽致。他是一个为爱情而无视生命的人。于是不和谐完全被抹杀，一点都不留痕迹。

目睹人能如此改变的奇迹，我本身也不得不有所变化。我那自许为堂堂正正之人的质朴信心，由于不安而开始动摇了，信心转化为意志，自然事物也变成了义务。这令身为法官的我受益匪浅，使我在面对犯人的时候，不偏颇于报应主义或教育主义以及关于人性的悲观论或乐观论等，从而深信：人在某些情况下是有可能改变的。

言归正传，说起《神风连史话》的读后感。让今年三十八岁的我感到不可思议的是，充满了不合理的历史事件，竟能给我带来震动。这让我马上想起清显的事，他的热情也不过是奉献给一名女性的热情罢了，然而却也只能以同样的不合理、同样的剧烈、同样的反抗和死亡来结束此事。但现在我可以更确切地掌握对此事感动的真实性。因为如今的我没有变成清显那样的人，这也是既定的事实。所以，我能够安心地回顾过往，同时也可以毫无危险地沐浴在往那方向射出的美梦，以及从那方向反射回来的有毒光线中。

但是在你这种年龄，所有的感动都是危险的。会让你奋不顾身的感动都是危险的。而最危险者莫过于你那夺人魂魄的目光，似乎生来便对这故事抱有某种"适合性"。

到了这种年岁，我对人与热情之间的龃龉，已渐无显著的感受。为了不使自己老化，曾经有过寻找这种龃龉的需求，但这并不表示现在完全没有；以往认为别人的热情与他本身的不和谐是可笑的缺陷，而今却认为是可以容忍的瑕疵。这或许是因为现在的自己神经质地担心别人的失败会伤害自己的年轻时代；不仅如此，另一方面，危险的美丽比美丽的危险更鲜明地映在心里，对我来说，年轻人的幼稚不再滑稽。这也可能是因为在我的意识里年轻已与我无关，想来真是一件可怕的事！我那安全的感动很可能引起你那危险的感动。

正因如此，虽然了解做这种事实属无益，我还是要向你提出规劝，警告你《神风连史话》是一个已经结束的悲剧，也是个类似艺术品的彻头彻尾的政治事件，更是个针对人类单纯思想所进行的难得实验，但美如梦境的故事断不可与今日的现实混为一谈。

故事的危险性在于抹杀矛盾的存在。作者山尾纲纪也许确实忠于有限的史实记载，但为统一这么薄薄一册故事的内容，一定删减了不少矛盾。另外，这本书只顾执守于事件核心的纯真性，而牺牲了其外延部分，并且忽略了对世界史的展望，以及探索被神风连视为敌人的明治政府历史的必然性。这本书尤其缺乏对比性。例如，在当时的熊本，曾有熊本帮这个组织，你知道吗？明治三年，有一从美国南北战争中退役的炮兵上尉塞尼斯执教于熊本洋校，讲授《圣经》并传布新教基督教。神风连之乱起于明治九年一月三十日，他的学生海老名弹正等三十五名青年集合于花冈山，以熊本帮之名宣誓："将日本基督教化，并以基督教重建新日本。"当然，他们遭受了迫害，洋校也被迫解散。三十五人逃往京都，与新岛襄共同创建同志社。他们的思想和神风连正好相反，但是从这里，不正可以看到另一种同样纯粹的思想的展现吗？当时的日本，无论是何等不现实或偏激的思想，都有一丝实现的可能性；对立的政治思想也都发乎朴实与纯真，截然不同于当今政治体制牢固的时代。

我并不是支持基督教新思想，而排斥神风连冥顽固陋的思想。只是，学习历史时，切勿只着眼于某一时代的某一部分，而应该对各种相互矛盾的复杂因素多加研究，以了解某一特定部分，并分析形成该部分特性的各种因素，再置于全盘均衡的展望中研究。

我认为这才是学习历史的真义，因为个人对于任何一个时代所能认识的范围毕竟有限，想要完整掌握真相是困难的。只有以历史全貌为参考，生活于现在每一分每一秒的部分世界一隅的人，才能隔着时间来展望世界，同时修正自己的观念，这是现代人对历史应该感到喜悦的特权。

学习历史的目的，绝不是引用过去的一个特例，而将现代某些特殊事件正当化；也不是从过去的画框中抽出一个固定形状，直接嵌入现代的画里，以大快人心。这么做无异于把历史视同儿戏。昨天的纯粹即使与今天的纯粹类似，也必须了解其中各有不同的构成要素；要探究纯粹的雷同处，则必探索影响历史变迁的"对立思想"，这正是僻居一隅的特殊的"现代的我"应采取的谦逊态度。在这里，历史问题已被摒弃，剩下的只有"纯粹性"这个超历史的人性问题；因此，同一时代共有的历史条件，不过是方程式的常数罢了！

年轻人务须避免的是纯粹性与历史的混淆。你对《神风连史话》的倾倒，就是使我感到危险的地方。看历史时要看整体，而将纯粹性当作超乎历史的东西应该是比较中庸的途径。

这么说或许有些婆婆妈妈，但也是我对你的忠言劝诫。大概是我在不自觉中已到了会煞有介事地规劝年轻人的年纪吧。同时，这也是因为我相信你是个聪明绝顶的青年，倘若是个不长进的人，我也不必多费唇舌。

你在三枝祭比赛中所表现出的崇高力量和纯真的热情，很令我赞赏，尤其对你的理智及求知精神深具信心，我衷心希望你能恪守学生本分，努力学习，成为国家的栋梁。

再到大阪时，请来我家做客。随时都欢迎你。

你有一位难得的好父亲，使你无所担忧；但若遇到任何困难或问题需要找人商量，我随时可以奉陪，请别客气，欢迎你的到来。

此致

本多繁邦

读完长信的勋长叹了一口气，对信的内容颇不以为然。对于勋而言，本多虽然是父亲的故友，但只有一面之缘，而且他身为法官，却写了一封如此亲切而且完全真诚的长信，究竟有何用意，勋并不知道。这是一封特殊的信，尽管内容并不赞成，但少年却被这种诚挚情意所感动了。他从未收到过哪个大人物如此流露真情的信件，结论只有一个：本多确实深受这本书的感动。只是由于年龄和职业的关系，使他对一切好像都很胆怯，但无疑，本多是位极"纯粹"的人。

尽管全文都是与少年的情愫背道而驰的词句，但并未从中发现任何污浊的东西。

诚然，本多非常巧妙地排除了历史的时间因素，使它静止不动，使一切变成一张地图。难道这就是所谓的法官吗？当他提到"全貌"的时候，一个时代的历史，只不过是一张地图、一幅画或一个没用的古物而已吗？勋心想："这个人对于所谓日本人的鲜血、道统及志向根本一无所知！"

他回过神时，依然是上课时间，窗外的雨未曾停歇，反而开始肆虐，教室里的湿气中混着青年身体所散发出的刺鼻酸味。

终于下课了。少年的心情如同临死的鸡挣扎几番之后，终于平静了下来。

勋来到湿漉漉的走廊，井筒与相良正在等他。

"怎么样？"勋问道。

"今天没有队务缠身，三点就可以回到宿舍，那个时候宿舍很安静，我们可以好好地聊，另外，中尉请我们吃晚饭！"井筒回答。

勋毫不迟疑地说："那我今天就不去练剑了。"

"剑道部长不会啰唆吗？"

"管他呢，反正他不敢开除我。"

"你的来头确实不小！"

身材矮小，戴眼镜的相良说。

他们三人一起赶到下一节课的教室，三个人的外语课都选修德语。

井筒和相良都对勋很是尊敬，勋推荐《神风连史话》给他们看，他俩也颇受感动。现在，这本书已从大阪寄回，勋有意借给堀中尉阅读，中尉大概不会和本多一样对它产生排斥感。"有关全貌，"勋想起刚才的信，咧了咧嘴笑了。"那人不敢摸热火钳，只想碰碰火炉；但火钳与火炉截然不同，钳子是金属的，火炉却是陶制的。那人虽然纯粹，却只是敢碰碰陶器之流。"

纯粹的观念源自勋，不久也灌输到两个少年脑中，勋提出了这样的口号——"向神风连的纯粹学习"。

纯粹的观念似花，似薄荷制的咳嗽药，似偎依在慈母怀中，似血，似屠杀不义者的刀，又似插入袈裟之际四溅的血，或与切腹有关的观念。"花谢"后遍染血迹的尸体，迅疾化为樱花的沁香；纯粹，是正反观念的一种转换，所以，纯粹即诗。

勋认为"纯粹地死"轻而易举，令他苦恼的是，如何贯彻纯粹，如何"纯粹地笑"。不论如何试图控制感情，他仍会因为无聊的事物而笑逐颜开。看见口衔木屐嬉戏于途的小狗还好，但小狗衔的若是高跟鞋，便不得不令人发笑了。但是，他竭力避免让别人看见那样发笑的自己。

"你知道地点吧？"

"知道，我带你去。"

"中尉到底是什么样的人？"

"我想是个能够'让什么样的我们赴死'的人。"勋说。

十一

头戴学生帽的三名学生在六本木下了电车,手执雨伞从霞町三番地附近往麻布第三军团的正门走去。走下坡道时,井筒伸手指着坡道下的一间屋子叫道:"就是那家!"然后三人停下了脚步。

这是一座老旧的二层建筑,院子颇大,但没装院门四周的木造墙紧连玄关;二楼回廊边那扇六块玻璃的窗户,映照着窗外细雨中灰暗而扭曲的天空。

伫立在空荡荡的坡道上遥望雨中房舍,一种不可思议的印象在勋的心中油然而生,直觉似乎见过这座房子。细雨纷飞里的建筑物,恰似正接受雨水洗礼的老式高柜。庭院里林木茂密,枝叶修剪得宜,木造墙下似乎摆着绿色垃圾箱。他觉得这座阴沉的屋舍仿佛和他的一段十分甘美、甜蜜、宛如涌自内心深处的记忆有关。那种似曾涉足此地的神秘感觉,使自己怀疑或许是源自幼时随父母到过此地的真实记忆,也有可能是在哪里看过这座房舍的照片。他总觉得这座房子像是存在于他心底浓雾中的庭院或盆景，保持得完整而美丽。

这种模糊的印象令勋深感诧异，他径自奔过去一窥究竟，抛下其余二人，跑下泥泞的坡道。

他在玄关前停住脚步，格子门上贴着写有北崎字样的门牌，木质门牌饱受风雨侵蚀，只有部分墨迹残留。雨水不停地打在腐朽的玄关门椽上。

今天三人想见的堀陆军中尉是井筒当军官的堂兄介绍。带来两位好友，尤其是还有靖献塾塾长的儿子勋，中尉必定十分欢迎才是。

勋如同血气方刚的神风连成员，怀着正要去见加屋霁坚的心情，兴奋极了。只是，神风连的时代已经不再。勋很了解，现在绝非仅凭武士刀便可屠杀明治政府军队，如象棋盘上的棋子般敌友分明的时代。他也知道，今天潜藏于军队内部的武士道精神，对于和要臣勾结的军阀与军队——"明治政府的军队"甚感悲哀、愤怒。住在这陋屋里拥有炽烈士魂的人，就像一棵橘子树在阴湿的密林中结出了一枚鲜红的果实。此刻，勋已完全丧失了剑道比赛前的沉着冷静，这个人，也许会让自己去到另一个世界——虽然，他往日对他人的期许和梦想曾被屡次辜负。

出来迎接的老人令三位少年震惊不已。老人出现在幽暗的玄关，身材高大，腰部微弓，头发斑白，眼睛深陷，极似天神下凡迎客，那模样极易让人联想起在深山里可能巧遇的折翼仙人。

"堀先生等很久了，请进。"

老人双手触膝，用手协助脚的动作，谨慎地在潮湿的走廊上挪动着。

建筑物是普通宿舍的风格，但墙壁散发着皮革气味，早晚都会传出第三军团的军号声响。室内寂静无声，因为除了中尉以外的房客均未归返，老人气喘吁吁地登上嘎吱作响的楼梯，趁歇息的空当向二楼喊道：

"堀先生，客人来了。"

随后由二楼传来年轻而低沉的一声"哦"。

堀中尉住的房间用墙壁与邻室隔开，约八张榻榻米大，除了书桌和书架外再无其他家具，一看就是极有军人风格的简朴单人房。堀中尉已经换上深蓝色和服，并系着黑腰带，是位肤色偏黑的普通青年。他的军服挂在横木衣架上，红色领章及镂有3字的青铜徽章，是房中唯一令人瞩目的色彩。

"请进，今天中午开始换班，所以提早回来了。"中尉的口气威严却不失爽朗。

他留着五分平头，益发显露他坚毅的精神，眼神锐利而清澄。虽然一袭和服使他与一般二十六七岁的乡下青年没什么两样，但露在袖子外的粗壮手腕让人一见即知他是一名剑道高手。

"大家不要拘束，老伯别忙，茶由我自己来。"

当老人的脚步声逐渐消失在楼梯口后，中尉稍稍起身去取热水瓶。很明显，他正设法让少年们放松心情，因而笑着说：

"别看这座房子像个鬼屋，但这宿舍，连那个老伯，都是历史纪念物。那位老伯曾是战场上的勇士，战争期间开始经营这家军人宿舍，这里出现过不少伟大的军人。因为这个关系，加上离部队又近，上班很方便，因此总是客满。"

勋看着中尉的笑容，心想应该在樱花将谢的时节来访才对。那时中尉刚从黄沙滚滚的演习场回来，脱下粘满樱花花瓣和尘埃的长靴，红色领章在夹杂着马粪味的卡其军服领上闪烁着金红色的光彩。他应该以这种姿态欢迎少年们。

中尉一向不在乎旁人对他的印象，他谈话磊落，开口提起了剑道。

井筒和相良想要表明勋是剑道三段的剑道界新人，但迟迟不知如何开口。终于，戴眼镜的小个子相良结结巴巴地说了出来。勋的脸顿时泛红，中尉看勋的眼神也突然流露出亲切之情。

这是井筒和相良最期盼的情景，他们视勋为自己理想的化身，因此希望勋能以这个年龄就有如此表现的锋利特权为后盾，与外人平等交往。当然，此时勋也没什么需要隐瞒，应该将他们的纯粹如针一般刺向对方。

"那么，饭沼勋，我问你，你的理想是什么？"

中尉一反方才的口气，目光炯炯，单刀直入地问道。井筒和相良认为期待已久的机会来临了，因而兴奋不已。

虽然主人已表示无须拘束，但是，勋依然端坐并挺起制服下的胸膛，简洁地回答："重振昭和时代的神风连。"

"像神风连那样失败，也无所谓吗？"

"那不是失败。"

"哦？那你的信念是什么？"

"是剑。"

勋的答话干净利落。中尉沉默片刻，似乎在忖度接下来该问些什么话。

"好，我再问你，你最盼望的是什么事？"

这问题使勋有些迟疑。勋原来直视中尉的目光，也从中尉身上移至雨痕累累的墙壁，再朝着紧闭的窗户移去。他的视线被窗阻隔，但仍依稀可见雨水打在玻璃上并往下滑落，即使打开窗户，室外的景致依然模糊不清。虽然如此，勋还是想谈谈不是现在，而是更遥远的事。

他终于断断续续地说："在太阳……东升时的断崖上，膜拜冉冉上升的太阳……边眺望金波闪闪的海面，边在一棵老松树下……自刎。"

"嗯。"

井筒与相良惊讶地看勋。勋从未向任何人吐露这个心思，却在初次谋面的中尉面前说出来了。

中尉并未刁难少年，这是少年的造化。他似乎很认真地在思考这段近似疯狂的表白，然后终于说：

"原来如此……然而，要死得漂亮并不容易，因为这是自己无法选择的事，就算是军人也无法如己所愿地死。"

勋听不进这些话。迂回的表达、诠释、所谓"然而但是"的这种想法……这些事物都在勋的理解范畴之外。思想，是在白纸上滴下的墨痕，是谜一样的原典，非但不允许翻译，甚至无法对它加诸任何批评或注释。

勋十分紧张，准备接受中尉的攻击，挺胸直视中尉说：

"我可以问您一件事吗？"

"可以。"

"听说在五一五事件之前,中村海军中尉曾经来拜访您,这是真的吗?"

中尉的表情顿时变得像冰冷的牡蛎壳一般。

"你从哪里听来的?"

"在家父的塾里听说的。"

"令尊也这么说吗?"

"不,家父没这么说。"

"反正总会有水落石出的时候,最好不要听信无聊的传言。"

"这是无聊的传言吗?"

"是,这是无聊的传言。"

被中尉抑制在胸中的怒气,引发了一种宛如磁针微微颤动般的沉默。

"请您信任我们,把事实说出来,到底有没有见过他?"

"不,我没和他见过面,我从没见过海军的任何一个人。"

"那么说,您见过陆军中的谁喽?"

中尉强作坦荡地笑:"天天都见,我自己就是陆军。"

"这不算是回答。"

井筒与相良面面相觑,他们对勋的追问感到不安。

中尉沉默半晌之后说:"你是在问我们是不是同志吗?"

"是的。"

"这些事与你们无关。"

"不,我一定要知道。"

"为什么?"

"如果……如果,哪天我们有求于您,我就会知道,您是否愿意接受我们的请求。"

还没等到对方回答,勋便感觉到一如以往与长者谈话的经验,彼此间突然出现一道鸿沟;本来神采奕奕的对方,变成一堆死灰。对于对方而言,这多少也是一种痛苦,对旁观者来说,更是苦不堪言。如拉弓般紧张的时间忽然松弛了,未见箭出弓,而弓弦已渐渐松懈,仿佛积压多时的芥蒂轰然爆发。能放开一切顾虑以及年龄的差距,面对步步逼近的"纯粹"之针立即还以"纯粹"之针的长辈,难道连一个也没有吗?果真没有的话,那么,勋所憧憬的"纯粹"便受到了年龄的囿限(可神风连绝不如此);如果"纯粹"的本质真为年龄所囿,必定将乍现即失。这种想法突然使勋战栗起来,若真如此,他必须积极以赴!

年长者似乎缺乏智慧,他们以为要治愈少年的性急,就必须毫无条件地接受他们的性急。假若不接受,这些少年必将为明日即将消失的"纯粹"而疯狂,而这全都归咎于那些长辈。

当天,中尉从外面叫了饭菜招待他们三人,他们一直留到晚上九点。若不涉及微妙的问题,中尉的谈吐可说是幽默而有可听性,使得人心激昂充满活力。他谈及屈辱的外交、毫无成效的农村经济政策、腐败的政客、政党的猖獗、政府主张裁军与缩减军备以便对军方施压,以及倒卖美元的新河财阀等时事。其中新河财阀一事勋虽曾听父亲说过,然而据中尉所言,新河财阀因这回的五一五事件而自我约束,仅为权宜之计,绝对不可轻易相信。

日本的形势不容乐观,乌云密布,几近绝望。少年们对绝望的认知逐渐增长,他们觉得中尉不愧是性情中人。最后,勋说:

"我们的精神都在这里面。"

随即拿出《神风连史话》,然后便离开了,也没说明是送还是借给中尉。勋暗想,下次便可以此为借口来拜访中尉。

十二

星期日的早晨，勋到附近一家警局的剑道场指导少年们练基本剑法。警局的局长对父亲相当敬重，常到靖献塾拜访，因此他通过父亲提出的委托，使得勋不便回绝。况且希望能在周日早晨睡个好觉的教练，觉得能够请到孩子们都视为英雄的勋来代课，实在是最好不过了。

小学生们身穿白底黑线的麻质剑道服，露出纤细的手腕，排成一列，依次向勋攻击，透过护面可以窥见孩子们稚气的眼神十分认真，如发光的小石子般投上来。勋为了配合小孩子的身高，故意蹲下身子制造空隙让他们出击，他一进一退，有如走在丛林中不停承受枝丫的打击般，接受孩子们迎面挥来的竹剑。勋年轻的身躯已逐渐发热，梅雨季节清晨阴郁的低空，也因这群少年的叫声而开朗了。

练过剑道，拭汗之际，在一旁观看、年过五十的坪井刑警对勋说：

"训练小孩子必须全神贯注，看了你的情形，觉得很佩服，真不错！尤其向神鞠躬时，喊'鞠躬'的孩子那有力的声音，更证明你教导有方。你真的很了不起。"

坪井的剑道达二段，但剑术却不怎么样，喜欢把力气用在肩膀上，没什么发展空间了。勋到警察剑道场指导时，年龄比他大三十五六岁的坪井会高兴地与他探讨。坪井深陷的眼睛不流露任何情感，高挺的褐色鼻子更显得极不协调。他是一个饶舌而容易感伤的人，还真看不出他是主管思想犯的刑警。

少年们三五成群离去的同时，来了一辆押解车，停在道场院子里。车上鱼贯走下来几名蓄着长发的年轻男子，其中一名身着工作服，两名穿着普通西装，还有一名在和服上系着角带[1]。

"哎呀哎呀！星期日一大早就有客人！"

坪井无精打采地起身，空手比画了几个竹剑的手势向勋告别。勋并不怎么在意他的手势，却注意到他那瘦弱而静脉清晰的手。

"他们是什么人？"勋好奇地问。

"他们是异见分子，一眼就看出来了不是吗？近来异见分子和以前不太一样，他们故意穿不太醒目的衣服，或者打扮得很讲究。穿工作服的可能就是头目，其余的可能都是学生，哦！我得去招呼他们了。"

刑警用瘦弱的手摆出握着竹剑的样子，举步离去。

勋看着被带往监狱的青年，内心顿萌妒意。桥本左内二十五岁入狱，三十六岁被处以死刑。

1　日本男子穿和服时用的一种扁而硬、宽约二十厘米的对折带子，通常为丝织品。

自己什么时候方能步其后尘，成为狱中人呢？现在的我与监狱毫无缘分，真令人不满。不，与其入狱毋宁选择切腹，神风连中入狱者寥寥可数。若在极度壮烈的情况下，自己绝不愿等待法院的提讯，饱受各种屈辱，我要用自己的手解决自己的生命。

可能的话，最好死在一个清爽早晨的旭日里，以悬崖上的松风和海洋的光芒，交换泥墙发出尿臭的阴湿监狱。究竟何时才有此良机呢？

他常常思及死亡的事。这些思绪经常使他呈透明状浮游于空中，让他能脱离世间行走在宇宙中，使得他对世间的厌恶与憎恨渐渐淡薄，同时这也是他最为忧虑的情形。牢狱中泥墙上的污斑、血痕及尿臭或许能够治愈我的淡漠，因而，我是需要牢狱的……

回到家时，父亲与塾生们已用过早餐，勋的母亲特地为他一个人准备了早餐。

母亲近来略见富态，动作变得迟缓。以前她是个轻佻活泼的女人，心情开朗而乐观；现在由于脂肪堆积，她的感情变得像天空停滞沉积的乌云，眸底总是流露气恼的神色，唯独生气时眼眸流动生姿的神韵，和以前完全相同。

峰子在靖献塾的任务是照料十几名塾生，理应十分忙碌。虽然已经到了在繁忙之中可以享受众塾生视己如母之乐趣的年纪，然而峰子却似乎不太习惯，一有空便将精神投注于女红，于是家中放眼所及都是她的作品。

以简单、洁净为宗旨的塾里，使用锦缎和友禅[1]做成的工艺品四处可见，就像在一艘白木制的船上堆满了各式海草。

酒瓶套也是用红锦缝制而成，连勋的餐桌都用美观的紫底友禅铺饰着。饭沼显然并不喜欢这类宫中仕女味的工艺品，但也未加反对。

"星期日也不能休息，下午一点有真杉先生的周日讲座。光是由学生负责筹备，难免有不周之处，妈妈也得去帮忙才行。"

"有多少人参加？"

"大概三十位左右，比起以前多了不少。"

靖献塾的周日有着教会的功能，邻近有志之士都会参与，塾长将在会中致辞，并由真杉海堂介绍历代诏敕，最后以合唱弥荣曲结束，往往也利用这个机会募捐。今天海堂讲的是景行天皇的《命日本武尊征讨东夷之诏》，其中的一段，勋早就倒背如流。

"……山有邪神，郊有奸鬼，衢遮径塞，致多人苦。"

这似乎可以形容现在的世界，山有邪神，郊满奸鬼。

峰子一直注视着在餐桌前一言不发吃着早餐的十八岁独生子。她注意到勋由脸颊到下颚的线条俨然已是成年男子。

此时传来一阵牵牛花与茄子秧的叫卖声。峰子回首顾盼庭院，只见阴霾的天空下，院中密林成荫，外围的篱笆也爬满了绿叶，看不见叫卖的小贩。叫卖声有气无力，牵牛花仿佛也凋萎了，叫卖声就这样懒洋洋地遍布了爬满小蜗牛的晨间庭院。

峰子猛然忆起打掉头一胎的事。由于不论如何推算日期，

---

1 有图案的丝绸。

也无法很明确地判断那胎儿是侯爵的还是饭沼的，最后便顺从饭沼之意堕了胎。

"勋一向不苟言笑，到底是为什么呢？连玩笑话也很少说。近来更是沉默得出奇，都不太和我说话。"

这点与当学仆时的饭沼有点像，却也不太相同。周遭的人或多或少都感受得到年轻时的饭沼那被压抑的灵魂；勋则不然，任何角度看他，都几近透明，这才让人恐惧。这种满脸青春痘的年纪，理当像夏季里伸长舌头的狗，但是勋却非如此。

由于头一胎堕胎，峰子自然担心第二胎不能平安分娩，但却出乎意料顺利地生下了勋，然而她的身体却出了毛病。饭沼或许认为与其责怪妻子孱弱的身体，不如责怪她的心态，方能显示对她的体贴。于是态度严厉有加，而且言谈间总对峰子与侯爵间的那段情加以讽刺，这种精神折磨使峰子身心俱疲，不但未见消瘦，反而因忧郁而胖起来。

靖献塾的业务蒸蒸日上，六年前，也就是勋十二岁的时候，峰子曾与一名塾生有染，事情被揭露之后，峰子遭饭沼毒打，为此住了四五日院。

在那之后，夫妻俩的关系在外人看来反而更加稳定。峰子尽失往日的开朗，但也没再发生韵事，如同附身之魔已被驱除，饭沼也不再提及侯爵的种种，过往一切就此绝口不提。

然而，当年母亲住院一事，应该是在勋心灵上留下了些什么。当然，母子俩只字不提此事，但这种近乎蓄意的逃避，正表明勋心底存有忌讳。

峰子一直认为，必定有人向勋透露过她以往的过失。有一种奇妙的欲望诱惑着峰子，使她极欲由勋口中问出此事。长期被儿子怀疑自己做母亲的资格，实在是种微妙的感受，其中甚至夹杂着一种甘美的情愫。峰子觉得后脑有着积水的疼痛感，并用疲倦时就出现双眼皮的眼睛看着正默默吃饭的儿子。

饭沼提醒她，绝对不能告诉勋他们家的收入自五一五事件以来突然好转。饭沼不主张将塾里的收入情况告诉儿子，他认为等儿子长大后再行告知方是明智之举。但峰子却随着经济情况的好转，暗中增加了儿子的零用钱。

"不要让父亲知道哦。"

峰子取出塞在腰带里的五元纸钞，偷偷从餐桌下交给用完餐的勋。

只有在这个时候，勋才暂时露出微笑，说声"谢谢"，随即把钱和吝惜的笑容一并收进了口袋。

靖献塾位于本乡西片町的一角，于十年前购入，原为一著名油画家的房子。饭沼拥有它后，便将宽敞的画室改装成神殿和礼堂，把以前容纳几名绘画学生居住的主屋的一部分做了塾生的宿舍，并填平后院的池塘，作为后来的剑道场用地。剑道场建成之前，则暂将礼堂作为练武之所，但是礼堂地板的弹性不够好，所以勋不喜欢在此练剑。

饭沼为避免塾生与勋之间发生隔阂，让勋每天早晨洒扫完毕后才去上学。他极其细心地不使儿子受到过犹不及的待遇，更不希望儿子与塾里的任何学生有过度亲密的交往。饭沼要求塾生对塾长必须坦诚，对妻小则无须如此。

尽管如此，勋仍与年纪最长的塾生佐和自然而然地密切交往起来。佐和的行径怪诞而不拘常理，是弃妻儿于故里，只身来此的四十岁男子。他身材肥胖，谈吐风趣，空闲时就读《讲谈俱乐部》杂志，每周固定去皇城一次，跪伏在卵石地上叩拜。他说，为了随时准备好为天皇效命，他每天都换洗衣物，以保持身体的洁净；他还与塾生们打赌，把杀虫粉撒在米饭上一起吃，之后未见任何异样反应。每次塾长派他去传达信息时，他总是无法流畅地表达，致使对方不知所以，经常挨塾长的骂。不过，他口风之紧无人能比。

勋抛下正忙着整理饭桌的母亲，径自穿过走廊，来到礼堂。礼堂中央的坛上设置着装有白木门扉的神殿，那里有用帷幔遮着的天皇和皇后肖像。勋站在入口处，对神殿深深鞠了个躬。

饭沼正注视着肃立的塾生，远远瞥见勋在鞠躬。他总嫌儿子每次行礼的时间过长。

每月例行去明治神宫参拜时，不知何故，儿子也总是费时较久，而且从来不向父母表明自己的心态。回忆起自己从前受雇于松枝侯爵宅邸，每天清晨上神社祭拜时，胸中总充满诅咒与愤怒。但勋的环境比当年的自己优越得多，当无值得咒骂或怨怼之事才对。

勋仰望用以采光的玻璃天窗，阴霾的天空仿佛就贴在那天窗上，隐约而下的残光如混浊水槽里的光线般，照射着正在调整座位的塾生们。椅子和长凳都已摆放妥当，只有佐和依然故我地袒露着胸膛，无意识地反复摆弄椅子。

塾长未对这般德性的佐和加以责备，因为他正专心于台上的工作。饭沼从黑板的粉笔槽里取出一支支粉笔详加检查。

身穿小仓裙裤[1]的青年抬起桌子来充当讲台,给桌面铺上布,并将小松树盆景置于其上,霎时青瓷花盆闪闪发亮,松树也突然复活般,针状叶发出了光芒,这全源自于天窗上的光线。

"站在那里干什么?快过来帮忙!"

饭沼在讲台处回头大声叫唤儿子。

御诏敕讲座的时段,勋的朋友井筒与相良都前来听讲,散会后,勋带他俩来到自己的房间。

"给我看嘛!"身材矮小的相良用食指扶了扶眼镜,如鼬鼠般以充满好奇的鼻尖对着勋说道。

"等一等,我今天有钱,待会儿我请客。"

勋悠哉以对。少年们原本眼露锋芒若有所待,一听此话就像大事将成一般。

母亲端了茶点进来,待其脚步声远离,勋便迫不及待地打开上了锁的抽屉,取出地图在地板上铺开,东京市主要区域的地图上,涂了许多紫色铅笔的痕迹。

"就是这样。"勋叹道。

"有这么多吗?"井筒问道。

"对,已经腐烂成这样了。"勋从盆里拿出一个橘子,抚摩着那散发熔岩般黄色光泽的表皮说。

"假如水果的中心部分烂到这种程度,就不能吃了,必须丢掉。"

勋用紫色铅笔涂抹各个重要处所作为腐败的标志。从皇宫

---

[1] 产于福冈县小仓市而得名的棉织服,质韧耐穿,常作工作服用。

周围至永田町和东京车站附近的丸内，涂有很重的紫色，甚至皇宫内也涂上了表示腐败的淡紫色。

国会所在地已涂满深紫色，该处与丸内的财阀大厦群的深紫色用虚线接连着。

"这是什么？"相良指着稍远处虎门附近的紫点问道。

"是华族[1]会馆。"勋若无其事地说，"他们自称皇室的藩屏，其实是皇室的寄生虫。"

政府机关所在的霞关一带的街道都已涂上紫色，只是有深浅之别。软弱外交的大本营——外交部已重复涂了许多次，甚至散发出紫色的光芒。

"腐败的恶风已经蔓延到如此地步，连陆军部和参谋部都不例外呀。"井筒眼神炯然，以不符他年纪的雄浑声音说。那听来仿佛坚信一切的、似乎从桶里发出的清澈、洪亮声音，察觉不出丝毫的疑惑。

"当然，我都是根据可靠消息才涂上了紫色。"

"要如何在短时间内一举除净这些腐败？"

"神风连也许会为之摇头叹息，但是为了一举成功，只能这么办。"

说罢，勋高举手上的橘子掷向地图，橘子笨重地反弹，发出沉闷的声音斜滚而去，在日比谷公园停了下来。此时，业已转黯的橘黄光泽，迅速凝结为平时那无精打采的重量感，在日比谷公园的茧形池塘和蜿蜒的人行道上，投射出巨大而笨拙的

---

[1] 明治二年（一八六九）赋予公卿诸侯的总称。昭和二十二年（一九四七）废止。

球形阴影。

"我懂了,是不是用飞机投放炸弹?"相良亢奋已极,眼镜几乎为之滑落。

"没错。"勋面露怡然的笑容。

"原来如此。这么一来虽然堀中尉很杰出,但我们还需要找一位空军军官,如果将计划禀明中尉,他必定很乐意为我们介绍,而中尉终将成为我们的秘密同志。"

井筒如此说,勋则稍有保留地看着井筒这般轻信于人的态度。

当然,井筒信服勋的判断,但是,他只要对方存在优点,一向都轻易相信他人,这种个性使他的精神领域给人一种如牧场般平坦而明亮的感受。在井筒不畏矛盾且耿直的精神世界里,他所认知的罪恶近似于平板状,他可以将罪恶像威化饼干那样挤碎,这些正是他豪爽坦荡的根基。

"但是,"勋待井筒胸中充满信任时才说,"炸弹只是一个比喻,正如神风连的上野坚吾所提议但始终没有被采纳的手枪一样,最后还是只用刀剑。切记这一点,只有肉体和剑而已。"

十三

鬼头中将家位于白山前町,离靖献塾不远,步行一会儿即可到达。从山顶上的小路出发,穿过石桥,再登上三十六级石阶就到了。勋对这一段路记得很清楚。

中将闲居在家,是位宽厚的长者,他的妻子早已辞世,整个家都交给了离婚的女儿槙子全权处理。中将与靖献塾交情甚笃,也很疼爱勋,所以勋经常去中将家,饭沼口头上虽说"不要太叨扰人家",却也从未加以阻拦。

每次到中将家,都是槙子接待勋及同去的朋友。槙子是个十分温柔体贴的女性。

中将说,年轻人无须有所顾忌,随时可以到家里来,最好能赶上用餐时间。为这些食量较大的年轻人提供食物是一大乐事。槙子也这么认为。

槙子对客人始终一视同仁,她秉性爽朗、冷静而温婉,发型及服饰总是整齐利落。

勋、井筒和相良想在中将家度过别无去处的周日夜晚。由于井筒和相良不希望勋破费请他们吃饭，建议将这些钱存起来作日后履行计划的资金，因此，他们急需一个免费的场所。

到了中将家，身着紫藤图案和服的槙子出现在玄关。见此情形，勋猛然想起：井筒和相良是否会因眼前的景况，而联想起来此之前看到的表示腐败的紫色呢？槙子将一只手伸向玄关的门柱，仿佛纤细的水壶把手，她一如往常地说：

"欢迎欢迎！家父旅行去了，不在家，但没有关系，上来！还没吃饭吧？"

话未说完，雨已纷然而落。

"你们的运气真不错！"

望着户外的暮色，槙子幽幽地说，声音与雨声交织。她似乎常以这种声音喃喃自语，勋认为不要自作聪明地回答她才合乎礼节，便默默步入室内。

槙子想捻亮客厅的灯，她挺直身子，把手伸到灯罩下，但是灯罩摇晃不定，她的手始终无法定住一再滑下。在灯光忽亮忽灭的瞬间，勋看到槙子踮着脚的白布袜。那白色近乎狡猾，使他有种窥知了她什么秘密的感觉。

常让少年们纳闷的是，不论哪一次在用餐时间贸然来访，鬼头家都备有现成的丰盛菜肴；其实，这个习惯是从前为食量大的年轻军官们准备餐点沿袭下来的。不一会儿晚餐准备就绪，槙子让女仆侍候他们吃饭。勋从未见过用餐姿势和槙子一样优美的人，她的头略垂，灵巧地用着筷子，每次只夹少许菜，同时专注地聆听少年们的谈笑，偶尔也报以浅笑，很快就吃完了，这与迅速收拾女人琐物的情形完全一样。

饭后,她说:"来点音乐,怎么样?"

因为天气闷热,槙子不顾飘洒着的雨丝,拉开了门廊上的玻璃门;在门附近的房间角落,摆了一部红褐色的箱式唱机。时下电唱机已普遍流行了,这家人却仍固执地使用发条式唱机。井筒自告奋勇走过去上满发条。操作唱机对勋而言并非难事,只是,他不敢挨近正在挑选唱片的槙子。

槙子选了一张十二英寸的红色唱片放到唱机上,那是戈尔特演奏的肖邦作品——《小夜曲》;少年们欠缺这方面的素养,但也并未故作了解,只是静静地听着这陌生的音乐。他们产生了一种快感,仿佛整个身子都沉浮于音乐的冷泉中漂游。勋发觉与这种安然接受一切的心情相比,在自家塾院中的居家生活仿佛戴着假面具一般。

此刻,音乐声使他的心自由翱翔,证实了眼前这一切的存在。随着钢琴声的流泻,眼前浮现了几个记忆的片段。在中将家的每一段回忆中都留有槙子的倩影,就像在角落里闪耀着光芒的家族徽章。

——那是某个春季下午的事,正当勋、中将及槙子交谈之际,院子里飞来一只野鸡。槙子说,那是从植物园飞来的,语音爽朗,有如红色翅膀的野鸡发出女人声音般的鸣叫至今在耳畔。"是从植物园飞来的……"这句话似在表示,它是来自勋从未见过的某个地方,那里是个全是女人的茂密森林。

勋的回忆又随着琴声四处飘荡。

五月的某夜,同一个爽朗的声音说:"前天下雨的那个早上,我正要去学插花,撑着蛇目伞¹走下石阶的时候,燕子都飞到伞边来了,好危险呀!"

中将马上接着说,幸好没有跌倒。槙子却说,我刚才所说的危险,并不是指我自己,而是担心伞骨尖端会伤及燕子。

在一旁听他们谈话的勋,脑海中突然绘出艳丽的危险画面。雨丝纷飞,透过油纸的淡绿色,雨伞下有一张略呈苍白,沾满水珠,神色不安的女人面孔;那是女人中的女人,是一个伫立在悬崖峭壁的女人的脸。接着,燕子为了引起女人的注意和照拂,挺身投入死亡的游戏,置伤势于不顾,一心想伤害对方,表现出一种不可名状的冲动,像一把朝着荣耀的瞬间劈去,把五月的紫色菖蒲砍裂的利刃。只是,这难得的瞬间却避开了,原有的不安也转为温柔的诗情画意。燕子与要去学插花的女子擦身而过,然后飞往远方。

"在率川神社领的百合,是不是还细心地养着呢?"

槙子突然问起,毫无思想准备的勋未加思索地答道:"什么?"此刻唱片刚好放完了。

"你从大神神社带回来的百合。"

"哦,我分给大家了。"

"一枝也没留?"

"是的。"

"哦,太可惜了,听说不论它怎么枯萎,只要能细心保存到明年,这期间就不会染上病痛。我家就很慎重地把它摆放在神案上。"

"是不是压成干花?"相良突然暴躁地问。

---

1 上下为黑色或蓝色、中间为白色,撑开后伞面上有一白圈的伞。

"不，不是做成干花。用重的东西把神花压碎是不好的，所以我一直把它们插在花瓶里，每天都为它换水。"

"可是，都已经一个月了呀？"勋如此问。

"说来奇怪，它枯了之后颜色也不难看。我这就拿来给你看，它果真是神花。"

不久，槙子态度恭敬，手捧满插百合的白瓷瓶静静地走回来，把花放在桌上供大家欣赏。百合确实已经枯萎，色泽却不似被火烧过般不堪入目；白色部分已经转黄，叶脉如同贫血一样，变成了蓝色的色调，花朵变小了，乍看之下非常陌生。

"送你们每人一朵，带回家好好保存，能祛病呢。"

槙子把小剪刀放在花茎上剪了起来。

"就算没有这花，我们也不会生病。"井筒笑着说道。

"可别这么说，这些百合花是勋从大神神社辛苦带回来的……而且，不只是生病……"

槙子一面说着，一面轻轻剪断花茎。勋不好意思上前从女人手里拿花，所以一直呆坐在走廊边。听到槙子的话，勋觉得突然打住的她似乎有什么心事，便瞥槙子一眼。槙子倚着紫檀桌，在灯光的映照下，她的侧脸十分动人；然而，在勋回眸的瞬间，她的表情却明显地转变了，似乎已意识到自己正被人注视着。

勋仿佛在威胁拥向百合花的年轻人们，突兀地大声说：

"喂，你们说，在现在的日本，如果要杀掉一个人，应该杀谁比较好？只要杀了那家伙，日本多少会因此变得干净一点。"

"五井重五郎吧？"相良用手指捻着刚拿到手的百合花，如此说道。

"不行，他是很有钱，但是无足轻重。"

"新河男爵呢？"井筒把花递给勋，眼里泛着光芒。

"如果要杀十个人，可能就有他的份儿，但五一五事件之后他已经悔改了，充其量只不过是棵墙头草而已，当然，我们也应该将他视为叛国者加以惩罚。"

"斋藤首相呢？"

"他可以排进前五，你们再想想，斋藤幕后的财阀是谁？"

"啊，是藏原武介吧！"

"没错！"勋把花小心地揣进怀里，简洁有力地说，"只要除掉他，日本的情况就能够好转。"

此时映入勋眼睑的，是远处灯光下轻放在紫檀桌上的女人白皙的手与如水般映射光芒的剪刀。槙子从来不对年轻人的谈话插嘴，但也极敏感地注意到他们之间的高谈阔论。她投向勋的眼神立即变得温柔而略带母性的慈爱，有如意欲探寻隐藏在夜间庭院里的湿润草木之下，那映着火红夕阳霞光的残影。她的视线似在看他，又似在远眺他背后的院子。

"坏血就必须放掉，国家的弊病才能剔除。缺乏勇气的人在国家生重病时，总是手足无措不知如何是好。长此下去，国家必定灭亡。"

槙子的语调如歌唱般轻缓，勋紧张的心立刻豁然纾解。

勋听到身后传来一阵喘息声和踩在草上的脚步声，便猛然回过头去，心里却为自己的悸动深觉可耻。那不过是只潜入雨中院子的野狗。那短促的喘息、节节逼近的呼吸以及草地上的脚步声，都是那野狗发出的。

十四

梅雨季后半段的雨量较少,经过一段阴霾的日子后,天空终于放晴了,而大学也开始放暑假。

勋收到一张堀中尉用粗黑铅笔写的简单明信片,内容大致是说,他已读完《神风连史话》,觉得可读性很高,也让朋友看了,现在放在军团里,任何时候都可以取回。

某天下午,勋来到麻布的第三军团拜访中尉。

军团营区在夏日的阳光下闪耀光芒。

站在营门放眼望去,最显眼的是位于右侧的著名现代兵营大厦,院中树木的尽头处尘土飞扬,能闻到阵阵飘来的马厩气味,这一切都显示出,这座宽敞营区,在充斥了圣名与沙尘之后天空的陆军特色。

从营门就能看到,一群身着卡其制服的人,各个都如蜡笔般挺立在夕阳下,拉长了身影接受操练。带路的卫兵问勋:

"堀中尉在那里训练新兵,我想,再过二十分钟就可以结束,有兴趣参观吗?"

勋与卫兵在烈日下走了过去。

一切都在阳光下展露无遗。那卡其色的人群在眼中渐趋鲜明，反射着阳光的金属扣子、镂刻着3字的铜质徽章及红色领章也越来越清晰。此时，小队正在行进中，军靴如咀嚼食物的臼齿般咬着地面发出声响。中尉拔出军刀竖立在右胸前方，以一种掠过沉默人群上空的猛禽洪亮叫声发出号令：

"向右——转！"

他的声音像孕育着某种预感似的拉得很长。

"起步——走！"

此时，纵队旋转轴处的士兵将满是汗水的脸猛然转向右边，并在原地踏步等候其他人绕到他右侧。纵队的四列士兵渐渐拉成间隔稀疏的篱笆状，之后又像扇子般折了回来。

"向左——转！起步——走！"

中尉口令一出，队伍立即如解析数学式般散开，大家都小跑奔到与班长成一直线的位置上，俄顷，纵队变为横队前进。

"向右——转！起步——走！"

中尉那昂扬的声音随着闪闪发光的军刀闪动在夏日晴空下，横队随之改变了方向。在勋的眼里，汗流浃背的黑色背影也渐渐远离。但是，从那背影他依稀能够感受到，他们正竭力抑制方才因跑步变换队形带来的气喘吁吁。

"解散！"

下完这道命令后，中尉立刻奔向这边，突然又止步大声喊道："集合！"

他跑近时，在被阳光照得锃亮的帽檐下，可以清楚地看见汗水在他那深褐色的鼻子和紧抿的唇间飞溅。

中尉面对勋驻足,使得由远方争先恐后跑来的士兵们必须在勋的跟前绕个大弯,而后排成二路横队;经过一场严格的整顿之后,猛然又响起一串口令。

"解散!"

"集合!"

士兵们手执枪支,在火烫的土地上卖力奔跑;"解散""集合"这两个口令重复了好几次,有那么几次他们挨近了勋和卫兵的身边,那糅合了尘埃、汗水及皮革的气味与急促的喘息,以旋风般的气势呼啸而过,在他们身后的枯草地上滴下一片黑色汗滴。勋注意到,立于一旁的中尉背部上,黑色汗痕也是那么清晰可见。

营区周围的树林茂密而动人,但在此时似已被遗忘。在如梦似幻的远处那飘浮着云彩的天空下,一群士兵不断地集合、解散或转变方向,十分巧妙地被操纵着。勋心想,移动着他们的是一只压在他们之上看不见的手指吧。那必定是太阳的手指。而这般自如地操纵士兵的中尉只是个孤独的代理人。这么一想,中尉的口令声益发显得空虚。而在这棋盘上移动棋子的不可见的手指,其力量其实来自头顶的太阳,隐含着死亡且散发光亮的太阳,那正是天皇。

只有在这里,太阳的手指才得以明快、准确并且悠然自得地发挥着它的功能。

天皇的命令就这样如 X 光般彻底穿透青年们的汗、血及肉体。团总部的正门上方,菊花徽章辉映着阳光,俯瞰着美丽、耀眼且充满汗臭的死亡的精密程序。

在其他地方呢？在其他地方便无法如此。太阳总是被遮在黑暗的一隅。

训练完毕，中尉从飞扬的尘土中走过来，小腿上的白色绑腿发出声响。他对勋说："哦，你来啦！"

而后转头叫卫兵退下："辛苦你了，现在我来带他参观吧。"

他们走向淡黄色的椭圆形大厦，中尉面露得意之色问道：

"怎么样？这是全日本最现代化的兵营，甚至连电梯都有。"

走上马厩前入口处的石阶时，他又说：

"我今天狠狠地训练了他们，看来不像新兵了吧。"

"我觉得他们很整齐。"

"是吗？因为夏天有午睡，午睡后不这样训练一下，他们是不会清醒的。"

中尉是团里的军官，他所隶属的第一大队军官室在三楼，那是个简朴的房间，墙上挂了五六套剑道护具，窗前摆了桌子和微露稻草的旧沙发。

中尉脱去上衣拭汗之际，勋凭窗俯眺椭圆形的大院子，值勤兵端来茶水放在桌上，随即离去。

此时，院子里有一队士兵正在练刺刀，练习时的吆喝声如刺般飘至窗畔。通往院子有六个石阶出口，勋所在的是一幢半地下室上有三层楼的四层建筑，而院子另一侧是一幢加半地下室在内共三层的建筑，每个出口处都用白色标有很大的"十四""十三"字样。三棵银杏树如示威般伸出它们茂盛的枝叶，几棵喜马拉雅杉树梢垂着白色的嫩芽，寂然无风，枝芽也未摇动。

中尉换上白色短袖上衣回来了,将茶一饮而尽,并唤值勤兵来添茶。

"哦,对了,这本书还你。"说着,他漫不经心地从抽屉取出《神风连史话》放在勋面前。

"怎么样?"

"我很感动,也稍微能了解你的理想,你就凭这股志气去做吧!不过,我问你一件事……"中尉的唇角露出了讥讽的笑意,"你想效法神风连的人,与军队为敌吗?"

"不是这样。"

"那是怎么样?"

"我原以为你会了解的。神风连的战斗对象并不是军队,而是镇台军背后的军阀,他们征讨的对象是军阀。军阀不是神明的军队,他们深信,唯有神风连才是天皇的军队。"

中尉未加置评,环视了一下屋内,确定没有其他人。

"喂,不要这么大声地说这种话,真拿你没办法!"

中尉极其亲切的忠告使勋十分高兴。

"可是,这里不是没有其他人吗?这些话一直堆在我心里,一见到您,我就毫无顾忌地想一吐为快。神风连党人唯一的武器是武士刀,我们也认为,在最后时刻应该用武士刀,不过,如果要把这个计划扩大也是可行的,只是不知道您是否愿意为我介绍一位空军军官。"

"为什么?"

"我们希望他能在空中做支持,向重要据点投放炸弹。"

"嗯！"中尉并无恼怒之色。

"必须有个人登高一呼，否则，日本就将灭亡，为了让天皇安心，只有这个办法了。"

"不要轻易说出天皇。"

中尉突然怒喝道。但勋迅速意识到这绝非情绪化的怒火，于是他立刻道歉。

"是的，对不起！"

勋思索着，中尉是否已洞悉了自己的内心呢？中尉严厉的眼神，应该已经识破这位大学预科生的心意；综合许多人对中尉的观感而言，他绝非看重阶级与年龄的人。

勋知道自己的表达并不够成熟，但是，他深信自己的理想可以补其不足，正如心中火焰般与对方的火焰相感应；尤其现在是盛夏，在沉闷、炎热得较毛纺织品有过之而无不及的空气中两相对坐，一旦某个物体爆炸了，火焰便会立即扩散开来。如果不趁此时说点什么，便会像熔化的金属般遁形不见。最重要的是时机！

"哦，你既然来了，我们去道场简单地练习一下，顺便消消暑气，怎么样？我偶尔也和士官们比画几下，总会觉得自己浑身是劲。"中尉打破了沉默。

"好，我有同感，我们去吧！"

勋答应得十分爽快。军队中极其重视胜负，因此，中尉很少在众目睽睽之下与他人做练习性的比赛。勋很高兴中尉愿意通过练剑达到谈话的目的。

参天古木围绕的道场很是凉爽，场内有三组人正在练习，即使不看他们的动作，也能知道他们是一级或初级的新手，因为他们心情焦躁，频频挥动竹剑，而且步伐也显得很凌乱。

"你们先歇一会儿吧！我要和这位客人练习，你们学着点！"中尉从容地向场上的人大声说。

勋穿上借来的剑道服和竹剑，准备观摩的六个人拿下护面，端坐在一旁，拭目以待。勋在神位前致礼后走向中央，与中尉相向而立，中尉担任攻击者，勋则担任防守者，就此开始了招式练习。

阳光从西侧窗口照射进来，磨亮的地板反映着光线。整个道场沉浸在蝉鸣声中。发热的脚板下，地板深具弹性，像年糕一样柔软。

两人半蹲着抽出竹剑，继而起身将竹剑置于胸前；悲痛的蝉鸣声仍无法完全淹没两人身上裙裤发出的细弱声息。

中尉握剑的模样带给了勋丰富而强烈的感受。他的态度豪放而潇洒，不仅行止合宜，连那洗褪了色的蓝色剑道服，也袒露着他胸中的意念，并且充满了夏日晨间空气般清爽怡人的气息。他的举手投足自然流畅，仿佛丝毫不费气力，一看便知是个高手。

两人分别向右侧挥舞竹剑，随之向后退了五小步，然后将竹剑收回，完成了例行礼节，同时也为第一回合拉开序幕。

他俩再次靠近，把竹剑竖在胸前之后，中尉迅速将剑举到左上方，勋则扬举于右上方，而后同时前进至适当的距离。

"呀！"

中尉跨出右脚，迎面攻来。

这充满魄力的第一击如冰雹般迅速掉落在勋的头上，竹剑的力量正确地集中在他头上的某一点上，撕裂了如绵帛般凝重的空气。

在中尉的竹剑落到勋头上的那一瞬之前，勋的左脚敏捷地向后抽开，并将竹剑收置于胸前，随后举到头上，朝着对方的脸部挥去。

"着！"

中尉用严厉的眼神瞪着他。勋的竹剑已经触及中尉的五分短发。就在这一刹那，勋猛然领悟到互相注视着的眼神里，隐藏了比任何言语都更迅速的交流；中尉的鼻子及下巴呈古铜色，而遮掩在帽檐下的额头却异常苍白，眉毛也因此显得极其茂密；相形之下，勋的竹剑仿佛灌满了随时可劈开中尉惨白额头的力量。

就在劈及中尉额头的瞬间，竹剑停住了，这短暂的动作过程霎时转化成超过光速的直接交流。

接着，勋拉下置于中尉头颅上方的竹剑，转而刺向中尉的喉咙，最后将剑缓缓移向左上方，显示了他的从容不迫。

第一回合到此结束，两人不约而同地把竹剑竖放在胸前，就这样进入第二回合……

洗净汗水之后，回营舍的路上，身心舒爽的年轻中尉竟以平辈的口气与勋交谈。当然，这是因为他已经领教了勋的高明剑术之故。

"你听过关于洞院宫治典王殿下的传闻吗？"

"没有。"

"他目前在山口当团长，是个了不起的人。殿下出身于近卫骑兵队，跟我的军种不同，但是在我刚升为军官的时候，士官学校的同学带我去拜见过他，在那之后他就堀，堀地叫我，对我爱护备至。殿下胸怀大志，最喜欢听年轻人高谈阔论，而且很照顾部属，从来不摆架子，是个难得的刚毅军人。怎么样，我来帮你引见？他如果知道有你这样的青年，不知道会多高兴！"

"好，麻烦您了。"

勋从来对身份高、地位高的人不屑一顾，然而他明白，这是中尉的一片善意，所以便听从了。

"殿下曾告诉我，夏天会来东京小住四五天，到时候我带你一起去吧！"中尉说道。

十五

处理完镰仓的终南别墅之后,松枝侯爵便到轻井泽避暑;新河男爵也在此地拥有一幢大别墅。当他应邀出席新河男爵家的晚宴时,放眼一望在座的人全都是"标的"人物,唯独自己不是,这使他久久无法释怀。

左右两翼非但从未寄过威胁信给松枝侯爵,即使最为温和的批评信也不曾收到。这位年过花甲的贵族院议员虽也曾致力让革新法案搁置,却没有为自己带来不良影响,真是不可思议啊!回首往昔种种,在那么长的岁月里,只遭过一次右翼的冲击,那是饭沼茂雄在十九年前公之于世的署名怪信,而在此之后的反应又平淡得离奇,甚至令人难以坦然接受。侯爵忖度,莫非是处于攻击立场的饭沼在暗中保护他?

这番揣测对侯爵的自尊心造成了严重伤害,越想越觉得不合理,以侯爵的地位、势力,本可轻易查清此事,然而,查证结果若与推测相吻合,则饭沼便有恩于他,这会让侯爵更不舒服,反之,若事情并非如此,岂不是又尴尬又难堪!

新河男爵府上的晚宴一向都小题大做。充当宾客护卫的刑警们被安排在隔壁房间用餐，其人数与来宾相当，所以新河家的碗盘、菜肴都得准备两套。刑警们的便装西服缝得很粗陋；带着锐利却浮躁的视线与庸俗的嘴脸，默默埋首于口腹之乐；稍有声响便猛回头张望的模样像煞了猎犬；吃喝完毕，争相拿起牙签剔牙的轻佻德行……这一切都使刑警那边的晚餐比宾客这边更散发出异常的色彩。不过，最最可悲的是，在这么可观的人群中，竟不见松枝侯爵的护卫。

侯爵无意改变这种令人尴尬的情况。既然警方认为侯爵绝对安全，自己却主动提出要求提供保护，只会招致旁人的嘲讽罢了。

侯爵一直不愿面对的一个事实是，当下这个时代，只有身处险境的人才是最拥有实权的人。

新河别墅虽近在咫尺，侯爵夫妇还是乘坐自家的林肯牌轿车前去。侯爵夫人总是把毛毯叠好，放在丈夫的右膝上以防关节炎发作。新河家习惯在日落后寒气渐浓之前到户外浅酌一番，此时，以浅间山为背景、偌大庭院中的白桦树林内各处均有刑警站岗，直到夜幕四垂。由于上司要求刑警们尽量不要引人注意，结果使得这些人就像埋伏于四处企图行刺宾客的刺客。

新河男爵年过半百，住在这座爱德华式的别墅里，每天早上必在看日本报纸之前阅读《泰晤士报》的社论，而衣着方面也颇具英国殖民地的外交官风格，备有半打白麻纱西装，每天轮换着穿。

男爵夫人向来津津乐道于自己的种种，数十年如一日。她也一直能在每天平凡的生活中为自己发现新鲜、惊奇的事物，但是却从不打算去发现自己日渐肥胖的身材。

她对"新思想"已经甚感厌烦，而她一直支持的青鞜派[1]"天火会"，也在前些时候遭到解散。毕业于女子大学的侄女在获保释回家的当天晚上割颈部自尽，这件事使她开始察觉到"新思想"的危险性。

尽管如此，她的精力依旧充沛如昔，要她认为自己是"夕阳阶级"的一员是不可能的。自从她那位滑稽到令人退避三舍、从不与人相争的丈夫被列入右翼的黑名单之后，她便觉得周遭的人无不对己投以仇视的目光；她对这种状况甚至觉得有趣，怀着类似白种文明人的莫名优越感，对这野蛮国度大表无奈，而极欲"回"伦敦。

"我对日本这个国家，简直厌烦透了！"

夫人偶尔会发这种牢骚，日后竟然变成她的口头禅。一个曾经到过印度旅游的朋友对她说，某个印度人的孩子把手伸进玩具箱内找玩具，不料却被藏在箱底的毒蛇咬住，终致死亡。

"这就是日本！"夫人愤恨地说道，"天真无辜的孩童即使只为了要拿玩具而把手伸进箱子，也可能被藏在箱内的毒蛇咬死。"

在天气晴朗的黄昏时分，蝉鸣声响彻了布满彩霞的苍穹，远处的天边轰然响起雷声。有五对夫妇聚在这里，松枝侯爵坐在藤椅上，当夫人将毛毯摊放在他膝盖上时，这条如火焰般的

---

[1] "青鞜"原是一日本女性杂志名称，创刊于一九一一年。"青鞜派"引申为主张女性解放的言论流派。

苏格兰格纹毛毯便成了草地上最亮丽的装饰。

"政府可能在这一两个月内就必须承认满洲国,因为首相已经有这种打算。"座上客之一的大臣这么说着,而后又对侯爵说:

"那天提到的百岛侯爵的儿子,您见过了没有?"

侯爵只在嘴里唔了一声,心里却想:"这个人对坐在那边的客人谈满洲国,却跟我提领养孩子的事,他为什么这般严加划分呢?"清显去世后,侯爵夫妇一直不愿意提起领养孩子的事,但是,近来他俩的心灵日趋脆弱,于是接受了宗秩寮[1]的建议,开始考虑起这个问题。

树林尽头,有一条沿着溪流而下的羊肠曲径,浅间山就矗立在那充盈着黄昏气息的方向,雷声的发源地是否也在该处,便不得而知了。庭院里的每个人都在安静地享受浸染了他们的脸和手的暮色斜照,同时也对振奋人心的雷声所造成的不安气氛陶醉不已。

"大家都到齐了吧!应该是藏原先生到的时候了!"

新河对其夫人如是说,众人听了哄然大笑。藏原武介总是最后赴会的,而他这种适可而止的迟到,一直具有举足轻重的地位。

他不修边幅,也丝毫不装腔作势,他严肃的言谈不失其可爱之处,俨然一副现在左翼漫画上的金融资本家模样。他的座位上必定放着自己摘下来的帽子,西装上的第二个、第三个扣眼总是怪异地靠得特别近,领带也勒得紧紧的。而且,他对

---

[1] 掌管皇族宗祠爵位继承的机构。

右侧盘子上的面包特别感兴趣，总是不由自主地伸手去拿。

藏原武介的夏日周末均在轻井泽欢度，其他季节的周末则在伊豆山。他在伊豆山拥有两三町步[1]大的橘子园，那儿产的橘子色泽迷人，味道鲜美，一直是藏原最引以为傲的，因此他不仅赠给熟人，还十分高兴地送给两三所疗养院及孤儿院。这样的人怎会成为某些人抱怨的对象呢？真令人百思不得其解。

或许任何人都无从想象，他这般乐观的外表及行为，竟然会与如此悲观的民意合为一体。对聚集在新河别墅的客人而言，听这位当今日本金融界之牛耳者道出令人悲叹、担心而可预见的未来状况，真是一项刺激万分的享受。

大藏大臣高桥的下野，比犬养首相之死更使藏原悲伤；固然，斋藤首相组阁之初即仓促敦请藏原相助，并且夸张地表示，假若得不到藏原的合作，自己便走投无路了，但是，藏原对这位新首相依旧存有戒备之心。

这位高桥，在组阁后马上断然禁止黄金出口的犬养内阁内部，酝酿暗自遵循古典重商主义者的思想，对这种新政策不加理会。这是为了证明，新政策不会那么立竿见影，景气低迷未见好转，物价仍然居高不下。

另外，新河男爵一直很留意伦敦的情况，去年九月，他详读了伦敦《泰晤士报》上有关英国政府废止金本位制的文章之后，便有了腹案。

前任的若槻内阁曾强烈表示，日本无意再度禁止黄金出口，借此煽动右翼，让他们视那批买卖美元者为国家的罪人。但是，

---

[1] 日本的面积单位名称，一町步相当于九九一八平方米。

投机分子的人数并未因此减少，反而增加了。新河男爵曾经多次投机买进美元，并将兑现的款项汇入瑞士银行；之后，等到内阁政变再起，马上转身成为以再次禁止黄金出口为手段的通货膨胀政策支持者。因此，比起前内阁不彻底的经济政策，他对新内阁寄以极高的期望。而国内救济性的通货膨胀政策的前途，必将随着满洲产业的开发而充满希望，并且更加辉煌。男爵至今仍有心不在焉的习惯，他开始幻想那片位于轻井泽的贫瘠火山灰堆积层里，忽然出现种类丰富—如皇家咖啡店菜单的满洲国地下资源。此刻，他觉得自己也能衷心敬爱那些愚蠢的军人了。

过去，新河男爵夫人总是无法忍受男人们群聚而谈的问题，不过，随着岁月的流逝，想法也随之改变了。任由男人们去讨论吧！只要女人们由她来领导就行了。她看着群聚在藏原身边的男人，回头对藏原夫人和松枝侯爵夫人说：

"他们又开始了！"

松枝夫人略带悲愁的八字眉斜斜地伸向两鬓，仿佛断在了银发斑白的耳际。

"今年春天，我穿着和服去英国大使馆，向来看惯我穿洋装的大使惊讶地大肆夸赞了一番，说我还是穿和服更合适。我真的好失望哦！他那种人居然也像一般人一样，把日本女人只当日本女人看。那套和服是纺织厂推荐的，在红底上配以日桃山时代能乐剧装样式的田蝶对雪柳图案，是用银线绣的，看起来特别闪耀，所以，我就把它视同洋装穿了。"新河夫人为尽地主之谊，从本身的琐事谈起。

"或许，大使是想说，您最适合穿华丽服装。如果是洋装，就不能像和服那么肆意地缀饰，怎么穿都显得朴素了点。"大臣夫人说道。

"就是嘛。不管洋装的色调怎么样，它给人的感觉总是很朴素，如果过于华丽，看起来又显得老气，反而像个从威尔士乡下来的老太婆。"新河夫人也强调说。

"您这件衣服的颜色真好看！"松枝夫人看着新河夫人的晚礼服，礼貌地恭维她。其实，夫人只关心丈夫膝盖的疼痛，这疼痛似乎已经蔓延到松枝全家，所有人的关节都痛了起来。夫人瞟了盖着毛毯坐在那边的丈夫一眼。曾几何时，那个侃侃而谈的人已经变成静静谛听的听众。

新河男爵生性不爱与人争议，因此，他怂恿观点相近、无须对言行负责的年轻的松平子爵对阵藏原。这位与军方交情甚笃，性情鲁莽的贵族院议员，以若无其事的姿态，向藏原摆出挑战的姿态。

"把发生的任何事情都解释成危机，看成非常时期，我没办法苟同。"松平子爵如此说道，"一切都正往好的方向进展。历史不总是这样前进的吗？"

"我也希望事情真的能这样！"藏原以混浊而悲愁的声音道来，"可是，无论如何我都没法这么认为。"

"到底通货膨胀是什么？制约通货膨胀，听起来倒是很动听，通货膨胀这只猛兽已经从笼子里放出来了，人们竟然以为铐着锁链就没有关系其实链条很快就要断了。总之，只有不放出野兽，才是上策。

"我看得很清楚,起初说要拯救农村、救实业、降低失业率,加上制约通货膨胀政策的结构很好,谁都没有异议;可是,过了不久就变成了军需性的通货膨胀。这只通货膨胀猛兽的锁链断了,并且开始作乱。事情演变到这种地步,谁都无法加以阻止,军方本身也开始慌了,然而这些都于事无补。

"所以我说猛兽应该关在作为准备金的黄金牢笼中,再也没有什么东西比金笼子更牢靠了,它伸缩自如,可以随着兽类躯体的大小作弹性应变,只有准备了充裕的黄金防范外汇贬值,并且取得国际间的信任,日本才能在国际社会立足。如果以恢复景气为理由,不假思索地放出猛兽,结果往往会被一时的现象迷惑,甚至误了国家百年大计。不过,既然这么断然执行再次禁止黄金出口政策,那么,当务之急是,尽量根据金本位原则实施健全的通货政策,并且以恢复金本位为最终目标;只是,政府因为五一五事件而心存余悸,竟然反其道而行之,我担心的正是这个。"

"话是没错!"松平子爵不肯善罢甘休地说,"但是,如果任由农村萧弊和工潮问题继续恶化下去,将来必定不只是五一五,可能会发生更严重的事态。一旦爆发革命,就来不及了。六月举行临时会议时,农民们势如潮涌般请求立即实施农村延期偿付请愿书,当时的情况您看到了吗?农民们并未就此罢休,竟然向军队陈情,想发动兵农一体的签名运动,再通过营区司令官向上层请愿。

"您说,救济性的制约通货膨胀政策是权变政策,可是,财政增加后将在国内产生有效需求、利率会随之降低,中小企业也将逐渐复苏，也会带动重工业与化学工业，米价上扬，农村和失业者都能得救，这不都是值得欣慰的事吗？

"只要我们能谨慎地避免战争，然后一步步向日本工业化的目标迈进，不就可以了吗？我所说的'好的方向'，就是指这个。"

藏原答道："年轻人总是比较乐观，年长的人由于累积了不少知识和生活经验，因而无法以乐观心境衡量未来的一切。

"您左一句农民，右一句农民，但是，单凭这种感性的情怀是救不了国的。当全体国民咬紧牙关、忍受现状的时候，有一种人总是极尽批评之能事，对上层和财界人士口诛笔伐，这种人一定是居心叵测，蓄意破坏人民间的团结。

"首先您想想看，大正七年发生的稻米暴动事件[1]，才是我们这种产米国的真正危机。可是现在朝鲜和台湾的稻米增产计划成功了，国内的大米已经供过于求。非农家也因米价大跌而不愁食粮，所以即使失业人数不少，也不致像左翼分子说的那样充满革命气氛。而且，农民再怎么饥饿，也不可能听信左翼的谬论。"

"可是，陆军必须取得农村的合作才可以。这件事难道不是军方挑起来的吗？"

在场人士对这名青年斩钉截铁的说辞莫不觉得有失礼节，所幸藏原不是容易意气用事的人。他好像中世纪基督教美术版画上浮凸的人物，把书写着圣语的白旗从口中吐出一般，将修饰过的言语抑扬顿挫地说出；藏原口里仿佛含有甘甜的曼哈顿

---

1 一九一八年，日本因米价上涨引发的群众暴动。

鸡尾酒，使得原本沙哑的声音在经过润滑的口唇之际，变得甜美而悦耳。那张威严的脸上经常挂着微笑，当他用牙签插了个樱桃放进嘴里时，好像把社会的种种不安也一并吞下了。

"可是，军方不是以征幕贫农子弟作补偿了吗？"藏原神情悠然地反驳，"我想，和前年丰收的情况相比，去年的大歉收很可能是农民以怠工的方式表达内心对进口米的不满。"

"他们会冒着生命危险做这种事吗？"容光焕发的子爵反问道。

藏原没有回答他的问题，却如此说道：

"暂且别管眼前的情形怎么样，我讲的是未来。

"何谓日本国民？大家对这个定义可能各有说辞。我的看法是，所谓的日本国民就是对通货膨胀的祸害一无所知的人，他们甚至不知道必须马上把手上的钱换成物品以确保财产；我们一刻都不能忘却，我们的对象是天真、无知、热情而感性的国民。连自我保护都不懂的国民确实太高尚了。我深爱日本国民，所以，我不由自主地憎恨那些无耻之徒，他们利用国民高尚的无知来骗取信任。

"不论什么时候，紧缩银根的做法都不可能获得大众的好感，而通货膨胀政策却不然。但是，只有我们才了解这些无知国民的最终幸福所在，并且以此作为努力的目标，因此，牺牲是在所难免的。"

"国民的最终幸福指的是什么？"子爵来势汹汹地质问。

"您不知道吗？"藏原故弄玄虚地绽露笑容，稍微偏了偏头。众人听兴方浓，也不自觉地跟着把头一偏。

此刻，暮色渐深，白桦树林如少年白皙的小腿，带着些许烦恼站立着；而黄昏的暗淡又似巨网投诸草地上，无止境地扩张着。人们便在这瞬间窥见了深具启示性、闪烁着黄金色泽的"最终幸福"的幻象，恍如黄昏之网被拉紧了，而网内有一条黄金巨鱼，闪耀着身上的鳞片在卖力地跳跃。藏原开口了：

"您不知道吗？……那就是……通货的稳定。"

太突如其来了，众人后脑感到一阵空泛的战栗，然后沉默了。藏原根本不理会这些听众的反应，他那慈爱、可亲的脸上，渐渐抹上了一层稀薄的悲怆，像涂上了树漆一般。"秘密，就因为它没什么大不了，而且是众所周知的事，才会被视为秘密。但不管怎么说，真正知道那个秘密的人只有我们，所以我们的责任很重。

"我们让那些无知的人保持原状，一步一步地引导他们走向最终的幸福。但是，当他们开始厌恶横阻在路上的险象时，会听信这里有更轻松的路这种魔鬼的窃窃私语，以为那是一条百花齐放、平坦舒适的路，因而趋之若鹜，终于步入那幻灭的深渊。

"经济不是慈善事业，不得不预估一成左右的牺牲，这么做便可以确定地拯救另外九成。然而，如果任他们自生自灭，这九成必定会全数覆没。"

"那么，您认为，让一成的农民饿死，也是无可奈何的吗？"

松平子爵轻率地用了"饿死"这个词，在场的任何人都无法完全理解。有些话即使未经任何刻意的雕饰，但由于它本身就有着夸张的意味，因而经常会带给旁人伦理上的恐怖感。这种话会引起人们兴趣，但相当浮夸、庸俗，是有一种天生的"趋向性"的言辞。子爵对自己的遣词用字觉得有点不好意思。

正当藏原高谈阔论之时，法国管家走来悄悄禀报女主人，晚餐已经准备就绪；男爵夫人却只能等藏原说得筋疲力尽时，才逮着机会宣布用餐时间已到。藏原随即从座位上缓缓站了起来。夜幕低垂，藏原方才坐的那张藤椅上，有一个银制烟盒敞着盖子，露出了里面排列得整齐如齿的香烟，它们全被藏原压扁了。

"啊！你又……"

夫人见状大声嚷道，围在身边的客人知道藏原又犯了老毛病，也一如往常地一笑置之。

藏原夫人伸手扔掉已经走了样的烟，喃喃说："哎呀，你怎么又这样？"

"这个烟盒的盖子很容易开，真伤脑筋！"

"可是，为什么会开着盖子放在屁股下呢？"

"这种事只有藏原先生才办得到。"

新河夫人走在窗口投在草地上的灯影里，一面如是调侃："真有意思，有个盒子摆在屁股底下，您不觉得疼吗？"

"我以为是藤椅硌的呢。"

"是，是，反正我家的椅子就是硌屁股。"

新河夫人叫着，大家哗然笑开了。

"可是，比轻井泽电影院里的椅子好多了吧！"

新河男爵心不在焉地说。轻井泽只有一家由马厩改造成的老电影院。

至此，松枝侯爵始终被摒于话题之外。直到在晚餐席上落座之后，与他毗邻而坐的大臣夫人才挖空心思找话说道：

"您最近见过德川义亲吗？"

侯爵想了想，仿佛距了多时，又仿佛两三天前才见过，总之，松枝侯爵从未与德川侯爵商讨过任何重大的事情，偶尔在贵族院的休息室或华族会馆晤面，也只是随便地谈谈角力赛的种种。

"呃……最近很少见面。"松枝侯爵如是回答。

"德川先生前些日子在组织一个叫明伦会之类的退役军人会，他就喜欢做那种事。"

"他很喜欢被右翼浪人盯着，只怕这种危险的玩火游戏会弄假成真。"对面而坐的男客如此表示。

"女人的玩火游戏比较容易处理吧！"

新河夫人嘹亮的声音足以使餐桌上的花朵为之绽裂。说到玩火时，脸上甚至不见羞怯或任何其他情绪，令谁看了都能立即察觉，她绝对不是行为鬼祟的人。

上汤时，一伙人的话题就更趋贵族化了，他们开始讨论新年应该穿什么衣服参加村里的盂兰盆会。在轻井泽，每年都会按照风俗举办盂兰盆会。这使松枝侯爵回忆起，在东京的家中每逢中元节必在屋檐下吊满灯笼，还想起了已故的母亲在弥留之际仍放心不下的那件事。位于涩谷的十四万坪地皮，是母亲用卖了自己股票所得的三千日元买来的，在大正中期，又把其中的十万坪以每坪五十日元的价格卖给了箱根土地株式会社，却久久未见买主送钱上门，致使母亲至死仍对此事记挂在心。

"钱还没送来吗？还没有吗？"

病人如此频频垂问，身边的家人不希望她再提这种问题，于是撒谎说："钱已经送来了！"

病人并不相信。

"不要骗我，如果钱送来了，家里一定会有钱走路的脚步声，可是一直都没听到，没听到那种脚步声我无法瞑目。"

母亲就这样絮絮叨叨地念着。在母亲过世以后，又费了很长一段时间，这笔钱才勉强要回来了，但是，昭和二年十五家银行宣布破产时，侯爵也遭受了池鱼之灾，损失了一半以上。跛脚的执事——山田也为此事引咎上吊而死。

母亲对清显的事只字不提，却在临终之际净说钱的事，这使她的死失去了伟大与抒情的意味；侯爵为此产生了一种预感，他直觉地认为，自己的死亡与晚年也不会有任何高贵的余韵。

新河男爵家餐后一派英国作风，男客们全都留在餐厅里享受雪茄，女客们则移驾起居室。而且，根据维多利亚时代的遗风，男人们未饮饭后酒之前，是不能回到女人身边的。新河夫人对这种事甚是不悦，却又因为是英国风尚而无可奈何。

这时，雨丝纷然而至，气温也逐渐转凉，于是赶忙把白桦木柴放进壁炉内燃烧，松枝侯爵也不再需要毛毯了。男人们捻熄灯火，纷纷围向壁炉，精神也松弛了下来。

此时，松枝侯爵无法参与的话题又被重新提出来。大臣说："如果藏原先生能把刚才那番话跟首相言明就好了，因为首相有意超然局外，但是，有点被时潮牵引的迹象。"

"我总是这么告诉他。"藏原说道，"我心里明白，他一定觉得我太啰唆了。"

"被首相嫌唠叨倒无所谓,但是……"大臣说,"刚才担心女人们过于神经质,所以没敢说出来,但是,希望藏原先生能留心自己周遭的人,因为您是日本经济界的一大支柱,如果发生井上先生或团先生那种事就不妙了。所以您还是小心为要。"

"您会这么说,想必掌握了什么确实可靠的消息吧!"藏原面无表情地以混浊的声音说。即使此时他的脸庞掠过不安之色,由于暖炉的火焰晃动不停,为凝重的脸颊带来几抹阴影,所以也看不出来。

"我收到很多所谓的斩奸状,警方替我担心得很,可是,我已经到了这个年纪,没什么好怕的。我挂心的是国家的未来,而不是私事。我常常背着保镖做些自己喜欢的事,享受如童年般的快乐。有些人过于担心,就劝我做些无聊事,也有人劝我花钱消灾,借此确保自身的安全,还说他们愿意居间调解。我不赞同这种做法。事到如今,用钱换取生命安全又有什么用呢?"

这是相当自命清高,意气昂扬的说辞,在场的人多少都觉得此话欠妥,然而,他并不是能及时察觉到这种反应的人。松平子爵把光滑、白嫩的手伸在炉火上取暖,半晌,从他那修剪整齐的指甲到手背,全都变成了粉红色。他凝视着指尖下方那堆积得高高的香烟灰,又说出了犀利而挟带压力的言辞:

"一个带兵驻在满洲的排长说了这么一件事,我生平没听过这么悲惨的故事,所以记得相当清楚。有一天,排长收到他手下一个贫农士兵的父亲写来的信,信上说,他们一家人三餐无着,成日以泪洗面,对孝顺的儿子甚表愧疚,不过,还是很希望让儿子尽快阵亡,目前,除了指望那点抚恤金之外,他们家人的生活根本毫无保障。排长没有勇气把信转交给那位士兵,便藏了起来;不久,那名士兵终于顺利而光荣地死于战场。"

"这个故事是真的吗?"藏原问道。

"是我直接从那个排长那里听来的,错不了!"

"这样子啊!"

藏原应声的同时,除了木柴被火烧得噼啦作响外,壁炉旁边没有一个人说话。过了片刻,众人忽闻藏原取出手帕擤鼻涕的声音,于是不约而同地转头望去。数行泪水闪烁着火光,在藏原肥胖且堆满脂肪的脸上淌着。

这种教人费解的泪水感动了在场的每个人,最为吃惊的是松平子爵,但充其量他只是满意自己的说话技巧罢了。松枝侯爵见状也怆然泪下。他本非善感的人,却会因为旁人的眼泪而有所感悟,或许是因为他已经老迈得无能耕耘,无法厘清自己内心原有的想法。大概只有新河男爵能够确切地了解藏原那难以解释的泪水背后究竟隐藏了些什么。但因男爵的心已冷,不会因此动容,所以很安全。况且眼泪是危险的。如果那不是理智衰退的象征的话……

男爵似乎颇受感动,也有些瞠目结舌,而致错失机会,没有把平常抽到一半就丢掉的雪茄扔进炉火里。

十六

勋想带着《神风连史话》去拜见洞院宫殿下，以便借它陈述自己胸中的壮志，却觉得"借"书给他有失敬意，因而决定选购一本新的送给他。这会儿，母亲可就有存在价值了。他请母亲选一块朴素的绸缎，把献阅书本包装一番，母亲用心地缝制了起来。可父亲得知此事之后，将儿子唤到跟前，表明不准他去拜见殿下。

"为什么？"勋愕然反问。

"反正我说不行就是不行，没有必要告诉你理由。"

饭沼的情绪是如何地在更深的黑暗处挣扎、纠缠着，儿子无法了解。洞院宫殿下与清显的死有何关系，他也从来不知道。

饭沼知道，勋绝不可能了解他愤怒的原委，如此一来，怒气就更难以宣泄。当然，饭沼完全明了，在过去的事件中，殿下扮演着受害者的角色，但是若要追究清显死亡的原因，饭沼会不由自主地归咎于殿下。如果没有殿下，如果当时没杀出个殿下……饭沼反复思索着这个问题，但总会回到无解的死结上。其实，殿下若没出现，以清显优柔寡断的个性，可能仍会丧失与聪子缔结连理的机会，但对来龙去脉未能完全掌握的饭沼来说，对殿下始终存有憎念。

长久以来，饭沼一直为其政治信念及构成那政治信念的热情间存有的矛盾、疑惑所困，因为他从少年时代就体验着的那种热情、温存，时而隐含了愤怒蔑视，时而势若瀑布流泻而下，时而又如火山熔岩喷发四溢。那是呈献给清显，忠贞不贰的忠诚。从更微妙的层面而言，那是奉献给清显的美丽的忠诚；是近于背叛的忠诚，也是不断孕育着忧愤的忠诚，因此，那是一种无法赋予任何名称的情愫。

于是，他将之命名为忠诚也算妥当。可是，这离献身于理想的信念似乎远了些，他抗拒着使他远离理想那无以名状的美的诱惑，又忧烦于将心中的理想和美有条不紊地融合为一，这种情愫就在这种要求下产生。这忠诚从开始即呈露了孤独的影子，似一把宿命的感情短刀，摆在年少的饭沼茂堆面前。

饭沼很喜欢引用"恋阙之情[1]"训诫其门生。那种时刻能说得声情并茂，让听众的眼睛为之发亮，甚至颤然感动，这极明显地证明这种感动的根源，就是他少年时期的体验，也是可遇不可求的根源。饭沼不是那种有自知之明的人，因而经常忘记自己感情的本质，情感的火焰便得以超越于时间之上而移动，并随心所欲地点燃。他本身暂时被火所包围，并且感受到同等的热与陶醉，对此情形，他未曾感到丝毫羞愧。然而，饭沼若能对自己稍微严格一点，一定会发觉自己对感情的比喻太夸张了。

---

[1] 此指对天皇的恋慕之情。

生活在本歌[1]世界中的他正竭尽所能地将记忆中某年的月、雪、花，无止境地用于年年不息的景致。他几乎是在毫无知觉的状态下使用着双重语言。

他对皇室的敬爱，与对自己敬爱之心的质疑相互对立，这种念头经常如玻璃屋顶上流淌着的雨水冷影，而在当中悠游徘徊的是洞院宫殿下。

"谁要带你去见洞院宫殿下？"

饭沼温和而迂回地问他，少年则沉默不语。

"是谁？为什么不说？"

"我不能说。"

"为什么不能说？"

少年再度默然，使饭沼的情绪激动不已。他对勋说不准去拜访洞院宫殿下，那是父亲对儿子的命令，不需要任何理由。可是，勋不愿意禀明引见者的名讳，此罪重如背叛父亲。

实际上，身为人父的饭沼，并没理由不向儿子道出不希望他与洞院宫殿下接近的原因，应该可以翔实相告，让他了解殿下是把自己所侍候的少爷逼向黄泉路的人，所以才不准儿子与其见面。然而，咽喉处堵塞着岩浆般灼热的羞耻心，使他无法将事情真相坦白说出。

勋如此决然地反抗父亲，实属难得一见的罕事。平时，勋在父亲跟前一直是个沉默而恭敬的孩子。饭沼第一次发现儿子心里有了不容侵犯、坚硬似核的物体，他被迫无力地感伤着。对清显少爷的教育全然失败的多年后，此刻的自己正从完全相

---

[1] 以前人所作和歌为典范创作和歌时，被作为典范之和歌即为本歌。

反的方向为儿子的教育煞费心思。

父子俩就如此对坐着。房外的院子里，骤雨的痕迹与夕阳遥相辉映，一摊积水映着霞光，盈枝绿叶闪耀出愉悦的光泽，风凉醒脑，而愤怒就如清澈水底的物体般晰然可见。勋觉得他能将愤怒视若围棋的棋子，自由地在棋盘上移动。但父亲心底那股骚动的情愫极不透明，勋无法了解。蝉鸣声中透着几许严肃之势。

桌上摆着用红绣线及墨绿锦缎包裹妥当的《神风连史话》，勋突然把手伸向书，站直了身子，想就此默默将书带回房间。

但是父亲抢先夺过书本，而后站了起来。

刹那间，父子俩眼神相会。勋看出父亲那小心翼翼的眼神里缺乏勇气。然而，发自心底的怒火却在那眼神里奋力挣扎着。

"无论如何你都不听我的话吗？"

饭沼手一甩，将《神风连史话》扔向院子，庭院中的积水随之溅起了橙色的水花，那被视为献礼的书和着泥水躺了下来。勋目睹自己认为最神圣的物品沉入泥泞，怒气顿时有如突然崩裂的墙，冲腾至周身，他不由自主地握紧了拳头。父亲厚实的手颤抖着，随而狠狠给了儿子一记耳光。

母亲察觉情况不妙，便迅速来到房间。峰子发觉两个男人僵立在房间里的身影忽然变得如此高大。饭沼的浴衣下摆因他出手打人的动作而显得凌乱，而挨揍的儿子却不然。峰子转头往夕阳下散发着光辉的院子望去，忆起丈夫曾经把自己打得奄奄一息的情形。

峰子跪倒在榻榻米上，滑行似的靠近二人。

"勋，你怎么了？快向父亲道歉，怎么可以用这种气愤的脸色盯着父亲看！快，跪下来道歉吧！"

"您看看那个。"

勋没有伸手抚摸掌痕清晰的脸颊，反而单膝落地，并扯了扯母亲的袖口，示意母亲注意院子。峰子头上传来丈夫狗一般急促的喘息。院子是那么明亮，相形之下，屋里早已黑暗无光。她发觉在这黑暗中，四处都浮游着某种奇异物象，即使抬头，也会马上被迫闭起眼睛；此时，峰子正想起了多年以前侯爵宅邸的书房。

她声音细弱，梦呓般地继续说："快，快道歉！"

峰子的眼睛逐渐睁开，眼前是那一半浸在泥水中，呈现出朱红、墨绿色调的形体。浸在泛出夕阳光辉的水中的锦缎，使峰子愕然觉得受惩罚的仿佛是她本身。顷刻间，峰子对那本书的由来已不复记忆。

殿下希望在周日晚间见客，堀中尉便如约将勋带到芝区的官邸。

洞院宫家近年来频遭厄运，自从体弱的兄长去世后，父母也相继辞世，整个家业都由向来健壮的治典王殿下继承。每当殿下远赴外地驻守时，偌大的宫殿里便只留下王妃、王子和公主，而系出名门的王妃殿下生性极其朴实恬静，因此，宫殿里总是寂静无声。

勋煞费周折地从旧书摊购得第三本《神风连史话》，随即用精美的包装纸包好，并用毛笔在上面写了"呈献"二字，然后把书夹在穿着夏季学生服的腋下，随同中尉赴约。这是他头一次瞒着家人外出。

洞院宫府的大门深锁，门灯已暗，失去了主人应有的显赫感；侧门开了，亮着的警卫灯照向地上的小石砾。中尉穿过侧门之际，军刀的鞘轻轻触及门柱，发出了声响。

虽然警卫早已被告知中尉来访一事，但他以内线电话呈报时耽误了些时间。在等候主人回应的空当里，勋发现环绕着宫殿的树林和浮现在月光下的碎石坡道非常深邃而幽静，甚至连飞蛾、小虫、甲虫扑向陈旧警卫室檐下灯光的振翅声，也了然于耳畔。

不久，他俩走上碎石坡道，中尉的长靴发出了抓地的声响，让人联想起夜间行军时的黑暗。勋觉得碎石底下还留有些许被白昼晒过的余温。

殿下坐落于横滨的那幢别墅完全是西洋风格，而眼前这栋本殿则是日式建筑。在月夜中下车平台那白色的空间之上，能够看到玄关处凝重的元宝形屋檐。

驻宫事务官的工作房似乎是在玄关之侧，此时灯光已经熄灭。出来接待他们的老执事收起中尉的军刀之后，带领两人进入。殿内四下无人，地上铺着鲜红色的毛毯，走廊的另一端是装饰着西式护板的墙。执事在黑暗中推开门，伸手开灯，吊在房间中央沉重的灯乍放光芒，射向勋的眼睛。无数玻璃片仿佛极欲从那团雾般的光源中，放射出玲珑的光线。

中尉和勋坐在铺着麻纱布的扶手椅上，双腿并拢，电扇送来微温的风，拂弄着他俩的脸颊。他们可以感觉到蚊虫撞在纱窗上。由于中尉一直沉默不语，勋便也缄口不言，片刻之后，仆人端来了凉麦茶。

墙上挂着描绘西洋战场的大幅壁毯，画面上骑士手中挺出的矛尖刺穿了昂着头的士兵胸膛，自胸口喷涌而出的血因壁毯年代已久而褪成豆沙色，旧包袱巾也经常是这种色泽。勋心想，血与花在容易枯萎变质这点上是很相似的。正因如此，血与花才化身为荣誉并赖以衍生。所有的荣誉均像金属般永垂不朽。

门开了，随即出来的是一身白麻西装的洽典王殿下，他的出现并未带着什么大排场，这样随和的光临柔化了这个气氛稍嫌僵硬的房间。中尉立刻从椅子上肃然起身、立正，勋也跟着这么做。

勋生平从来未这么近地看过皇族的人。殿下的身高中等，却有着壮硕的体格，穿着西装的小腹微凸，上方的纽扣勉强能扣合，唇、胸等部位十分厚实。他以黄褐色领带搭配白麻西装：俨然一副政治家模样。但是，古铜色的脸，利落的分头，堂皇而深沉的鹰钩鼻，充满了威严的细长眼睛，鼻子下方的八字胡，这种种仍给人不失军人威武风范而兼有贵族气质的感觉。他的眼睛炯炯有神，但眼球却似乎不怎么转动。

中尉向他介绍勋，勋随即对他深深鞠了一躬。

"他就是你那天提起的那位青年吗？哦，坐下来，别拘束……我最近接触的青年都是军人，所以，很想见见地方上的真正年轻人。你叫饭沼勋吗？令尊的大名，我耳闻已久。"

因为中尉嘱咐过勋可以畅所欲言，于是勋问道：

"家父从前拜见过您吗？"

殿下答以"没有"。父亲既然从未与其谋面，则那种情绪反应就更让勋百思不解了。

之后，中尉与殿下极契合地追述起昔日旧事，勋在一旁伺机，好将书本呈献上去。他原以为中尉会为他设计时机，但是眼看着希望越来越渺茫，中尉仿佛已经忘了献书的事情了。

情况如此，勋只好保持沉默，以端正的姿势面对桌子那端的欢谈情景。殿下未被炎阳灼黑的前额在饰灯的照射下更显得白亮光润，而新理的短发整齐有序地竖立在灯光下。

殿下或许已注意到勋正以锐利的眼神凝视着他，于是将一直注视中尉的视线移向勋，两人的视线迅速融合了，有如许久未曾响动因而生锈的陈年古老铁铃，其铃锤由于某些震动而松开，即将触及铃的内侧发出声响。勋无法了解他此时的眼神是在诉说些什么，殿下本身恐怕也不明白吧。

但是，这一瞬间交换的是超越了平凡爱恨的一种不可思议的感情，殿下那对不转动的眼球猛地发出一种遥远的悲伤，以悲怆的水将勋火般的注视迅速扑灭。

"中尉与我较量剑道时，也是这么看着我。"勋思索着，"但是，当时的确在眼神深处闪烁着无言的交谈。而今殿下的眼神无语，这是否意味着殿下对我存有恶劣的第一印象？"

此时，殿下已恢复方才与中尉的交谈。对于中尉发表的某些激动言词，勋无法全盘听清，只见殿下频频点头，并且说：

"对，华族也不好，虽说华族是皇室的屏藩，但是有些华族仗势漠视皇室的存在，这种情形并不是现在才有。堀中尉，这种现象自古皆然，尤其是那批本应为民表率却骄傲不已的人，最需要惩罚，我对这个建议完全赞同。"

十七

勋甚感意外，殿下竟然这么憎恨他周遭的华族，或许，以殿下的立场、地位更有机会了解那批人的腐败吧。即使远离了政治家、企业家的腐败，他们仍会像炎夏原野上腐烂了的动物尸体一样，飘来阵阵令人掩鼻的气味；只是，华族身上的腐气夹杂着香水，致使一般人无法轻易嗅出个中异味。勋有意向殿下请教最恶劣的华族名号，但殿下却很谨慎，并未道出。

此刻，勋的心情已较为放松，于是取出献阅之书。

"这是我想献给您的书，虽然是一本脏旧的书，但是，它是我内心精神的精髓，我想继承这种精神。"勋已经能够侃侃而谈。

"哦，神风连吗？"殿下揭开包装纸，扫视了书名后如此说道。

"这是一本把神风连的精神表现得淋漓尽致的书，现在这些学生们，正发誓要当昭和的神风连呢！"中尉在旁加以说明。

"哎呀，那么就会像神风连进攻熊本镇台那样向麻布第三军团发起进攻啰?"

殿下边说笑,一边郑重其事地翻阅这本书,而后视线猛然离开书本,用锐利的眼神注视着少年说:

"我问你……如果,如果天皇不赞赏你们的精神或行动,你打算怎么办?"

这个问题只有皇族会问,而除了殿下之外的其他皇族也不可能提出这种问题。中尉与勋再次感受到紧张的气氛,身躯为之僵直。由现场的气氛可以得知,这看似针对勋而发的问题,其实将中尉也纳为了质问的对象之一。中尉未曾形诸言语的夙愿,以及中尉这般刻意地把陌生少年带到殿下面前的心意……这些质疑都包含在这个问题里。由于殿下不是中尉的直属长官,因此无法以团长的身份质问中尉,这是可想而知的。勋忽然意识到自己其实是殿下与中尉之间的传译者,有如传达意志的玩偶一般,被当作棋子利用着。固然,这是个远离功利的问题,但勋却首次体验到置身于政治旋涡中的感觉。但就算心里不舒服,勋也只能力求坦率地回答。此时,中尉的佩剑在扶椅的内侧发出声响。

"我会效法神风连,立即切腹自杀。"

"哦,这样子啊!"身为团长的殿下神色恬淡地说道,仿佛已经听惯了这种回答,"假如天皇很赞赏,那你又将作何打算?"

勋刻不容缓地答道:

"那我也会马上切腹。"

"哦?"殿下第一次出现好奇的神情,"那又是为什么呢?你说来听听。"

"我认为所谓忠义，就是用自己的双手握着滚烫的饭，忠心为天皇做饭团。如果，天皇并不饿，把饭团还给我，或者说这么难吃的东西，怎么能下咽，并且拿起饭团丢向我，我就会任饭粒粒在脸上，退下来，满怀谢意地切腹。或者倘若天皇饿了，高兴地吃下了饭团，我也必须拜谢，然后退下去切腹。因为用草莽之手直接做饭团献给天皇，是不容宽恕的滔天大罪。可是，若不呈献上去而留在自己手上，情况又将如何呢？饭团不久就会坏掉。这或许是一种忠义，然而，我称之为无勇的忠义；有勇的忠义应该是，不顾及死亡，以虔敬之心献上自己做的饭团。"

"哦，你明知这是有罪的，还要做吗？"

"是的，殿下与所有的军人都很幸福，因为有幸听从天皇的旨意而捐弃生命，就是军人的忠义。但是，一般百姓则必须有一种心理准备，就是未经天皇首肯的忠义，是一种罪恶。"

"遵守法律不也是天皇的命令吗？法院也是天皇的法院啊。"

"我所说的罪，并不是指法律上的罪行，活在这个圣明荡然无存的时代里，无所事事只求苟存就已经是罪大恶极，而为了赎这个罪，就算会犯渎神的罪名，也要设法做一个热饭团献给天皇，以实际行动表达自己的忠诚，最后再切腹自杀。只要死，一切便都能得到净化，不像活着的时候，左也是罪，右也是罪，处处都会碰上罪源。"

"越说越复杂了！"

殿下被勋的挚情所打动，故露笑颜说道。中尉知道是时候了，于是制止勋的话题。

"好了，已经了解了。"

勋仍为方才的教义式对话兴奋着，因为对方是位皇族，而且自己能在这位皇族面前对答如流。勋仿佛觉得自己朝着殿下背后那道不存于此世的光芒，把内心所思坦然陈述了出来，并从容回答了殿下提出的问题，而每一字句都是经过了反复思考的结晶。

勋光是在脑中幻想自己无心做任何事、只是双臂紧抱胸前的姿态，就会觉得自己像个麻风病人，为之毛骨悚然。把这种状态视为一般的罪恶、一种无法避免的宿命性罪恶，就如同我们脚踩大地、呼吸空气一般，是很容易的事。然而，置身于这种环境之中，为了保持自身的洁净不致受到污染，必须借助于他种形式的罪恶，而且，不论如何都得从本源的罪恶中吸取养分。如此，罪恶和死亡、切腹和光荣，才会在呼啸着松风的断崖边、冉升的旭日之中结合。他从未兴起念陆军士官学校或海军士官学校的念头，因为那些学校早已为学生们准备好了既成的光荣，无为的罪也已被祛除殆尽。因此勋为了达成自己想要的光荣，多少也爱着罪恶本身吧。

神风连的师父林樱园认为人都是神的子民，可是，勋从来就不认为自己是纯洁无垢的。他只为垂手可得却失之毫厘的纯粹而焦躁不安。这种情形仿佛踩在摇摇欲坠的竹架上，手指已轻轻触及那个纯粹，但竹架却正在崩溃。他也了解樱园先生所主张的宇气比已不合时宜。不过，他知道窥探神意的宇气比也存在类似竹架为之崩溃的危险因素；那危险便是罪恶，没有比不可避免更近似罪恶的事情了。

"哦，原来已经出现了这种青年！"

殿下回首看向中尉，感动地说。勋发觉自己已成了他人眼中的样品，想到这里，他胸中便涌现激烈的冲动，想尽快把自己塑造成殿下心目中的典范，在此目标之下，他是必须以死明志的。

"想到有这种学生出现，觉得日本的未来有了点希望。在军队里难得听到这种自发性的声音。你带他来，很好！"

殿下故作漠视勋状，向堀中尉大表谢意。这么一来，中尉觉得十分光荣，勋也比直接被夸赞更能感受到对方的真诚。

殿下请执事拿上等威士忌酒和鱼子酱来，他亲自向中尉劝酒，也对勋说：

"饭沼，你虽然还没成年，不过，既然有了刚才说的那番心理准备，也就算成年了，今天晚上就尽情喝吧！醉了会用车子送你回去，别担心！"

他给勋这么一句难得的允诺，但是，勋突然想到父亲看到儿子被殿下的座驾送回来时的脸色，便不寒而栗。

这种幻想在勋脑中盘桓不去，以致在他起身接受殿下的酒时，手笨拙了起来，酒从歪倒的杯中溢了出来，洒在了质地细腻的白色桌布上。

"啊！"勋叫出声，手忙脚乱地拿出手帕胡擦一番，"对不起！"

在他低垂的脸上，流下了愧疚的泪水。

他一直垂头站着，殿下也注意到了他脸上的泪痕，于是打趣地说："好了，好了，不要摆出那副即将切腹自杀的表情。"

"我也要道歉，我想，他可能是太感动了，所以手才发抖的。"

中尉也从旁补充了几句。这时勋才勉强坐了下来,然而,从那一刻开始,他脑中便不断地重复着自己刚才失态的一幕,因而再也说不出任何话。同时,殿下的话却温暖着勋的全身,其热度远超过酒精的作用。之后,殿下与中尉开始谈论政治问题,但是勋的思绪仍然停留在方才的失态,因而恍若未闻。殿下的谈兴正浓,似乎无暇顾及勋,但又突然带着几分微醺对勋说:

"怎么啦?振作点,你应该也挺健谈的嘛!"

勋不得已只好参与讨论。他的感觉就如中尉早先说的,言谈间可以很直接地感受到殿下是如何地受到士兵们的爱戴。

夜色渐深,当中尉察觉到天色已晚,起身向殿下告辞之时,殿下拿出上等洋酒及印有皇家徽章的香烟送给中尉,另外把饰有御纹的饼干给了勋。归途中,中尉开口说道:

"殿下似乎很喜欢你,我想万一有什么情况,他必定会帮助你,但是你必须留意他的身份,千万不可以直接向他请求什么。你的运气真好,那微不足道的失态就别放在心上了。"

与中尉分手后,勋并未直接回家,而是去了井筒家。他请井筒的家人把井筒唤醒,然后把饰着御纹的饼干交给他。

"请你好好保管这个,可别让家人知道了。"

"好的。"

井筒向夜深的窗外探头,紧张的情绪使他的脖子僵硬得有如钢铁,他收下小包,却对它的轻盈无比流露狐疑之色。井筒原以为,在这种深夜里,他的同志所交托的必定是炸弹。

十八

到了夏天，勋的同志已达二十人之多。井筒和相良分别进行鼓吹工作，之后，勋也亲自参与甄选事宜，他们只允许志节高尚并且能够严守秘密的学生参加。为达此目的，起初都以《神风连史话》为途径，也就是让学生们阅读这本书，再写读后感，勋等人便按照读后感作判断。有些人的文章表现出极佳的理解能力，但是，亲睹其人却软弱得令人失望。

勋对剑道的热忱已渐渐消退，他宣布不参加今年的夏令集训时，那些打赌勋会赢得优胜奖状的前辈们差点对勋施以私刑，其中一位前辈一直追问勋改变主意的缘由。

"你是不是在计划什么？还是有什么比剑道更具吸引力的呢？听说你正在劝某些学生读一本小册子，你该不会是搞了什么思想运动吧？"

勋见状，立即抢先说："你大概是在说《神风连史话》的事吧？我正在和别人磋商，将来可能要成立明治史研究会。"

事实上，在秘密招募同志的过程中，勋的剑道经历经常发挥作用，那些人对他名字的敬畏，立刻变为了对他的只言片语及锐利目光的倾倒。

勋想，在此阶段应该先聚集同志，以便制造一个考验他们的决心与热情的机会。因此，特别在新学期开学前两星期，用电报通知正在乡间度假的人。假期中，学校是保守秘密的安全场所。立秋当天的午后六点，他们在大学门内的神社前集合。

在国学院大学里，大家都称神社为阿社。在这座奉着诸神的小祠前集合是一件平常之事。准备将来继承家职担任神官的养成社团及神道社团的学生，更是长期在这里练习吟诵祝词，而运动社团的学生也常到这里祈祷胜利，或因比赛输了而到此地自我反省。

在预定集合时间一小时之前，勋、井筒和相良在该神社后的森林里碰面。勋穿着白底便服及裙裤，头戴白线镶边的帽子。他坐在草地上，透过冰川神社可以看到涩谷樱丘的高岗，夕阳正斜斜地照着那里，并映照着勋的胸膛及其身边的黑色树干。虽然如此，勋仍无意寻找一个阴凉处，而只是把帽檐拉低，借以抵挡斜照。他的衣衫下弥漫着体肤之热，与草地的热汇成一体，扑到他的额头。此时，林间蝉鸣声不绝于耳。

行驶在低处道路上的自行车反射着夕阳余晖。自行车的闪光仿佛连接着一栋栋的矮房子般闪掠而过。忽而，他注意到房子之间有个玻璃碎片般的物体，待他凝目细看，才发现是一部卖冰的车子。他觉得冰正面临夕照的危机，仿佛听到了夏日的最后一击射向冰块，冰块融化之际所发出的尖锐呻吟声。

回首一看，身后拖得长长的柯树影子，就像夏季将逝时的太阳，徒然拉长了勋的志向。这种切身的感觉有如夏日的终结与太阳的诀别。他害怕赤红色的大义将随着季节的变迁而渐渐褪色，致使今年又失去了死在夏日朝阳下的机会。

他再次眺望远方，逐渐染成红色的天空中飞舞着许多红蜻蜓，它们振翅穿梭在柯树梢上茂密叶丛中微细的红色空间里，这也是秋的征兆！

激动的内心油然浮现冷却的理智，对某些人而言或许是值得庆幸的事，可是勋却引以为悲。

"原来你在这么热的地方等我们呀。"身穿白衫，头戴学生帽的井筒和相良看到他，惊愕不已地说道。

"你看，在西边的太阳里，可以看到天皇陛下的龙颜。"

勋端坐在草地上说，声音里蕴含着魔力，井筒和相良常被他这种威势所震，并且由衷佩服。

"陛下的龙颜露出了烦恼之色。"

勋继续说。

井筒和相良神色茫然地在他身边坐下，一面揪草叶，一面享受着在勋身边时才感受到的身临白刃的感觉。对这两名少年而言，某些时候勋真的很让人害怕。

"大家都会来吧？"相良扶了扶眼镜，有意借此动作把不知来由的不安转变成稍具理性的不安，而后开口问道。

"会来的，不来不行，不是吗？"勋若无其事地说。

"你终于脱离剑道社的集训，真了不起。"

井筒几近害羞地露骨表现出他对勋的崇敬。勋本想说明原委，却又作罢。此处的活动还不至于忙碌得应接不暇；他不再参加集训，只是已经厌烦了竹剑罢了，以竹剑取胜易如反掌，他已觉得兴趣索然。又因为竹剑只不过是剑的单纯象征，而且并不具有任何"真正的危险"。凡此种种使他对竹剑的厌倦升至极点。

他们三人热烈地讨论着募集二十名同志是何等不易。不久前，日本游泳选手在洛杉矶举行的奥运会中大显身手，于是，现在多所学校的游泳社都门庭若市。但是，勋正在进行的事却异于前者，并非趁一时声名征募人才的浮华之举。他们进行的事，可以说是要每一个认同此事的人献出他们的生命，而且在他们确实愿意献出生命之前，绝不吐露招募他们的目的，所以必须尽可能含糊其词。

要罗致愿意奉献性命的青年，以及敢于公开表白心迹的青年并不难。但是，他们都希望能立刻发表公开宣言，为自己取得一个华丽至极的葬礼花圈。一部分学生正秘密传阅北一辉的《日本国家改造法案大纲》这本书，但是勋觉得其中充满了魔鬼般的傲慢之气，与加屋霁坚所谓的"犬马之恋，蝼蚁之忠"的境界相去甚远，然而这本书确实能够鼓舞青年们的热忱，只是，那种青年并非勋所希求的同志。

同志不是通过言语，而是借着意味深长的眼神交会所获得的。同志也不是思想，而是来自更遥远的地方，并且有着更明确的表征；而且，在那表征上有一种如果不存其志即无从识别的东西，这才是结为同志的主因。勋接触过的同学堪称形形色色，并不局限于国学院大学，有日本大学的有第一高等学校的，还有人向他介绍过一名庆应大学的学生，这名学生虽然能言善道，举止却很轻浮，并不适合。其中有些学生自称颇受《神风连史话》的感动，晤谈后才发觉，其感动纯属矫作之词，由其言谈即可察觉，对方原来是前来一窥究竟的左翼学生。

外表朴实、性情沉默而笑颜常开的人，其个性大多可靠，果敢有为，并且能表现出不畏死亡的志气。而善于辞令、大言不惭以及言辞犀利、极尽嘲讽之能事，往往是懒散、胆怯的表现。苍白或病弱的身体，在某些时候却是疯狂超凡的精力来源。一般而言，肥胖的男人比较怯懦且粗心大意；身躯瘦削、立论合乎逻辑的男人都比较缺乏直觉。勋由此发现，人的脸和外表无时不在告知他人许多事情。

农村、渔村里多达二十万名的饥饿儿童，对都市学生竟未造成丝毫影响，现在"饥饿儿童"这个词居然演变成对好吃儿童的笑语。因此，想听这些学生发自肺腑的怒声，是极其困难的。据媒体报道，深川砂町小学给饥饿儿童发饭团时，学生们却心念弟妹，把饭团带回家去，这已经成为上学之间热议的话题。可是，勋身边这些学生里没有一个是该小学的校友，能上大学的学生多是各地中学教师或神官的子弟。尽管出身富豪之家者不多，但来自三餐不继、寒微之家者也微乎其微。

只有在这种农村的精神领袖家中，才能常常见到或听到农村凋敝的惨状。这些学生的父亲大多对可见的现状表示悲伤，对不可见者则大表愤怒。不过至少他们能愤怒，因为神官或中学教师对这种乏人问津的贫苦情形并不存在任何职业上的责任。

政府巧妙地将贫富归类之后，又将两者分置于两个窥不见对方的箱子里。而惯于躲避改革的政党政治，也已丧失明治九年颁布废刀令时那种果敢地扼杀精神象征的威力。一切都显得苟延残喘，能拖即拖。

勋没有制定纲领，因为这个世界的所有罪恶仿佛都认定了我们的乏力及无为，所以不论什么行为，其决心便是我们的纲领。所以，勋在甄选同志的面谈过程中，对自己的企图总是守口如瓶，也不提任何约定。当他决定让某位青年参加时，他会马上缓和自己的严肃表情，并亲密地凝视对方的眼睛，简短地说：

"怎么样？我们一起干吧！"

井筒和相良按照勋的指示，把甄选入围这二十人的身家调查书、家族成员、父兄职业、本人的个性、体格、运动能力、特征、喜欢阅读的书及有无恋人等资料，详细地做成附有照片的资料册。其中八人是神官之子，这让勋觉得很高兴，这意味着神风连绝不是过去式，也没有被彻底遗忘。二十名学生的平均年龄是十八岁。

勋详看井筒逐份拿出来的数据，并默记于心，他必须把每个人的名字和脸对照着记下来，甚至记住他们私人的事情，并且不忘时时说几句激励人心的话。

其实，人们年轻时容易把政治上的问题当作现实问题来对待，勋对此混淆并不介意。例如，街上某个角落出现了一幅自己不愿苟同的广告招牌，任其画面上的邋遢女人诱惑路经该处的学生，这便是政治问题。同志们在政治上的结合理应基于少年时期的羞耻心，勋认为现状即是"可耻的"。

"一个月前，你不是还不知道导火线与引爆线的区别吗？"

相良和井筒发生了小口角，勋面带微笑默默听着。他让两位同志仔细研究炸药的使用方法，相良就向从事土木建筑业的堂兄请教，井筒则讨教于投身行伍的堂兄。

"你不是也不知道导火线上的切口该平切还是斜切？"

井筒反驳。

之后，他俩拔起脚边的芒草，折断了当成导火线，又信手拿起已经中空的枯树枝充当雷管，开始演练引爆。

"我的雷管很不错。"

相良用手指甲抠些泥土，填满了半截枯枝，继而得意扬扬地说："一半是空的，一半塞满了炸药。"

这树枝当然不同于随时可置人于死地的黄铜制红色雷管，不像那金属制的毛毛虫那般危险，只是一根干枯得仅剩表皮的细树枝。夏日的太阳泛着红光，沉向冰川神社，洒下一片光芒，光线随之映上两个少年脏手指的动作。他们嗅着随着时光流逝而必将实现的杀戮气息，那遥远的火药气息或许只是附近人家袅袅炊烟的气味及火光，却立即使泥土变成火药，使枯枝化身为雷管。

井筒小心翼翼地将细草叶插入雷管，又拔出雷管，测量不致触及火药的长度，并用手指在其上画了一道记号，再把细草叶与当作导火线的芒草茎并排放在一起，也在芒草茎上画了与细草叶同一长度的记号。最后他将芒草制的导火线插入雷管内，塞到画有记号的位置。如果不按原则随意插放，导火线插得过深，雷管就会马上爆炸。

"没有雷管封口器啊。"

"用手指头，要当现在正在打仗，小心点。"

淌着汗水的井筒脸上泛起了郑重其事而紧张的红潮，他遵照别人教他的，用左手食指托起雷管的末端，而以中指按着雷管填满炸药的部位，中空部分的切口则用拇指及无名指捏着，然后用右手的拇指及食指模拟钳子夹住缺口。一切就绪之后，他将双手挪至身体左侧，脸侧向右边，此时，须尽力用右手把导火线妥善固定到雷管上，做的时候不可正视雷管，务必将脸扭至右侧。这是避免脸部炸伤的防范动作，在旁的相良却调侃说：

"你的脸侧得太多了，身体扭得这么厉害，反而会把手上的操作搞乱，你干吗那么在乎你那张粗脸？"

剩下的工作，就是把雷管插进炸药里固定，再点燃导火线的另一端。这项工作由相良负责。他把泥土当成火药，慎重地点了火。然而，芒草绿意犹存的部分却久久未燃，夕阳下，火柴已将导火线烧了一大半，却仍未见起火，熄了。三十厘米长的导火线烧完需要四十到四十五秒，而目前芒草在三十五厘米左右折断了，因此，他俩必须在五十秒之内躲开。

"好，快跑！"

"好了，已经跑出一百米了。"

两人坐在原地，却装出自远处飞奔而来的样子故作喘息，相视而笑。

时间过了三十秒，又过了十秒。在概念或时间上，装着雷管的炸药虽然很远，但导火线已经点燃，引爆条件十分充分了，火苗应该如瓢虫般正全速而专心地在导火线上爬行。

终于，在看不见的远方，看不见的火药爆炸了。有如某个腐烂的物体，猛然间发生激烈的摇晃，并且向布满晚霞的天空四散。周围的柯树林为之颤动，一切都变得透明，声音也嘹亮了，在霞光的苍穹中涟漪般扩散开来，一会儿便消失了。

突然，始终凝视着文件的勋说：

"最重要的是武士刀，起码要准备二十把，或许有些人可以从家里带来吧？"

"只要好好学抽刀砍固定物体就可以吗？"

"已经没那么多时间了！"

勋冷静地回答，声音却如激情的诗篇在两名少年耳际轰然作响。

"可能的话最好在暑假期间，如果还有问题，等秋天开学后，大家一起去参加真杉海堂先生的练成会[1]就可以了。那里可以畅所欲言，而且先生对我们所从事的任何训练都不会干涉。最重要的是，参加那个练成会，我们就能够名正言顺地外出。"

"可是，整天都得听真杉先生对佛教的批判，真是难过啊！"

"这点小事要忍下来，先生终究会了解我们的。"

勋说着看了下腕表，忽然站了起来。

勋一行刻意比预定时间六点晚了一些。他们站在半掩的学校侧门前，窥向校内神社的前方。夕阳下，一群学生茫然伫立着，露出一副若有所思之状。

"数数看！"勋压低嗓音。

"……都来了。"井筒抑制不住心中的喜悦回答。勋心里明白，千万不能长久浸淫在被信赖的兴奋情绪中。全部都来了，只是比有人缺席好一点罢了。因为他们是冲着电报而来，这证明他们是期待有所行动的，也就是带着血气之勇而来。为了磨炼他们的心志，非趁此机会当头浇他们冷水不可。

---

[1] 修炼身心的道场、聚会。

落日余晖里，红铜色的神社屋脊渐渐暗了下来，从细叶冬青和橡树梢间露出的华丽镇木[1]上的饰物闪烁不止。遍布于神社庭院中的黑色细石上残留着夕阳余晖，就像秋末一串串的葡萄。两棵杨桐一半掩在神社的阴影中，另一半则在夕阳下摇曳。

勋背向神社站着，二十名青年纷纷向他簇拥而来，勋察觉到了这些无言眼神中的火势，他开始渴望一股悄然之力能将他们的身心拉至天外，进而向他飞扑过来。

"你们都到了，辛苦啦。"勋说出开场白，"最远的来自九州岛，大家都能准时赴会，我很高兴！不过，今天要你们来，并不是你们盼望中的有所目的，而是毫无目的，你们是怀着无限憧憬，从日本各地白来了一趟。"

人群开始窃窃私语，显然，某些人的心志已有所动摇。勋随即提高声音说："懂了吗？今天的集合完全无意义，今天没有任何目的，也没有什么事要做。"

勋的话就此打住，青年们的讨论声也随之平息，黄昏的空气中弥漫着不寻常的沉默。

忽然，一声叱喝划破这片死寂，开口的人是东北一位神官之子，名叫芹川。

"你要怎么向我交代？一想到这样被你们捉弄，就火冒三丈！我已经正式向家父告别了，家父对农村现况相当不满，常说现在是青年挺身而出的时候，所以，收到电报之后，就默默地以水代酒为我饯行，一旦知道我受骗，他必定不会就此罢手的。"

"对，芹川说得没错。"其他青年立即附和。

1　日本建筑中，神社或农家的茅草星脊两端的交叉长木。

"别信口开河，我可没有和你们约定什么，你们只凭着集合令，就自作聪明地开始幻想。电报上也没写什么，除了日期、地点之外还写了什么？说说看！"勋语气平缓地斥责。

"那是常识问题，要有所行动的时候，怎么可能明白地写在电报上？我们应该约定一个暗语，有一个清楚的根据才对，这样就不至于发生今天这种事情。"

说这番话的是年龄与勋相仿的第一高等学校学生濑山，他家住在涩谷，来此集合并不算辛苦。

"这种事情？什么事情？充其量是恢复到没发生任何情况的状态，让你们意识到自己的想象纯属无稽而已。"勋沉静地继续反驳。

天色已黑得看不清彼此的脸，大家一度陷入冗长的沉默里，黑暗里只闻得蝉鸣阵阵。

"怎么办呢？"

一名青年悲伤地喃喃自语。勋马上说：

"想回去的人，请便！"

话才说完，便有一个身穿白衫之人在晦暗中转身朝正门的方向走去。随后，又有两人远去了。芹川没有离开，他双臂抱头，蹲在墙边抽泣了起来。他的啜泣声化成冷冽的小银河，贯穿人们的体内。

"我不能回去，我不能回去！"芹川边哭边自语。

"大家为什么不回去？我这么说了，还不明白吗？"

勋扯开喉咙喊叫，却渺无回音。此刻的沉默迥异于方才，昏暗中，依稀有一只温暖而巨大的动物正在起身。勋生平首次对这种沉默萌生一份清晰的感受。那是炽热的、充血的、充满了野兽体味的清晰脉动。

"好，那留下来的人，是毫无期许地想以性命作赌注，投入可能一事无成的事业中吗？"

"是的！"

一波凛然的声浪响起。

芹川起身，一步步走向勋，泪水打湿的眼睛也随之逼过来。他用哽咽难过的声音说：

"我也要留下来，不论到哪里，我都会默默地跟着你们。"

"好，那我们在神前宣誓。二鞠躬，二击掌，然后跟着我一句句宣读誓言。"

勋、井筒、相良与其他十七人的击掌声，如白木船拍击大海般，清亮整齐地响起。

勋带头朗诵："一、吾等效法神风连之纯粹，挺身祛除邪神扫荡奸鬼。"

年轻的声音随即附和：

"一、吾等效法神风连之纯粹，挺身除祛邪神扫荡奸鬼。"

勋的声音撞在神社的白色御门上，发出回响，宛如由深沉而悲壮的胸腔喷涌出青春且如梦似幻的雾霭。夜空已绽现星光，市内电车的喧嚣在远处响起。勋又开口诵道：

"二、吾等誓为莫逆之交，相互砥砺共赴国难。"

"三、吾等不图权势，不为己利，誓以万死之决心，奠定维新之基石。"

宣誓完毕，有人迅速用温暖的双手紧握住勋的手。之后，二十个人轮流握手,又争相与勋握手。

在渐能辨出轮廓的星空下,每只手依次寻找着尚未相握的手,众人均抿唇不语,此刻,话语似嫌多余且轻浮。

夜空中相握的手,就如深绿色的常青藤,每片叶子或散发着汗水,或流露出干燥、坚毅或纤软的感觉,而这种种都在用力交握的刹那间会聚而缠绵,进而相互分享对方的热血与体温。勋恍若置身于黑暗的战场上,眼前的景象好似同志们濒死前无言的诀别。他任由自己沉浸于完成后的满足感以及从己身流出的血泊中,并将意识托付于那宛若由最终的痛苦与喜悦的红白两色线交织而成的神经末梢之上……

目前,队伍已经壮大到二十人,靖献塾不再是合适的集合场所,因为父亲会立即识破勋的企图。而井筒的家空间过小,相良家也不适合。

起初三人都考虑过这个问题,却苦无良策。即使将三人的零用钱倾囊而出,仍然不足以带二十人到餐厅。何况,在茶楼之类的公共场所谈论国家大事乃一大忌讳。

如果众人在星空下握手结盟之后便即解散,勋倒觉得颇为难舍,而且他已经饿了。青年们或许也饿了吧!他一时不知该如何是好,只是茫然地望着昏暗门灯照射下的正门。

在门灯下的不远处,隐约可见一张牵牛花般低垂而羞于见人的女人面孔。勋认出她是谁之后,视线就再也无法离开了。

他心里的某部分已辨认出那人,但心的大部分又想维持不知其然的状态。尚未确定在幽暗中隐隐见到的女人之名以前,香味便已扑鼻而来。这种情形正如夜间漫步于僻径之上,未见花朵,却闻得木樨之香。勋盼望留下这永恒的瞬间,只因此时女人就是女人,而不是被赋予姓名的某个特定之人。

非但如此,由于她有言在先,不吐露真实名讳,因而就如在无形支柱的支持下,以牵牛花的姿态,迷蒙出现于黑暗中的高处,甚至更巧妙地化为精髓。精髓先于存在,梦幻先于现实,预兆又先现实而至,这般清晰地散发出更具本质的芳香飘忽出现者,正是女人。

勋未曾抱过女人,不过,当他如此鲜明地感受到"先于女人的女人"之际,也最能强烈地体会到何谓陶醉。果真如此,便可马上拥抱她。可是时间上极其微妙地接近,空间上却仍远离……满怀恋慕之情的心态本身,宛如煤气般侵犯着对方,可是,当她不存在时,勋就又如孩子般忘却此事。

然而,当他依循自己的意念,把她驻留在自己心里之后,起初总是希望时间能拉长些,但经过了一段时间,勋却无法再忍受这种朦胧的虚无感。

"请稍等!"

勋发出众人都能听到的声音命令井筒,随即转身奔向正门,木屐敲击地面,发出清脆的声响。他健步如飞,身上的白色和服也随之奔驰、腾跃于黑暗中。他穿过侧门。果然,伫立于该处的就是槙子。

槙子今天的发型异于平日,对这类事情一向不太敏感的勋也立刻察觉了,因为时髦的波浪状发型衬出了她脸庞的轮廓,也增加了脸上的戏剧性。她颈上嵌着蓝色素面和服的领子,脸上未施脂粉,却如浮雕般显现于晦暗之中,香汗淋漓的气息,猛然冲向勋的内心。

"啊，你怎么会来这里？"

"你们不是六点就开始在这儿宣誓了吗？"

勋吃惊地反问："你怎么知道？"

"你真傻！"槙子展露洁白的牙齿笑了，"你自己说过的啊！"

经她这一提，他才想到前些日子一直在为场地问题担心时，或许曾在槙子面前说漏了嘴，透露了宣誓的时间和场所。他对槙子从不隐瞒任何事，许多颇为重要的事情也告诉了她，但却忘了自己告诉过她这件事，顿觉羞愧难言。他想，这可能是自己缺乏起义领导能力的一大表现。不过，只对槙子说了如此重大的事情，使勋不得不承认，自己对槙子的确存在依赖的心态。他在槙子面前的表现，截然有别于与年轻人共处时，经常会表现得像个粗心鲁莽的男人……

"不过，我真的吓了一跳，你怎么会来这里？"

"我想，你集合了这么多学生，或许会不知道应该带他们到哪里去，而且，肚子也饿了吧？"

勋爽朗地抓抓头。

"其实，我可以请你们到舍下吃饭，可是太远了，所以征求家父的意见，决定在涩谷请你们吃牛肉火锅，家父还给了我钱。今天晚上家父应邀参加和歌会去了，不在家，所以由我代表来这儿请大家吃饭。钱绰绰有余，放心好了。"

槙子仿佛在夜里钓起一尾白鱼似的，猛地扬起她雪白的手腕把手提包亮给勋看。袖口露出了小巧的手腕，那优美而纤细的关节，令人觉得依稀沉淀了暮夏的倦意。

十九

最近,本多接受爱好谣曲的同事之邀,在天王寺堂芝町的大阪能乐殿观赏了野口兼资主演的《松风》。这是许久未在大阪表演的兼资与田村弥三两人合演的能乐。

能乐殿位于联结大阪城与天王寺的上町丘陵东侧的坡道上,一度是大正初期的别墅区,附近有一连串墙垣高筑、宁静安详的住宅,而住友家所建造的能乐殿便在其中。来客均是知名的士绅,其中也有不少人是本多认识的。同事曾经预先告知本多,野口这位演员经常会发出如鹅临死时的吟哦声,届时绝不可肆意发笑。

本多对能乐一无所知,同事却预言说,一旦开始接触能乐,立即就会被感动吸引。本多的年龄也不小了,不再对这种说法报以反感。自初夏与饭沼勋谋面以来,本多理性的根基几乎为之崩溃,但是每天固定的思考习惯并没有改变。他开始再度坚信,正如他不会感染梅毒一样,他绝不可能受能乐感动。

舞台上僧侣与丑角的对话结束之后不一会儿,主角与配角出现在从后台通向舞台的通道上,配合着庄重的"真一声"乐曲。同事向本多说明,这原本只是在初能物[1]演出之前主角与配角登场时的配乐,此时并非初能物,却演奏这首乐曲,《松风》确是唯一的例外。或许这是由于这首曲子一直被尊为幽玄的极致吧。

松风和村雨都穿着白衣间隐约露出红色腰带的戏服出场,在通道上迎面相对,如海边雨水渗入河滩时的寂静,一起唱道:

"水车轮悠悠旋转,浮世无常如幻。"

蓦然,本多注意到,对能乐而言似乎太过强烈的灯光下,舞台上锃亮的桧木地板益发光滑,映出了松木壁板上的木纹。比起配角那淡然而明朗的声音,野口秉资的声音显得深沉,悠远仿佛某种物体即将断裂,缠绵地唱出最后一句"浮世无常如幻"。

他的耳际清楚地回响着:

"水车轮悠悠旋转,浮世无常如幻。"

这仿佛纠缠曼舞的优美诗句,整个浮现于脑海中。

本多不禁战栗了起来。

谣曲随即进入第二段。

"须磨浦波浪涌连无,月光湿我衣袖。"

共吟之后,主角松风便唱道:

"秋风起知我情思,何忧海深浪远。"

尽管野口秉资的脸部已装扮成娇美的女子,但是他的嗓音里没有使人联想到女人美色的任何素质,反而像极了摩擦生锈

---

1 正式的能剧演出时,共由五出剧目组成,第一出即称"初能物"。

的铁条所发出的声音，断断续续。这种宛如将优雅词句零碎唱出的歌谣唱法，倾听之际有种不可言表的暗淡迷雾隐约浮现，恍若荒废房舍内的一隅，漆器的螺钿上残留着月光的感受。透过一种生理上荒芜的帘幕，反而得以清楚地窥见剥落下来的优雅的碎片。就这样，本多逐渐觉得他那声音不仅不再难听，反而可以借助其感受到松风那悲怆并恋慕着幽冥的迷惑。

恍然间，本多渐渐无法确知眼前的景象究竟是现实还是幻境。光亮的桧木地板像海岸边的水一般静止无波，映照出两位美女的白衫与衬裙上闪耀的金银丝线的刺绣。

两人方才唱的词句再次重复，最初的那段打动了本多的心。

"水车轮悠悠旋转，浮世无常如幻。"

他想的并非歌词的含义，而是困惑于主配角张口吟唱之际，在寂静的谣曲如雨般飘洒而下的瞬间，使人莫名战栗的含义。

那是什么呢？当时，美的确跨出了一步，翱翔的壮姿不逊于海边许许多多的鸟，会飞却无法步行，将藏于袜子里的脚尖略向我们的现实世界踏出一步。

但是这种美严守着"一次性"的特质，因此人只能在瞬间记住它，然后在记忆里反刍，除此之外别无他途。另外，这种美也保持了高贵的无效性与无目的性。

本多如此思考的时候，《松风》的能乐就像未曾驻足的恋情般川流不息。

"此间难以自存，且舀月下之汐。"

在舞台上的月光中吟唱与舞动的人已不再是两个美丽的幽灵，而是难以名状的时间之精、情绪之髓侵入现实后的梦幻所留下的滞留物。它正无所欲求、毫无意义地编织着不属于这个世界的美，持续、永恒的美。然而，随美而来的仍然是美，世间不可能有这种事情吧？

就这样，本多渐为幽暗的心绪所吸引。他在想什么呢？显然，他已经许久没有凝神沉思过清显的存在以及他的一生和他留下来的东西。将他的一生视为昙花乍现于某一时代上的沁香气味，是轻而易举的。但是，这种想法并不能消融清显的罪过及遗憾，而本多自己也无法长久满足于此。

他忆起某个雪后初晴的早上，在上课前的校园里，他坐在花圃中的凉亭下，一面谛听四周清亮的降雪声，一面与清显作了一次难得且深入的长谈。

那是大正二年早春时的事，清显与本多都只有十九岁，距今已十九年了。

本多还记得自己当时主张说，一百年后，不论我们是否愿意，都将被同一个时代的思潮淹没。人们可能把我们与那群我们不屑一顾的人混为一谈，甚至视为一丘之貉，只凭我们与那群家伙的小小共同点就概括了一切。本多记忆犹新，自己曾经对历史与意志之间的可笑关系侃侃而谈，由于意志坚毅的人一一遭受挫折，参与历史进程的将会仅剩一个，那就是辉煌、恒久不变、有如美丽粒子般的无意志作用。

虽然遣词用字十分抽象，但是，当时呈现于本多眼前的景象是雪后初晴的早晨里清显光彩照人的美貌。面对这么一位缺乏意志、不具个性，而只执着于不着边际的情感的青年，本多的言谈必定对清显本人有所影射，这是毋庸置疑的。比如"辉煌、恒久不变、有如美丽粒子般的无意志作用"这句话,显然是在影射清显的人生观。

从那时候起再过一百年,观念、看法也将有所差异吧!以十九年的岁月概括论定任何事物都嫌太近,做详尽的观察又似乎过于遥远。另外,清显的形象,与鲁莽、迟钝、强硬的剑道社社员是截然不同的。可是,大正初年那种容许尽情浸淫于情感、短暂而薄命的时代里所塑造出的清显的"英姿",如今已因时代久远而褪色了。当时那番执着的热情,除了个人记忆上的缅怀之外,早已变得荒诞而可笑。

时间之潮流将崇高化为滑稽。只是,怎么被侵蚀的呢?倘若是从外在开始侵蚀,是否意味着原来外面覆盖着崇高,核心却是滑稽?或者,从内到外都是崇高,只是外表累积了些许滑稽的尘埃呢?

本多回首自己的人生,发觉自己的确是意志颇坚之人,但改变历史当然是不可能的;除此,这份意志对社会又产生了哪些改变,或完成了什么呢?念及此,便不由得迟疑了。曾经有那么几次,他以判决左右过人的性命,当时还觉得自己作了天大的决定,但是事后再回想起来,充其量只是帮助本来就该死的人一臂之力罢了。那人的死正巧吻合了历史的某一点,不久便将化为乌有。当今社会上的动荡不安,也不是因他的意志而造成的。但是,身为法官的他,却时时刻刻为不安的社会现况所奴役。他的意志本身又有多少是出自纯理性呢?或者在不自觉中也受了时代思潮的影响呢?他自己也无法作明确的判断。

与此同时,本多仔细地观察了当今时代,却无法找到清显那段充满热情、死亡、美丽的人生所留下的痕迹，没有任何证据显示他的死曾经带来任何震撼或变化。他的人生看似已从历史中完全抹去。

此时，本多意识到自己十九年前的话中隐含着不可思议的预言。本多说明了历史和意志受挫的关系，而从意志受挫本身发现了他自己的建设性。十九年后，他再度羡慕未曾留下蛛丝马迹的清显的无意志。这使他被迫承认，全然湮没于历史的清显却比自己更具有参与历史的本质。

清显是美丽的。他无所为，也无所求，浮光掠影般地终其一生。而且，他拥有美的严格的"一次性"。正如刚才能乐曲所唱的：

水车悠悠旋转，
浮世无常如幻。

一张生动而勇猛的年轻脸庞浮现于行将消失的美的泡沫里。在清显身上，只有美是"一次性的"，其余的均需复苏并希求转生。清显在世时无法实现的，都只能以负数形态在现世得到补偿。

另一名青年的容貌在摘去映着夏日阳光的剑道护面后出现了，那脸上淌满汗水、气喘吁吁、鼻翼掀动，而且嘴唇仿佛叼了刀刃般呈一直线。

本多在光芒四射的舞台上所见的已不是美丽的主配角所扮演的汲取海水的女人，此刻正于月光下或坐或站、十分优雅而徒劳地工作着的，是隔世的两名青年。远望两人非常相似，近观便觉各具显著的风貌。他俩年龄相仿，一人以长着厚茧的粗糙手指，另一人则用纤细白皙的手指，专心地轮流汲取着时间的潮水。云端流泻的月影和偶尔飘至耳畔的笛声，将两人的肉体相连。

他俩在如镜的水边，轮流拖曳着用红缎装饰、车轮直径一尺二寸的双轮水车。然而，此时本多耳畔响起的不是那句优雅而疲惫的"水车轮悠悠旋转，浮世无常如幻"了，而是突然变成了《心地观经》中的一句：

> 有情轮回生六道，
> 一如车轮无终始。

当他再抬头观看时，舞台上的水车轮又旋转了起来，使本多想起他平日偶尔翻阅的轮回转生说。

轮回或转生，其原文均为 Samsara。所谓轮回，是指众生置身于迷界，亦即六道——地狱、饿鬼、畜生、修罗、人间、天界——永无止境地流转。转生，则意味着由迷界提升至悟界，而停止了轮回。所以轮回一定会转生，但转生未必就会轮回。

总之，佛教虽然承认轮回的主体，却不承认长驻不变的中心主体；因为否认了"我"的存在，所以也坚决不承认灵魂的存在。只认同因轮回而生生灭灭流转着的现象内核，也就是所谓心识中的最细微之物，并认为那就是轮回的主体，也就是唯识论所说的阿赖耶识。

世上的物体,即便是生物也未必有中心主体的灵魂,甚至非生物也是为因缘而生,并没有中心主体,因此,所有物象均无固有的实体。

假若轮回主体为阿赖耶识,轮回转动的状态便是"业"。依照各个学说也分为许多种,而佛教学说特有的各种说法于焉开始。有的说,阿赖耶识已被罪恶污染,所以,其本身就是"业";有的说,阿赖耶识污净各半,因此蕴含着通往解脱境地的桥梁。

本多记得自己的确读过非常烦琐的业感缘起说,以及五蕴相续等复杂的形而上学,但是懂了多少他则没有把握。

《松风》依然上演着,前半段已接近高潮。

主角:明月朗朗把家还。
配角:情深意浓有月伴。
主角:明月有半对。
配角:人影为一双。潮满浪高车载月,涉水而行忧思释,不觉归途路漫漫。

舞台上又见美丽的松风和村雨,僧侣也由一旁的座位上站了起来。观众的脸清晰可见,鼓声更悉数可闻。

本多确信自己看到了清显转生的证据。回想六月投宿于奈良旅馆的那个夜晚,已渐渐觉得遥远而模糊。理性根基渐趋龟裂,泥土却迅疾填满了裂缝,并且生长出茂密的夏草,把那夜的记忆掩没。一如此刻呈现于眼前的能乐,那是前来拜访理性的幻想,是理性偶尔的休假。长痣部位与清显相同的青年理应不止勋一人，而碰面的瀑布也未必是清显梦呓里的瀑布。若只凭借这两项偶然就认定为转生的证据，其佐证力量未免过于薄弱。

本多熟谙刑法上寻求证据的程序，却就此肯定转生之事，现在想来颇觉轻率。虽然他的内心深处有着相信转生的趋向，并如枯井内的积水发出光亮，但是他的理性却明白井已经干涸了。至于理性根据中还存在某些疑点的地方，现在似乎可以不加追究，任其维持现状即可。

"真是无聊。"本多渐觉清醒，"实在是无聊。这不是三十八岁的法官该想的事。"

不论佛教的体系何等缜密，它毕竟是不同范畴的问题。他觉得这几个月来沉淀在心里的烦闷谜，在这一瞬间整个解开了，灵魂的白昼又回来了。自己只是一个暂时摆脱繁忙的工作，在这能乐殿里欣赏能乐的观众之一而已。

能乐舞台近在咫尺，却像无法触及的来世般散发着光芒。它呈现了一种幻想，而本多为之所动，这就够了。十九年前的珍爱心情复苏了。如今回想起来，在六月的奈良之夜出现的那种迷惑，或许并非因为清显，而只是本多自身的珍爱之念复苏罢了。

本多禁不住想，今晚回家之后要再次翻阅已多时未读的清显遗物《梦之日记》。

二十

进入十月之后，每天碧空如洗。

勋在放学回家途中，被拉洋片的人招揽观众的击木板声所吸引，走入迂回的小巷。巷子里聚集了许多孩童。

秋阳洒在架设于自行车上的小舞台上，表演的人一看便知是个失业者，满脸的络腮胡纷乱不堪，上身穿着皱巴巴的脏衬衫。

仿佛全东京的失业者都串通好了似的，他们的样子都很显眼，并且无意掩饰身份。他们的脸上有些隐约的病斑，失业像暗中蔓延的疾病，患者都是一副希望他人发现的模样。拉洋片的人手击木板，瞟了勋一眼。霎时，勋觉得自己像刚加热过的牛奶上的薄膜，几乎要被看穿了。

"哇，哈哈哈！"

孩子们模仿着黄金蝙蝠的笑声催促开演。勋虽未驻足，经过时也瞥见了凶狠的黄金蝙蝠那黄色骷髅头面具及穿着绿衣、白裤，翻舞着红色披风飘翔于空中的图案。这张图既笨拙又丑陋，勋曾耳闻，这类图片都是一位贫穷少年的作品，靠画这个，他每天能收入一元五角。

拉洋片的人干咳一声后，拉开嗓子喊："喂！正义一方的黄金蝙蝠！"他粗犷的声音灌入走在他们身后的勋耳中。

勋走在安静的西片町里高墙夹道的路上，被驰骋于高空的黄金骷髅的幻影追逐着。那是正义这种东西特有的金色变异形态。

回家，四下悄然一片。他绕到后院，望见佐和嘴里哼着歌，正在井边洗衣服，似乎在为这种衣物容易晾干的好天气而欢欣。

"你回来啦！今天大伙儿为神山先生的七十七大寿帮忙去了，都不在家，令堂也一起去了。"

神山老先生是剑道界的领导者，并且对饭沼一直照顾备至。

佐和的性格比较粗心大意，经常出错，所以留守在家里。勋闲来无事，便在草丛中坐了下来，白天的虫鸣声已湮没于洗衣的水声里，映在盆中水面的晴朗天色也因佐和的拨动而破碎了。这个世界上了无一事。一切都在设法使勋的意图显得虚空，一草一木以及天空的颜色都在通力促使他燃烧方炽的志气冷却下去，平息他情感的激流，仿佛要迫使勋认为，他正为最不现实且不必要的幻想所迷惑，同时，让他觉得只有年轻的刀刃在映照着秋日碧空，徒然地闪耀出蓝色的光芒。

佐和很快察觉了勋这般沉默的含义。

"最近还练不练剑道？"

佐和一边用他那肥胖的双手像揉面团似的把白色衣物揉成一团放进洗衣盆内，一边问道。

"没有。"

"是吗？"

佐和没有追问缘由。勋看了看洗衣盆，他一副洗得很起劲的样子，但盆里的衣服并不多，他本来就洗自己的衣物。

"一直这么努力洗衣服，也不知道什么时候才能派得上用场。"佐和喘着气如此说道。

"或许明天就有机会，而且一定是在你洗衣服的时候。"勋调侃他。

佐和所谓的"派得上用场"含义不明。他似乎是说，到了那个时候，男人都必须穿着雪白得近乎耀眼的衬衣。

佐和洗完衣服了，开始将衣服拧干，干燥的地上出现了水迹。他看也不看勋，只是用滑稽的语调说：

"看样子，跟随你要比追随老师更能早日得到机会。"

听到这话，勋担心自己的脸色是不是变了。佐和必定察觉到了什么。勋大概在言谈举止上出了纰漏。

佐和神色自若地一手抱着拧干的衣服，另一只手拿起抹布粗粗地揩拭竹竿，问道：

"你什么时候去参加海堂先生的练成会？"

"最后决定从十月二十日起，共一个星期。这之前的名额已经满了。听说最近有许多企业家也报名参加。"

"和谁一起去呢？"

"我打算邀请学校里研究会的伙伴。"

"我也想跟你去，我会去征求老师的同意。反正我只能看家，老师应该会准许吧！和你们这些年轻人一起受训比较好，到了这种年龄，不管内心怎么努力，总是觉得力不从心。你说好不好？"。

勋不知应该如何回答，他说得没错，父亲必然会答应他的要求。可是，佐和的加入必会妨碍这得来不易的沟通机会。或者，佐和早已知道内情，只是在故作刺探吧？也可能这是佐和的由衷之言，他的建议只是在婉转地表达他想成为勋同志的意愿。

佐和背向勋，把自己的衬衣、裤子晾在竹竿上，并把丁字裤的带子在竹竿上打结固定。衣服拧得不够干，水沿着斜架的竹竿滴落而下，佐和却不为所动。佐和干着活，背部的卡其色衣衫鼓了起来，这使勋觉得他正以厚厚的脂肪逼问答案，尽管如此，勋仍然无法回答。

佐和把竹竿架在适当的高度之后，衣衫随风飘动，进而贴在他脸上。一时间，佐和被巨大的白犬舔了脸一般，慌慌张张地扯开衣衫。他回首望向勋，悠闲地问：

"我去参加，会给你带来什么麻烦吗？"

勋若是个积极世故的年轻人，应该可以巧妙地回答，可是他一心以为佐和会给他们带来麻烦，连个玩笑话都说不出来。

佐和不再追问，他说有好吃的饼干，邀勋一起到房里去。由于他是塾生中年纪最长的，因而独具特权地拥有三张榻榻米大的单人房。房中除了几本封皮卷了的《讲谈俱乐部》杂志之外，别无一本像样的书。假如有人责备他身无书香时，他就辩驳说，读了书就自以为体悟了日本精神的人，充其量不过是个似是而非的亲皇派。

佐和拿出妻子从熊本寄来的一种叫作肥后饼的特产，请勋吃，并且奉上茶水。

"说真的，老师很疼爱你。"

他没头没脑地突然叹息说。然后埋头在杂物堆中翻找着，终于找出一面画了美人图样的扇子给勋，扇面上印着附近一家名为"御中元酒店"的酒店店名及电话号码，却被勋拒绝了。因为扇上的美人面容清瘦，眼神有些虚幻，眉宇神情酷似槙子。可佐和似乎不作他想，认为这只是勋率性而为的作风使然。

勋发觉自己的拒绝有点失礼，心中不禁萌发尽快摆脱沉闷事务牵绊的欲望，于是问佐和：

"佐和，你还想参加练成会吗？"

"不，并不是很想去，我想可能也没空，只是随口问问而已。"佐和出人意料地轻声说道。接着又说："老师真的很爱你啊！"

而后他用他那指根凹出肉窝的肥胖双手捧着厚厚的茶杯，自言自语道：

"你现在已经是大人了，所以我想你应该了解一些事情，靖献塾发迹是最近的事，我来的时候，财务相当拮据。我知道，按照老师的教育方针，这种事本来不应该让你知道的，但是，我认为你已经到了必须了解一些丑陋事情的年龄了，如果一直对那些本应知道的事一无所知，将会成为你往后的绊脚石。

"那是三年前的事了，《日本新论》把今天正在庆祝七十七岁高寿的神山先生批评得体无完肤。饭沼老师认为我们不能袖手旁观，所以直接去找神山先生。详细的谈话内容我不知道，只知道最后我奉了饭沼老师之命，到日本新论社交涉，要他们在报上公开刊登三版篇幅的道歉函。

"'如果他们给钱,你绝不能收下,应该立刻拒绝,拂袖而去。可是对方若真的没有付钱的意思,那就是你交涉的手段欠佳。'出发前,老师对我说了这段玄妙的话。自己心中毫无恼怒之意,却故意让对方以为自己很生气,这事的确很有趣。而且看看别人胆怯的样子也挺不错,尤其代表《日本新论》和我商量事情的是些一向浑身傲气的年轻记者,我觉得更能应付自如。

"饭沼老师的战术所向无敌。由我这样的人打前哨,这种话自己来说是有点奇怪,但我认为我这人还不至于讨嫌,即使在极端愤怒时,都还给对方留有余地,对方便揣测给点小钱必能解决。没想到我却坚决不接受,对方才开始觉得情况颇为可怕。

"老师从来不让日本新论社的人直接和神山先生接洽,却安排了五个人,在对方面前摆出可怕度逐渐升高的阻拦,威胁气势也随之高涨。对方无法确知怎样才能解决问题,因而越陷越深,像跌进了泥沼里。况且我们没有要挟的意思,更不是'钱的问题',他们没办法报警。第二个登场的就是六月事件中的武藤先生,这时日本新论社着实吓了一跳,才意识到事态严重了。

"在第二位与第三位之间弥漫着极其暧昧的气氛,使对方对第三位抱持着相当的期待,但我方又怎么也不派第三位去跟他们见面。等对方煞费周张地见到第三位时,问题重心已转移到未知的第四人那里去了。此时虽不见某个特定的人出现,显然,'不能就此沉默的年轻人'已经不止一两百人了。

"当然,日本新论社也赶紧雇用了退休刑警,让他们携带该社社长的亲笔信函,前来一再道歉。见面地点方面,我方也都经过一番详尽的研究，因此第四位登场的吉森先生出现的舞台妙不可言，他们竟然在吉森先生熟识的建筑公司办事处见面。

"这样僵持了四个月左右，终于第五位忠厚型的大人物出场了，他的名字我不便说，不过这人出现后，凭借着他的胆识将这件事解决了。当时的见面地点在柳桥，连日本新论社的社长都亲自出马，甚至屈膝磕头，拿出高达五万的钱，饭沼先生大约得了一万，靖献塾一年的经费也就绰绰有余了。"

勋努力抑制心中的焦躁。如此卑微的恶无法打击他坚强的虚荣心。他所无法忍受的，只是自己过去居然一直受此卑劣行为之惠过日子。

但严格说来，若以为这早就明白真相，未免过于夸张。现在勋毫不迟疑地承认，自己一向不加注意的生活根源，在缄默中已成为他的纯洁根基，同样也成了他莫名的愤怒与不安的借口。立足于卑劣行为之上，执行的却是正义之举，这种夸张想法对青年的虚荣心确实也具吸引力，但是他所想的是较此有过之而无不及的恶劣行径。

话虽如此，这似乎还不足以作为勋自我怀疑的理由。

他冷静地反问："我父亲现在还靠那种手段过日子吗？"

"此一时也，彼一时也。他现在可不得了，已经不需要再费这种心，我只是希望你能了解，在此之前老师是多么辛苦！"

片刻后，佐和再度论及题外话，却带给勋莫大的惊讶。

"要谁的命都可以，唯独藏原武介不行，一旦他发生了任何意外，受害最大的是饭沼老师，你以为那么做是尽忠，却将演变成最大的不孝。"

二十一

为了细细咀嚼佐和的话，勋匆匆告退，把自己关在房里。

有如嚼了花椒之后嘴巴发麻渐渐失去味觉一般，唯独藏原武介不行这句话的震撼力已经削弱了，而且那也未必是针对勋心底的秘密所说的。深究其因，在于藏原武介已经是某些人心目中资本家之恶的元凶。

谁若察觉勋有所企图，必定就会想象其目标之一是藏原武介。忠告勋不要杀他，并不意味着他确知勋的意图。

问题的症结在于佐和将藏原武介及父亲的名字混为一谈，是否暗示着藏原是父亲的主要财源，也是靖献塾的秘密赞助者呢？这些盘根错节的思绪确实令人难以忍受，但因无法马上证明其真伪，也就只能暂时把它搁着。事态未明所引起的焦躁感，远比愤怒更严重地烧灼着他的心。

其实，勋对于藏原的了解，除了看过报刊上刊登的照片，细读过有关其言行的文章，此外并不多。毫无疑问，藏原是金融资本无国籍性的化身。如果要描述一个什么都不爱的男人，没有比藏原更适合的范本。无论如何，在这种无处不令人窒息的时代里，只有一个男人竟敢轻松地呼吸，光凭这一点就足以被怀疑为罪犯。

他在某报上发表众人瞩目的谈话，而且言谈中有所疏忽；不过那不是寻常的疏忽，而是一种煞费心思、蓄意设计的疏忽言论。

"失业人数过多，当然不是好现象，但也不表示财政制度不健全。而且反过来说，人民富裕了并不等于国运安泰。这是一种常识。"

他的这番话引起社会公愤，甚至让人耿耿于怀。

藏原的恶出自于他对自己国家和血统的背叛。或许是由于这个缘故，使得对藏原毫无认识的勋，也能清楚地感受到他的恶。

极端偏颇于英、美立场，举手投足间充满了媚态，除了会柳腰款摆之外，一无是处的外交官；身上散发出利己私欲的恶臭，就像满地找食的巨型食蚁兽的财阀；躯体已变成溃烂肉块的政治家们；身穿以晋升为目的的盔甲，状若甲虫般动弹不得的军阀；戴着厚重的眼镜，躯干好似白色蛆虫的学者；以及一批视满洲国为庶子，却又虎视眈眈唯利是图地伸出魔掌的人……而那无边的贫穷仿佛地平线上的黎明般反映于苍穹。

藏原就像一顶丝质黑色大礼帽，被冷然放置于这幅惨淡的风景画中。他默默地企盼并嘉许着人们的死亡。

在这凄凉的日子里，惨白而冷漠的太阳无法施与一线光芒的恩惠，却也依然在每天早晨悠悠升至空中。那便是天皇。又有谁能忘却仰望太阳的喜悦呢?

也许藏原他……

勋推开窗户,吐了口口水。如果,自己今天早上所吃的饭、中午吃的便当,都是来自藏原的施舍,那么,五脏六腑想必都在不知不觉中被毒气污染了。

他想向父亲问清一切,但是父亲可能告知实情吗?倘若父亲以巧妙的遁词推诿搪塞,倒不如不闻不问,假装毫不知情。

勋自怨自艾,若不知道这件事多好。他诅咒着听到这些事的耳朵。他也痛恨向自己的耳朵灌进毒素的佐和。现在,无论自己如何掩饰,佐和终究会禀告父亲,他已将此事告诉勋了,届时自己将沦为明知故犯的逆子,甚至成为蓄意杀害全家大恩人的忘恩负义之徒。自己行为的纯粹性必将动摇,追逐纯粹本身,就是最不纯粹的行为。

那么,应该采取什么方法来维护纯粹呢?不行动吗?或者在黑名单上去掉藏原?不!如此一来,自己将因为想做一个可怜的孝子,而纵容了国家的蛀虫,非但背叛了天皇,也背叛了自身的忠诚。

仔细想来,不甚了解藏原,正是使勋的行为更接近正义的因素:藏原应该是一个遥远而抽象的恶。只有放下个人恩怨,就连对人的爱恨亦已淡薄之时,杀人才会成为正义的根源。只要能在远处感受到对方的恶便足够了。

杀死讨厌之人易如反掌,打倒卑鄙小人更是轻而易举。但是勋并不喜欢趁敌人暴露重大缺陷之际,心安理得地去杀掉对方。他明白,藏原的大恶断不能与其为保全自己而收买靖献塾这种小恶混淆在一起。神风连的青年也绝不会因为熊本镇台司令人格上的小小缺失而置他于死地。

勋苦闷地呻吟着。美的行为是多么容易崩溃啊！自己美好行为的可能性已经毫无道理地全被剥夺了，仅仅为了那句话！

仅存的一个行为的可能性，是自己也沦为"恶"。然而，他是正义的。

勋拿起挂在房间角落处的木剑，匆匆奔至后院，却已不见佐和的踪影。他在水井附近平坦的地面上疯狂地挥舞着木剑。木剑的劈空声划过耳际。他企图停止思考，将木剑高高举起，然后猛力挥舞，像一个大口喝酒想把自己灌醉的人一般，急切地盼望着热切而不能自已的感觉传遍全身。他的胸膛剧烈起伏，呼吸如火烧一般，但早应出现的汗水却迟迟未曾淌下，所有努力都形同徒劳。他忆起前辈教过的剑道古诗：

> 意欲不思偏为思，
> 无欲无念无所思，
> 明月无思君何念，
> 不忧月归山无脊。

但这依然没发挥作用。透过绿叶上被虫咬破的小洞，得以窥见迷人的夜空，佐和晾晒的衣服染上些许白光。墙外传来自行车的铃声，随即又消失了。

勋提着木剑，再次叩响佐和的房门。

"怎么了？肚子饿了吗？今天晚上可以到外头叫饭，你想吃些什么?"佐和起身开门问道。

勋的头差点碰上佐和的脸,他说:

"刚才的话可是真的?我们靖献塾和藏原有关系?"

"你别吓唬我了,提着剑干吗?快进来吧!"

勋早在刚才快速挥舞木剑时就知道了,任凭他怎么起劲地问,佐和也不会看出他内心的真正意念。因为靖献塾接受援助一事若属实,一名纯洁的青年不因此而情绪激动反而显得很不自然。

佐和默默不答。

"请你把真相告诉我。"勋把木剑换到左手上,右手放在膝上说。

"告诉你真相之后,你打算怎么办?"

"不怎么办。"

"既然如此,这种事不就无所谓了吗?"

"一旦自己的父亲和那种大恶棍有所关联,就不再是无所谓的事了。"

"你的意思是,没有关联就要杀他,是吗?"

"这不是杀不杀的问题。"勋加以诡辩,"我希望父亲和藏原两人都成为了不起的形象,而藏原是一个了不起的恶人。"

"这样,你也会变得了不起吗?"

"我不需要变得了不起。"

"如此一来,不就怎么都无所谓了,不是吗?"

勋几乎辩不过他。

"佐和,说话躲躲闪闪是卑怯的行为。我只是想认清现实,正视现实而已。"

"为什么？了解现实之后，你的信念会改变吗？如果会改变的话，今天以后，你的大志不就只是一种梦幻吗？既然是这么容易改变的志向，干脆放弃算了！我只是想在你坚信不疑的世界里添加些裂痕，让你见识见识而已。况且，只是这样就动摇了你的信心，这种志向也太不可靠了！男子汉不变的决心到哪里去了呢？你真的有这份心意吗？有的话你现在说说看！"

勋又无言以对。佐和丝毫不像个只看《讲谈俱乐部》那种杂志的男人。他责备勋，反问得他无话可说，几乎使他把哽在喉咙的热物吐出来。勋的脸颊因为激动而涨红了，但是他仍努力地抑制自己的情绪。

"你不说出事情的真相，我就不离开这儿。"

"哦。"

佐和沉默了半晌。这位身材略胖、年近四十的男人，穿着旧得快露出膝盖的裤子，盘坐于洒满落日余晖的三张榻榻米大的房间里，并且低垂着头。他的卡其色衬衫受到背部脂肪的撑挤，鼓得像个车篷，这种姿势令人无法联想到刚才他那精干的模样，更分不出他是在打盹儿还是沉思。

突然，佐和站了起来，拉开壁橱不知在找什么。随后他跪坐下来，在膝前摆了一把白色小短刀。他抽出短刀，薄暮中的房间随之发出耀眼的白色裂痕。

"我说那些话的动机是想阻止你。你是靖献塾的继承人，况且老师真的很疼爱你。

"要是我的话就无所谓。我虽然有妻室，但我对她已经没有任何留恋，而且内人对我也没有感情了。我这种随时都可以结束的生命存留到现在，我一直觉得很内疚。

"换成我，就不会给老师增加任何麻烦，我会宣布退出，然后了无牵挂地去刺杀藏原，我一个人可以负完全的责任。毕竟，他是一切罪恶的根源，我知道，只要收拾他一个人，就等于除去了那些受制于他的政治及企业界的恶棍之源。总之，藏原是非除掉不可的，我一直都这么想，所以，请将刺杀藏原的任务交给我和这把短刀吧。

"请把藏原让给我，如果在我杀了藏原之后，日本的情况仍未见好转的话，你们这些年轻人就尽情地去干吧！

"假如你们已经决定去解决藏原，现在就让我加入你们的行列，视我为同志吧！我一定帮得上忙的，能够不连累靖献塾，又能这么干的人，只有我一个。

"请你让我一偿夙愿，请把你的大志告诉我吧！"

勋听到佐和在卡其色衣袖后面不断地抽泣。他已经无法再追问有关藏原的事。佐和的这番话及整个态度似乎在暗示，他想求证的事情是千真万确的。再者，换个角度想想，佐和可能是利用藏原这个事实，作为他请求参与此事的手段。总之，现在被施加压力的是勋。

勋困惑极了，但此时已经脱离方才那种难以自制的危险。现在必须决定可否的是勋。勋垂首俯视正在啜泣的佐和那毛发稀疏的头顶，这给了勋厘清头绪进行判断的余地。

转瞬之间，利害得失就像刺破天空的竹篱般相互交错。勋有权准许佐和参与此事，相对地也可以否决；愿否表明大志决定于他自己，同样也可以顾左右而言他；他能够保有美和纯粹，当然也能放弃。

允许佐和加入成为同志，也就必须表明自己的志向。相对地，也能使佐和道出藏原一事的真相。一时间，勋的维新已经不再纯粹了。可另一方面，这样做可以阻止佐和先发制人，更可借此防范可能引起的危险。

反之，若拒绝佐和加入，勋就不必陈述自己的志向，当然，佐和也不必说出丑陋的真相。但是，万一佐和果真先下手杀了藏原，敌方势必因此而倍加防范，维新必将面临挫折。

勋作出一个残酷的判断。为了维持同志们行为的美、纯粹与正义，不妨让佐和只身行刺藏原。但是，这种事不能由自己亲口说出，而且也不能表露出愿把藏原"让"给他的意思。若是这样，就成了以不纯粹的手段维护纯粹，因此一切都要自然地发生才行。

作出这个决定时，勋潜意识里或许恨着佐和。

勋嘴角绽现出成人特有的笑靥，他已经是领导者了。

"佐和，别再提了，刚才我为了些小事过度兴奋，可能让你有所误会。你说同志什么的，其实，我们根本就没有任何计划，只是明治史研究会的会员聚在一起胡闹而已，年轻人不都这样子吗？你想得太多了。我也得告辞了，今天晚上我要到朋友家吃饭，现在要走了，不必替我叫饭了。"

勋害怕与佐和在尴尬的气氛下一起用餐。他留下那把出了鞘的短刀走了，任它躺在薄暮中映出积水似的反光。佐和并没追上来。

勋心里盘算着要去井筒家,忽然又担心起井筒是否仍旧妥善保存着前些日子槙子送的百合。而勋的百合呢?

他不希望自己不在家的时候百合遭人弃置,于是将之插入小花瓶,摆进玻璃门的书柜内。起初每天都固定换水,最近几天竟然忘了,勋不禁有些内疚。他伸手拉开玻璃门,拿出了几本书,却见百合在昏暗中垂头丧气。

在灯光下,这支百合已变成百合木乃伊了,假若手指轻轻一触,那已呈褐色的花瓣必定立即化为粉末,脱离绿意犹存的茎秆。那已经不是百合了,而是百合残留的回忆、百合的幻影、艳丽不朽的百合离去后所变成的茧,但是仍然有百合存于这个世上时的芳香,令人联想到曾经照遍此地的夏日光影。

勋用唇轻触花瓣,等他的唇产生明显的感觉时,可能已经太迟了,百合或许已经粉碎。唇与百合的接触必须效法屋顶与黎明的温和。

勋用他那未曾触及他人之唇的嘴唇上一切最微妙的感觉,轻吻了百合的枯瓣。他心想:

"我的纯粹根源在此得以印证,确实在此。在我拔刀自刃时,百合一定会在那个旭日升空时分的朝露里伸腰,并且以它的香气净化我的血腥。这就够了,还有什么事值得烦忧呢?"

二十二

在法院每月例行的"时局调查会"上，本多听到了自六月以来发生在暹罗的有关立宪革命的事。这个会议源于院长的构想，起初许多人碍于情面都来参加，场面还算踊跃；后来，假工作之名而缺席的人开始日渐增多。这会在小礼堂里举行，每次都会请外人来进行演讲或座谈。

本多曾和帕塔纳迪特与库利王子有过一段交往，之后断了联络，但这个经历让本多第一次这么高兴地与会，听一家贸易公司的海外部经理讲起他在暹罗的革命见闻。

革命发生于六月二十四日早上，整个过程都在曼谷市民毫无警觉之情况下完成。湄公河上各式各样的游艇与舢板穿梭其间，闻名遐迩的早市喧闹如昔，各个机关的公务也依旧缓慢地进行着。

唯独行经皇宫前的人才会注意到，一夜之间情形已然有变。皇宫四周的道路已被装甲车与机关枪占领，上了刺刀的士兵拦截接近皇宫的车辆。遥望皇宫楼上的各个窗口，均出现了机关枪口，在阳光下闪烁着光芒。

这时，拉玛七世国王正偕同王后在西海岸胜地避暑，所有政务都交由皇叔巴利巴杜拉代为处理。

黎明时分，巴利巴杜拉的宫殿遭一装甲车袭击，皇叔身穿睡袍，被迫上车前往皇宫。当时有一名警官受了伤，这也是立宪革命事件中的唯一一次流血。

巴利巴杜拉殿下、支持皇族者及政界的主要皇族一个个被送抵皇宫，随后全数囚禁于一室，此次不流血革命的领导者是布拉亚·巴亨上校，他向皇族阐释了新政府的理念。就这样，国民党接掌政权，并成立了临时政府。

国王获悉消息，翌晨马上发出电报，对君主立宪制深表赞同，然后搭乘专列，在国王万岁声中回到首都。

六月二十六日，拉玛七世颁布敕诏承认新政府。在此之前，他接见了两名年轻的国民党领袖、民间团体领导者卢安与年轻军官代表布拉亚，当面向他们表示，同意国民党提出的宪法草案。午后六点，他在宪法草案上盖下了御玺。至此，暹罗成为名副其实的君主立宪国家。

本多本来只是想知道帕塔纳迪特殿下和库利殿下的近况，既然只有一名警官负伤的话，想必这两位殿下都安然无恙。

在场者听了报告之后，莫不深感日本现状的闭塞。何以日本的革新运动会像五一五事件那样在流血之后不了了之，而无法出现暹罗那种平稳的成功呢？大家都不免在心里有所比较了。

那场演讲过后不久，本多奉命到东京出差。说穿了，这次出差也没什么事，只是院长想慰劳他一下而已。他搭十月二十日的夜车出发，二十一日列席会议，二十二日是周六，他下周一回去就可以了。他想，母亲应该很高兴久别的儿子能在家里暂住几天吧！

本多一早抵达东京车站，由于无暇回家换行装，便告别了接站人员，打算先在车站内的"庄司"浴室洗个澡。猛然嗅及东京的空气，他嗅到了一种自己不习惯的气味。

月台上与车站大厅里的拥挤情形依然如昔，穿着长裙的女人处处可见，这种情形在大阪也已司空见惯，很难看出两地的差别。然而，他觉得大家都在不自觉中被某种看不见的煤气所侵袭，每个人都眼睛湿润，做梦似的渴望着某事的来临。不论是拎着公文包的白领阶层、穿和服的男人，或穿洋装的女人、烟贩、擦鞋童，甚至戴着工作帽的车长，似乎都被同一个暗号联结在了一起。而那暗号又是什么呢？

当社会陷于恐怖、不安，而时时等待着某种情况发生之际，甚至时机已趋成熟，非有什么事情发生不可之际，浮现在人们脸上的不就是这种表情吗？

大阪还看不见这种情形。本多发觉，东京这座城市已经在半隐半现的异样巨型幻影面前紧张得毛骨悚然，痉挛似的笑声更依稀可闻。

工作结束，而且充分休息过后的周六晚上，本多心血来潮拨电话到靖献塾。接电话的是饭沼，他极尽夸张之能事地发出怀念而感性的语气。

"您来东京啦！承蒙您来电话，真是荣幸之至。前些日子在府上多亏您招待，连小犬都去打扰您，心里一直很惶恐。"

"勋好吗?"

"他前天去梁川参加真杉海堂先生的练成会了,不在家。其实我明天也得去一趟梁川,小犬在那儿受人照顾,我得去向人家道谢,如果您有空,和我一起去吧!我想,山间的景色一定很不错。"

本多犹豫着是否该去找饭沼。由于往日的那段交情,前去拜访亦不为过。但是,现在以法官的身份涉足右翼的练成会,即使未曾参与其事,恐怕也会招惹是非。

因为明天晚上或后天一早就得离开东京,于是本多婉拒了,但饭沼却执意邀他去,或许是因为不知如何招待他吧。终于,本多决定以隐瞒身份为条件与饭沼同行,并且希望在出差最后一天的早晨好好睡一觉,于是,约好十一点在新宿火车站碰面。据说到那里需要坐大约两个小时的中央线火车,在盐津站下车后,再沿着桂川走上一公里左右就到了。

在位于甲斐国南都留梁川的桂川转角处,一个名叫本泽的地方,有一片伸向河心、宽敞若阳台的二町余大的田地。那里属于真杉海堂,田地前方有个足以容纳数十人的道场及一座神社。西侧吊桥边有座小屋,由此逐级而下,可以通往洁身处。这片田地均由塾生耕作。

人尽皆知,真杉海堂十分讨厌佛教。这也是理所当然的,因为他属于笃胤派[1],他把笃胤驳斥佛教、辱骂释迦牟尼的话悉数传授给了学生。

他相当轻视佛教不肯定"生"及不肯定舍生取义的说法,佛

---

1 古印度佛教派。

教终究不肯接触"完成生命",因此也就无法到达因"生命"而"联结"的天皇道[1]之本道。业的观念就是把一切融入虚无主义的恶的哲学。

"佛祖……名叫悉达多,他本甚愚顽……进入深山,苦心修行,却仍无法免于三苦难(老、病、死),因而大发忍耐之恶心,深居山中数年修得幻术,因此成为所谓的佛陀……创立了无上至尊佛的学说。然而佛祖本身却因妄说之罪,更因创造了天狗道[2]之恶道,成为受三热之苦的魔魁。

"佛法尚未传至日本之前,先有所谓的儒道东来,但是人心较不喜欢儒,而喜接近佛。同时,由于佛法的因果之说日甚,人心亦渐萎靡,全国上下为佛教妄说所惑。结果,皇祖神及神教诸般传统神事,渐行草率而徒具形式,甚或将神事杂以佛法之风,因此……"

塾生对笃胤的说教均已耳熟能详,基于此,路上饭沼一再提醒本多,在海堂先生面前绝对不可夸赞佛教。

这位海堂先生的模样,并不像本多在脑海中描绘的银须长髯的老人,而是个少了一颗牙、身材矮小、待人和善的老人。不过他眼神里闪耀着狮子般的气魄,给本多留下了很深的印象。饭沼介绍说,本多是一名公务员,多年前曾经照顾过自己,先生听完之后,睁着狮子般的眼睛盯着本多说:

"看样子,您阅人不浅,但是眼神却还没受到污染,真是难能可贵。虽然年纪看起来还很轻,但不愧为饭沼所敬重的人。"

---

[1] 崇敬天皇的宗教体系。
[2] 佛教的一派。必须在险峻的深山中苦行修炼,以弘佛法。

奉承一番之后,马上开始诉说佛陀的不是。

"虽然我们是初次见面,可是我得告诉您,释迦牟尼那个人确实是个骗子。我认为他是使日本丧失原来的大和心与雄心的元凶,佛教不是否定了大和魂中所谓的魂吗?"

饭沼随即离开座位,去瀑布洁身,道场里就只剩下海堂和本多了,本多成为唯一的听众。

待饭沼净身完毕,身穿白衣白裙,在海堂的徒弟陪伴之下回来时,本多才觉得获救。

"泉水真是清澈啊!身心的污秽都洗尽了。谢谢您。我想见见小犬,不知他人在哪儿?"

听饭沼这么说,海堂便让徒弟叫勋来。本多想象勋会和他父亲一样着一身白衣出现,兴奋地等候着。

许久之后,仍未见勋出现。徒弟再度跪坐在门前说:

"据塾生们说,勋挨了您的骂,情绪十分激动,向守门人借了猎枪,说是要到山里打猎以泄心头怒气,可能往丹泽那边去了。"

"什么?才在瀑布净过身,就要去沾兽血,那不行!"

海堂一双狮眼充满怒意,立即站了起来。

"把勋那伙研究会的人全叫来,叫他们都带着玉串去制止勋。勋这是在重复素盏鸣尊[1]干过的事,是要亵渎道场这神圣之地。"

处于旁观立场的本多,眼见饭沼神气顿失的狼狈模样,觉

---

[1] 日本神话中的神。伊奘诺尊与伊奘冉尊之子,天照大神之弟。在高天之原上掀起暴乱,而致敬逐至出云国。

得十分可笑。

"犬子究竟做错了什么事，为什么挨骂？"

"他并没有犯任何错，您不用担心。只是那孩子的荒魂精神太强烈了，我叫他要好好修行，好让心里充满和魂，否则，将来会误入歧途。那孩子被暴力之神附身，这对男人而言固然是好事，可是他有点太过火了，我才好言相劝，当时他也是低着头听我说，或许之后附在他身上的暴力之神又发作了。"

"我也要带玉串去净化勋。"

"那很好，在他身体还没受到污染前，快去吧！"

本多听他们谈话时，一度曾被现场不寻常的气势压住，幸而内心的理智立刻抬头，反觉得这些人无聊透顶。这些人不看肉体，只注重灵魂。就现实观点而言，一个不羁的少年挨骂之后，心情激昂不平，乃是稀松平常的事，而他们却视之为人心灵世界中的恐怖力量爆发了。

此刻，本多开始后悔，自己为何要基于对勋那种不可思议的亲切感特地到这里来？而同时他又觉得目前勋的行为即将有危险发生，自己也应该为阻止危机贡献心力。

走到户外，他看见二十余名身穿白衣裙的青年，各个手执玉串，神色紧张地站在那里。当饭沼高举玉串向前迈步之时，众人随之跟进，唯一穿西装的本多也紧跟在饭沼身后。那一瞬间，本多心里涌现了一股难以言表的感受，那理应与遥远的记忆有关，然而事实上，本多并没有被这么多白衫青年围绕过。

但是，想要挖掘出某种重要记忆的锄头已经触及地上的石头，随之锵然作响。这种声响确实出现在了脑海中，却又如幻影般迅速消失。这种种印象，都闪现于本多脑际。

这是什么呢？

刚才的确出现了美丽的金线，它优美地扭着身躯擦肩而过之际，的确触及了本多那神经末梢的针尖。

尽管已经触碰到了，却在马上将要穿过针孔的当儿避开了。正如害怕一口气被织进一块只画有浅色底稿的白色绣布上似的，那根线在针孔边滑了过去，仿佛受到了一根细腻而富弹性的手牵引。

二十三

那是十月下旬的午后三点左右,夕阳西下,在云层上映出斑点,这光彩似雾般笼罩着大地。

饭沼一行三四人一组,默默地通过一座古老的吊桥。本多往脚下看去,吊桥的北侧是静止不动的深渊,南侧的洁身处却是一个满是小石头、水流淙淙的浅滩,这吊桥已经开始腐坏,恰巧隔开了深潭和浅滩。

走过吊桥后,本多回首望向正默默过桥的青年们。桥身一直在颤动,他们身后的岸上有橡树林、桑田、了无生气的白胶木红叶,一个长在枝上的红柿子从性感的黑树干上探首而出,还有紧挨着柿子树的小屋。在这样的背景下,手执玉串的青年们一个接一个地走在桥上,夕阳从山边的云隙钻出,斜照在他们身上。白裙裤的褶皱清晰可见,白衫也像发光一样透明了起来。玉串上的杨桐叶泛出浓重的墨绿色光泽,在纸条上映出纤细的影子。

等这二十人全数走完吊桥,需要花费颇长的时间。本多趁这个时候再一次观赏着盐津至梁川这一里长的路上已然见过的群山秋色。

此处是山麓，远近山色叠翠，杉树遍生。在周围柔和的红叶林中，只有杉树呈现凛然的黑暗。此时时节尚早，在整个山林宛如黄色毛织品般的长长绒毛之间，只有那么几处红锈色比较明显，一种朦胧弥漫于其间，压抑了这些红、黄、绿、褐，使之变得灰暗不明。

到处都飘荡着烟火的气味和淡淡的雾光。远山则在秋霞中呈现淡淡的蓝色。此处倒是不见严峻的山容。

等众人全部通过吊桥之后，饭沼才举步前进，本多随即跟上。

过桥前，脚下最引人注目的是紫杉的落叶；而此刻众人足登石阶，沿断崖而上，一路上却被樱树的落叶铺满。从桥对面看过来，这些落叶就像红色的落花，连被虫蚀过的叶片都仿佛经过了曙光的润泽。本多不禁想到，为何衰颓会呈现出黎明的光彩呢？

登上山崖后，只见一座瞭望台耸立在那里，蔚蓝的天空下吊着一座颜色暗淡的小钟。从这里开始，零落于道上的是柿树枯叶，以及水菜田、农家，和紫色的菊花。每座院落里都兀立着光秃秃的柿子树，上面稀疏地挂着几个蚕茧般的柿子。小径弯弯曲曲地绕着每一家的篱笆。

再往前走，到了一间农舍附近，视野豁然开朗。绕过杂草丛中那块供奉着嘉永年间大佛的石碑之后，曲径突然变成了宽阔的乡间大道。

从这里望去，西南方挡着一座小山，前方是高耸的御前山，背面则是连绵的群山。这里离河流和街道很远，因此，除了御前山山麓的一个村落之外，别无其他民宅。

路两边堆满干稻草，红花簇拥，阵阵蟋蟀鸣声隐约可闻。

龟裂的黑土地上架着稻架和刚割下来的稻穗。一个少年骑着崭新的自行车，不停地回头看这群装扮特殊的人，不禁放缓了车速。

西南方的那座小山已然为红叶所覆，它的北端一直延伸到桂川岸边。田地中间孤立着一株被雷电劈开的杉树，微微向后倾斜的树干叶子莫不枯萎，呈现干涸的血色。杉树的根部隆起于地面之上，周围长了许多稻芒似的野草，势如炸弹般向四方白茫茫地散开。

此时，一个年轻人看见路的尽头站了一名白衫青年，喊道："他在那儿！"

一股莫名的战栗袭上本多心头。

大约半小时前，勋手持猎枪，双目充血，曾在这附近徘徊。

他并非因挨骂而羞恼。先生训斥他时，他的心中产生了一种难以抑制的念头，终于成了这个想法的俘虏。虽然自己渴望的美与纯粹，已经像玻璃器皿般碎裂一地，但心里却始终不愿承认。

他觉得要想达到自己的目的，就只能偷偷从某处借来恶的发条，并借此力量跳跃。就像父亲的作为那样吗？不，不，绝不是那样，断不可效法父亲以恶稀释正义，再以正义稀释恶。他认为，想储存在自己体内的恶，必须和正义同样纯粹。不论如何,目的达成后就得自杀。届时,体内纯粹的恶将与行为中纯粹的正义同归于尽。

对从未想过因私念而杀人的勋而言,杀意要如何产生呢?而谨言慎行的日常生活又怎么与杀意发生关联呢?对于这点,他一直觉得不安。首先必须从纯粹的小恶与轻微的渎神之举着手。

既然崇尚笃胤的海堂先生极力主张兽肉、兽血皆为污秽之物,那么再也没有什么比借支猎枪,在秋天的山林里打鹿擒山猪更好。如果实在打不到,那就弄具狗或猫的尸首带回去,也可以。自己和同志们若因此而遭驱逐,也没有办法。或许,那时候同志们会有所体悟,生出新的勇气。

他眺望西南方满是红叶的那座小山。仔细观察之后方发现,那座山西侧的斜坡上有一片桑田,在桑田和竹林之间,有一条入山的蜿蜒小径。

长二尺三寸,状似一根铁棍的猎枪,单单枪身就给人冷如铸铁的感觉。他无法相信装入膛中的霰弹会使枪支发热。剩下的三发霰弹装在白衫的口袋中,触及胸膛时发出无限的寒意,让人觉得它们不是心怀杀意的枪弹,倒像是揣在怀里的三只"社会的眼睛"。

这附近不见狗或猫,于是,勋决定沿着竹林和桑田间的小径入山。竹林内,杂草所结的红色果实与常春藤纠缠在一起。桑田旁堆放着挖出来的杉树根,因而堵住了去路。杂树林里,燕雀短促地叫着。

勋幻想着一只愚鹿安闲地出现在枪口前。扣扳机时自己应该不会犹豫吧？自己充满杀意，对方却全然无知。为什么要憎恶这种感情呢？由于被杀，鹿才会显露出它恶的全貌。五脏六腑的血才会染红蓝天。

他凝神倾听，听不到任何踏叶而行的脚步声，他专注凝视路面，也不见任何可疑的足迹或其他线索。如果真的潜伏了某些东西，也并非来自恐怖或敌意，而是蓄意嘲讽勋的杀意。勋觉得红叶林、竹林、杉树林，还有弥漫其间的一切沉默，都隐含嘲讽之意。

他爬到了杉树林里，杉树之间只有肃穆而黑暗的沉默，毫无动物的气息。他横穿山坡，进入豁然开朗的稀疏杂木林，突然，一只野鸡从他脚边飞起。

野鸡这个嘈杂的大目标占满了勋眼前的空间。方才守门人所说的"起点"，或许就是这吧！他立即举起猎枪瞄准，射击。

头顶上方红黄交错的树叶缝隙中，霎时闪过一道强光，忧郁的天空下，色泽翠绿、光芒四射的笨重鸡冠，仿佛高悬于空中，在刹那间静止了。在野鸡的振翅下，高处的树冠开始解体，光芒也随之散乱了。掀动的翅膀把空气搅得沉重起来，有如浓郁的牛奶，随后又如年糕似的把翅膀粘在了一起。野鸡自己也不知道为了什么，顿时失去了身为鸟禽的意义。它挣扎着，向意想不到的地方坠去。野鸡在视野模糊的地方快速掉落，掉得并不远。勋揣测可能是在竹林附近。他拿着还在冒白烟的枪，踏上渺无人迹的路，奔向竹林。白衫衣袖却被荆棘钩住撕裂了。

竹林里弥漫着水一样的光线。他用枪拨开蔓草，企图在落叶堆里寻找野鸡；野鸡的毛色与落叶混杂在一起，不易分辨，他凝神注视,终于找到了。勋跪下将野鸡抱起,鲜血从野鸡胸部汩汩流出,滴落在白色的裙裤上。

野鸡紧闭双目,鲜红的羽毛缀满红色毒蘑菇般的斑点。这是一只泛着金属光彩的野鸡,阴郁而肥胖,有如夜间的彩虹般美丽。它垂首卧在勋的怀里,竖直的羽毛变得稀疏,而且绽放着异彩。

野鸡头部毛色呈紫葡萄色,从胸至腹一带,墨绿色羽毛层层叠叠,像围裙一样,还发着光。鲜血从不知何处的伤口顺着暗绿色的羽毛流了出来。

勋将手指插入羽毛摸索伤口,野鸡胸膛中了霰弹,染得拔出的手指鲜血淋漓。他思索着杀戮是一种什么样的感受。瞄准与扣动扳机的动作一气呵成,但称得上杀意的东西几乎渺不可见,甚至不及从枪口冒出的那缕白烟。

枪弹确实代表着某种东西。起初,他并非为了猎野鸡才进山,但是枪械不愿放过这令人目眩的机会。于是,这小小的流血与死亡便发生了。野鸡就这么沉默地、理所当然地被他拥在怀中。

正义与纯粹一如盘里的鱼骨,冷淡地被扔在那里。他吃的不是骨头,而是肉。这易朽的、辉煌的、温柔的东西,是舌尖触及时便能感觉到的美味!他只是尝了一口;那种深刻且令人浑然忘我的陶醉感及满足的安详感便油然而生,甚至认为这是唯一的美味。

野鸡是否化身为恶了呢?没那回事。仔细翻看它的身躯,羽毛下一只带翅的小虫正蠕动着。若将它丢弃于此,不久将会滋生蚂蚁及蛆吧!

他厌恶野鸡总是双目紧闭,它这副模样似乎提早回绝了他,拒绝说出他急于知道的事。现在,他也分不清自己想知道的究竟是杀死别人的感觉,还是自己死亡时的感觉。

他用一只手毫不怜惜地拎起野鸡的脖子,然后用枪拨开蔓草,设法走出竹林。长着几颗红色果实的蔓草被他扯断,勋的头、颈,甚至胸都粘上了果子。但他两手都拿着东西,无法兼顾于此,只好顺其自然了。

他绕过桑田,下山来到田埂小道。一阵茫然袭来,他都没注意到脚下踩的是红花。

看到前面那棵略带红色的杉树,勋才注意到来时的那条路,是与这条田埂小道垂直的,于是折了回去。

一群白衫人正朝这儿走来,虽然脸还看不清楚,但人人手执玉串,给人一种不寻常的感觉。在这附近穿着白衫的人肯定是靖献塾的,可自己的同志竟任人率领老老实实地走来,似乎又不太可能。走在前头的是位老人,与老人并肩而行者则是西装革履。渐渐地看清了那个领队老人脸上那父亲的八字胡时,勋震惊不已。

此时,夕阳下的天空响起鸟鸣,来自山中的鸟群盘旋于空中,前方那群白衫人抬头仰望,步伐也因而稍停。

随着勋和白衫人之间距离的接近,本多毫无来由地觉得自己从这幅薄暮的原野所构成的画面上被排除了出去。于是他缓缓走向田间,穿过稻架,离开了这群人。一个极其重要的瞬间步步逼近,但他不知道那是什么。此时已能清楚地看到勋,佩挂在他胸前的月牙形黄色玉坠也清晰可见。

本多心中悸动不已,一种十分强烈的力量即将降临,而且企图摧毁自己的理性。他能明显地感觉到自己急促的喘息与脉动。尽管他不相信预感,但是人类对自己或亲人将逝的预感,或许就是这种感觉吧?

"什么?打的是野鸡呀!这就好了。"

听到饭沼这么说,站在田中央的本多想不往那边看都不行。

"这就好了!"

饭沼重复方才的话,之后,揶揄似的在勋头上摇晃着玉串。玉串在黄昏中显得清净洁白,所发出的纸声沁入了人心。饭沼又说:

"真伤脑筋,你还带枪出来。海堂先生说得没错,你就是暴力之神,一定是的。"听见这句话,蓦然间,本多心里初次萌生了一个不容置疑的明确形象,出现在眼前的正是大正二年的某个夏夜,清显详细记在《梦之日记》上的梦境,上个月本多还又细读了一次。日记上所记载的一切巨细靡遗地在本多面前,在十九年后的今天显现了。

当然,勋本身并不知道自己是清显的转生。而对于本多来说,任他极尽理性的力量,也无法否定那一点。因为那是事实。

二十四

次日黄昏，练成会的课程结束后，勋带着同志们来到每天秘密集合的地点。那儿不易惹人注意，即使有人看见他们，也顶多认为是一群年轻人聚在一起闲聊罢了。

本泽断崖边上的塾属田地上，有一块巨石藏在草丛里。绕到这巨石后面，从塾院那边就看不见了。下面有一条浅滩山的河流，对岸是高耸岩壁。巨石后方有一小片草地，颇适合大家围坐在一起谈话。甲州夏季的晚风十分凉爽，十月下旬却已经有了寒意，但众人兴致高昂，完全没有察觉。

一路上率先而行的勋，注意到路上似乎有焚烧过后的痕迹，昨天还没有。灰烬里还看得出稻草的模样，只是车轮碾过的地方变成了深黑色。这黑色混在红土里，颜色分外鲜明。但出人意料的是，车轮碾过后露出的草根，更让人联想到熊熊的火光。火焰那强烈野蛮的颜色，轮子碾过的粗俗的黑……这才是应有的形状，应有的对照。燃烧后又遭践踏，却还能维持同样的强度、同样的新鲜。走过该处的瞬间，浮现于勋心头的不用说也知道是起义的幻影。

一伙人无言地跟着勋，走到田地南端、巨石后方的阴影里围成一圈坐下。视线所及的河流便是桂河，直角的回弯处水声淙淙。对岸险峻的断崖露出灰白色的岩表，像咬紧牙关似的表现出极大的耐力；红叶的纸条从断崖伸出，由于多时未接受阳光照射，呈现出暗郁的色泽；透过头顶的树隙，可以看到亮丽而纷乱的晚霞。

"今天，我们要决定行动的时间，各位都做好心理准备了吧！在决定日期之前，要先把计划大概说明一下，并且确定每个人的任务，再由相良向大家报告经费情况……起事日期最好能和神风连一样，用宇气比来决定……关于这方面，我们等会儿再商量。"

勋提纲挈领地说明，内心却仍对昨天的事耿耿于怀。父亲和本多简单地用过晚饭后就赶回东京了。虽然是一次礼貌性的拜访，只是，父亲为什么特意来这里看我？佐和是不是对父亲说了什么？另外，本多脸上的奇异表情又意味着什么呢？他已经失去了初次谋面时及长信上所表现出的那种冷静与周到的亲切感。昨天的本多没太与勋交谈，而且脸色苍白。晚餐时，勋注意到本多一直从距离颇远的上位注视着自己的脸。

勋努力赶走心里的阴影，随后在草地上摊开计划书。

一、起事日期　　月　　日　　时

二、计划纲要

　　本计划之目的，在于扰乱首都的治安，促使当局实施戒严法,以助维新政府的成立。我们本就是维新的牺牲者,必须以最少的人力,发挥最大的效果。我们深信将会有响应者,我们将借着飞机散发传单,向全民传播天皇将授命洞院宫殿下的消息,并努力使之成为事实,进而实施戒严。至此,我们的任务便告完成。不论成败,我们均以第二天黎明前人人慨然切腹自刎为宗旨。

明治维新的大目标是取回军政大权交还天皇。而我们昭和维新的大目标是促使金融大权直属于天皇,并征讨崇尚西欧的唯物资本主义及共产主义,以解救生灵涂炭之苦,炳乎天日之下,企求皇道恢宏,天皇亲临摄政。

为达成扰乱治安的目标,首先必须炸毁市内各个变电所,再趁夜刺杀藏原武介、新河亨与金融业巨子长崎重右卫门,同时占领日本银行并纵火。黎明前在宫城前集合,集体切腹,若无法前来集会,也可就地自决。

三、编制

第一队(袭击变电所)

东电龟户变电所　长谷川　相良

鬼怒电东京变电所　濑山　辻村

鸠谷变电所　米田　榊原

东电田端变电所　堀江　森

东电目白变电所　大桥　芹川

东电淀桥变电所　高桥　宇井

第二队（暗杀要人）

暗杀新河亨　饭沼　三宅

暗杀长崎重右卫门　宫原　木村

暗杀藏原武介　井筒　藤田

第三队（占领日本银行及纵火）

由堀陆军中尉指挥，第一队炸毁变电所之后骑自行车到日本银行，再加二人（高濑与井上），共十四人集体行事。

别动队

由志贺中尉驾飞机投放照明弹并散布传单。

其实到目前为止，勋仍无法决定该由谁去刺杀藏原武介。事实上他很想自行负责此事，可是佐和的话犹在耳际，致使他在心理上有了障碍。

他猜测佐和可能会趁这段时间行刺藏原，若真如此，那么勋的全盘计划就只得延至社会上的风暴退去之后了。

不过，佐和也可能只是逞强说说，吓唬勋罢了，实际上什么也不会去做。

如果不理会佐和的话而径自行刺藏原，这件事本来就非勋莫属，那是因为藏原府的戒备最为森严。交给井筒负责的理由，是他对这位轻率、大胆的青年的一份友情。井筒十分感激他，只是勋深深觉得自己第一次在"逃避"什么事情。

飞机改投照明弹及传单，而不是炸弹，这是听了堀中尉的忠告；堀中尉还保证志贺中尉将参与其中。

武器成了一大问题，二十人中仅十人各有一把武士刀，而炸毁变电所的时候，武士刀可能会影响工作进度。短刀应该更适合。混合火药方面，他已经掌握了一个获得新式火药的途径，而堀中尉至少也会带来两支机关枪。

"相良，请你先把所需项目念一次。"

"是。"

安全起见，相良放低了声音，众人靠近相良侧耳倾听。

宽棉布　用来做标语旗帜，十六尺长的棉布即可，切腹时必须把它当成旗帜，竖立在身边。另外一个用途是给大家缠在腰间。

头巾、袖章、袖章别针、布鞋，各二十份。

纸　白纸一卷、彩纸两三卷。与传单用纸张数相当。

汽油　放火用。分头从三四个加油站各买一两罐，购买地点尽量分散。

油印机一部及附属品一套

笔墨

绷带、止血药、提神用烧酒

水壶

手电筒

"大致情形如上，大家必须先把这些物品买齐，藏在事先准备好的隐蔽地点，因此回东京之后，要马上找一个秘密的藏物处。"

"买这些东西的经费够吗？"

"够，饭沼的全部存款八十五日元加上各位的存款，共有三百二十八日元，还有刚才我收到一封寄给'明治研究会'的未署名挂号信，我带来准备在各位面前拆阅，说不定是寄钱来的。"

相良拆开信，只见里面有十张一百日元的大钞，众人皆惊愕万分。相良拿出里面的纸条念道：

"这是变卖故乡山林的所得，是干净的，请笑纳。佐和。"

"佐和？"

勋的心灵受到冲击。

佐和又作出了一个不可思议的行动。姑且相信这些钱是干净的，但他是不是想以捐款代替行刺藏原呢？或者是拿一千日元的捐款当作纪念，准备自己单独行动呢？勋完全不得而知。

只是，勋务必马上作出判断，他说：

"他是靖献塾的塾生佐和，是我们精神上的同志，可以收下。"

"太好了，这么一来我们的资金就足够了，这是上天保佑我们。"

相良装模作样地把钞票拿到眼前膜拜。

"详细情形以后再说，现在先决定日期。时间当然也包括在计划里，如果在深夜里停电的话，就毫无意义了。所以，最好是晚上十点，一小时之内攻下日本银行，而日期是……"

此时，勋脑子里浮现出太田黑伴雄跪在新开大神宫的神前，等候神示的宇气比的景象。当时，在炎夏骄阳下的本殿中，太田黑伴雄求了两次宇气比：

"进死谏于当路，令弊政得变之。"

"暗中挥剑，击扑当路奸臣。"

两者均未被神所嘉许。而现在勋等人所企求的是后者。

尽管有夏天与秋天、肥后与甲州，以及明治与昭和之差异，但是，青年们都希望能在黑暗中挥舞着嗜血的剑。那本小册子的故事已在不知不觉中冲破了语言的堤防，而在现实的田野里蔓延着。读了那本小册子后燃起烈火的灵魂已经无法就此满足，必须真正去纵火才能了事。

"魂随白鸟飞天去，

空留骸壳于人世。"

这首樱园先生笔下的诗，仿佛昨天才听过似的鲜明浮现于勋脑际。

众人都无意发表任何看法，只是默默地盯着勋。勋抬头望着对岸绝壁上方的天空。霞云所发出的光芒已较方才淡了；像是被梳子梳理过的云彩，却有条不紊地列于空中。勋期待着神明可能会透过那一道道缝隙往下看。

绝壁已染上黄昏的影子，只有下方河流的点点波光还闪动着。自己已成了故事中的人物，或许，自己正处在将被后人铭记的光荣瞬间。也许，在这冷凉的晚风里，竟潜藏着青铜纪念碑的寒意。神是不是该出现了呀？

脑中一片空白，没有任何关于日期或数字的启示。高贵的晚霞光辉，也未在他心湖里泛起任何物体。无须语言即能有所感应的东西没有出现。一切仿若断了弦般无声无息。

虽然如此，但也没像太田黑伴雄那样清楚地被神拒绝，神还没有表示拒绝与否。

勋心想，这意味着什么呢？眼前这些年未弱冠、浑身充满活力的青年，各个都用热切的眼神注视着勋，而勋正抬头仰望高耸断崖上的神圣光芒。此时万事俱备，只缺一些征兆。然而，神依旧不置可否，仿佛在模仿人类的优柔寡断，如弃掷敝屣一般，在天空的光辉中放弃决断。

众人都急于知道答案。一时，勋心里有某种东西合上了盖子，仿佛蛤将壳合上一般，经常暴露于海水之中——那代表"纯粹"的东西被掩藏了起来。小小的恶念化身为海蛆，从心中的一隅爬了过去。像这种根据需要而合上盖子的事，不知是从哪儿学来的，而有了一次经验之后，就会养成习惯吧。只要反复再三，便成了日常习惯。

勋无意撒谎。神明并未指明这是谎言还是事实，因此，若有谁擅自指认这是谎言，就太自不量力了。他只是像老鸟喂雏一样，必须尽快给青年们一些东西。

"十二月三日晚上十点，这是神旨，我们就这样决定吧！距离现在还有一个多月的时间，准备上应该绰绰有余。还有，相良，你忘了一件重要的事情，这是一次洁净的战争，是一种像百合一样的战争，为了让后人能称之为'百合之战'，我希望能把鬼头小姐送我们的三枝祭上的百合花瓣，分给大家每人一瓣，起义时必须放在胸前的口袋里，狭井神社的勇猛神灵就会保护我们……对十二月三日起事有意见的人，希望能马上提出来，也许有什么个人情况。"

"既然决定要死,还有什么个人情况可言?"

其中一人大声地说,惹得众人哄然大笑。

"好,现在就开始汇报各自的准备情况,大桥、芹川,请向大家报告有关目白变电所的调查结果与破坏计划。"勋命令道。

大桥与芹川相互推让,最终由能言善辩的大桥发言。

芹川面对勋说话的时候,紧张得像个新兵,胸膛挺得很高,情绪比语言还要激昂,所以不容易听懂。但是,他言行可靠,从未耽误过任务。他情绪激动的时候,说话就像在哭,不善于作条理分明的报告,所以让头脑灵活、能言善辩的大桥代他发言,他自己在一旁听得频频点头。

"我一到目白变电所,就看到一名穿绿衣服的男人正在修电线,我告诉他我和芹川是电机学校夜间部的学生,要求他让我们进去参观。在那之前,我们到别的变电所去,他们都要查看学生证,或者啰唆一番,再不然就急着轰我们出去。可是,这个穿绿衣服的人却很亲切地把我们带到二楼去。二楼有三个男人,其中一人命绿衣人带我参观,他就兴致勃勃地带着我们参观每一个角落,也很详细地答复了我们所提出的机械构造方面的问题。所以,我们知道该变电所包括油冷式变压器和水冷式变压器。

"变电所的主要设备是变压器、配电盘和冷却用的水泵。

"假如只想破坏水泵,用铁锤敲打开关,再扔手榴弹就可以,但是效果并不会很好。当然,水泵破坏后,冷却变压器的水流会停止,而机器也会因为过热而不堪使用,但是这个过程必须花上一段时间,而且另一个油冷式变压器还是会转个不停。

"不过,就攻击的难易程度而言,水泵在那栋建筑物的外面,没有专人看管,做起来比较容易。如果需要彻底破坏的话,首先必须派一个人杀掉管理人员,另一个人冲进去把火药装置在配电盘上,然后点燃导火线再逃走,这样是最理想的。不过到了现场,如果遇到意料之外的困难,除了破坏水泵也别无他途。

"另外,要到变电所进行调查的人,事先应该找朋友设法向电机学校借证件,这样比较容易进去,报告完毕。"

这段报告很清楚,且掌握住了重点,勋十分满意。

"很好,下面是有关日本银行位置图的制作,请高濑向大家报告。"

"是。"因为得了肺病,高濑声音沙哑,可他的肩膀却厚实有力。他用热切的眼神注视着勋,代表此时不在场的井上发言。"我想了很久,可是找不出什么妙法子,最后想到何不去做银行的夜间守卫。但是,他们的身家调查和体格检查的标准都很严格,我是不可能顺利过关的,所以便请井上去了。井上是柔道二段好手,本来就有舍生取义的念头,因此毫不胆怯,真的确实做到了。他骗学校里的运动社社长说,为了补贴学费,他想去当夜间守卫,就这样获得了大学部体育社社长的推荐函。他带着推荐函和柔道二段证书去应征,果然很顺利被录取了。他还经常带一些无害于思想的书去看,假装是在念书。我去看过他一次,其他守卫还蛮敬重他的,常常请他吃夜宵。井上一想到不久就要在那里纵火,内心多少觉得有点愧疚。"

一片笑声哄然响起于黄昏中。

"井上说,到起事当晚为止他都会若无其事地当守卫,再从内部呼应，我想和堀中尉及其他同志研究一下，让井上在里面以敲门作暗号。银行内部位置图由我和井上负责，在起事前两星期画好，随后马上请堀中尉过目。井上还说，与其仓促地调查内部情形引起别人的怀疑，倒不如自然而从容地工作比较好。他虽然很沉默，但是眼睛小小的，笑起来很讨人喜欢，所以人缘不错。"

高濑看看手表。

"啊！银行下班时间到了，他就要开始工作了。他一直很遗憾没办法来这儿，但是，他正在从事最重要的工作。报告完毕。"

诸如此类的报告继续进行下去，由于勋对这些事早已有所了解，所以充耳不闻，任思绪驰骋。

思潮翻涌之际，脑海中浮现出几个不愿去想的人——父亲、佐和、本多、藏原等人的名字像飞蛾般成群而过。勋握紧了舵，奋力将船驶向心所向往、最光辉、最令他陶醉的思潮中。在旭日东升的断崖上，膜拜冉冉而升的太阳……俯瞰波光闪闪的海面，在高贵的松树下切腹。可是，在东京市内起义后，要前往那么理想的海边是很难的，如果攻下了变电所，交通便会马上中断，就没办法搭火车远走高飞了，而且，也没有把握逃离暗杀的现场。

尽管如此，勋依然幻想有一个清静的切腹场所正等候着他。显然，那是神风连六名志士切腹的大见岳山顶。那是白色玉串纸条飘舞的晨风中，山岚尽收眼底，阳光透射着细长影子的幻境。

勋目前还不急于确定那个地方究竟是哪里。即使确定了，若起事后无法抵达该处，亦属枉然。他不想决定什么，始终护佑他的神自然会指引他的去向。在东方发白之际，松风袭来，寒冬凛冽的海风渗透他敞露的胸膛，不久，冉冉而升的太阳将照亮他血痕斑斑的尸首及松枝。

若能逃至宫城前……他惶恐地空想着：自己游过覆着薄冰的护城河，爬上对岸的山崖，潜伏在崖边的松树下等待黎明；或者眺望航行于月岛附近的船影浮现在遥远的海面上，在旭日的第一道光线浮雕般射向眼前的丸之内大街之前切腹！

二十五

同事们都对从东京出差回来后的本多议论纷纷，说他变了。对此，本多自己也有所察觉。

他的确失去了自信而又坚定的外表。对法官这种裁决现实里发生之事的工作，他也感到了厌倦。他沉思的时间增加了，经常忽略了同事讲话的内容而不作答。流言传至院长耳中，院长担心是过度疲劳侵蚀了他那清晰无比的头脑。

即使坐在法官席上查阅案件，本多也会想起梁川的那个黄昏，现实再现了清显往日的梦境，使他不寒而栗。他还记起在一股莫名冲动的怂恿下，自己利用第二天早上搭火车回大阪之前的短暂时间，到青山墓地祭扫清显坟冢的事。

母亲觉得儿子有点奇怪，离火车开车时刻明明还早，却执意匆匆离去。车子驶至青山，开过墓园中间的通道，本多在墓园中央的环岛下车，吩咐司机稍等一会儿之后，自己快速走到松枝家族的墓地。松枝家的墓园十分宽广，即使忘记确切的位置也能一眼就看出来。

本多背着朝阳走上墓地间的小径，回首望去，暮秋的旭日正自瘦削的松树林间射出缺乏力道的光线。透过尖尖的石碑及泛灰的常青树照射而来的阳光，给崭新的花岗岩石塔镀上了奇异的光泽。

本多继续前进。高耸的松枝家墓园已遥遥在望。但还要右转进入小路，踏落叶及苔藓而行才可抵达该处。邻近的小墓像侍臣般排列着，松枝家的白色花岗岩大牌坊屹立其间，这是模仿松枝宅邸内的神明牌坊修建的。

这种明治式的"雄伟"在今天看来有失雅致，不过那也是没办法的事。过了牌坊，马上可以看到中间有一块长约一丈五尺的岩石颂德碑，上面有三条公爵以篆体书写的碑文，后由中国的著名工匠刻字，详尽地记载了清显祖父生前的事迹，并称赞：

瞻仰恒碑

万世所宗

石碑下方是松枝家族的墓，其上均有墓志铭，但都被巨大的颂德碑遮蔽了，很难引人注意。由此自右拾级而上，便是一个围了石头墙的角落，清显和他祖父的坟墓并排坐落在那里。自诩为常客的本多对颂德碑视若无睹，径自登上右侧的石阶。

两冢看似并排，其实规格却不相同。清显祖父的巨冢耸立于中央，四个仿西式的石制灯笼肃穆地守护着墓园小径。虽然清显的坟冢恭谨地立在右侧，但它显然已破坏了祖父墓园的对称性。由于祖父的墓碑实在太大，相形之下清显的墓虽有六尺之高，却显得很小。清显的墓设计上与祖父的完全一致，墓身、水钵，及刻了家徽的花瓶，均采用相同的设计思路，只是把石材的尺寸缩小罢了。略微发黑的花岗石上刻着：

松枝清显之墓

这几个字用隶书刻成。花瓶里不见花朵，只插着一对泛着光泽的芒草。

参拜之前，本多伫立了片刻。

一个以感情维生的青年，竟能如此枯守石塔，再也没有什么事比这更令人费解了。本多的记忆里，确实在清显身上看到过死亡的预兆，然而，连死亡之兆都像透过薄纱看到的火焰般无比艳丽。眼前如此冷峻的石林景象中，根本无法找出清显的痕迹。

本多放眼看向松枝家墓园的后方。在冬日的树木之间，方才下车地点的环岛处披着曙光。常青树丛和其他人家的墓碑两旁，摆放着黄色及紫色的菊花。

本多突然萌生一种奇妙的反抗心理，觉得与其在墓前合掌而拜，不如率性地跟清显打个招呼，摇晃他的肩膀。但他只能无可奈何地看着整整齐齐的石头墙。他突然发现墙上爬满了常春藤叶。走近仔细一看，只见常春藤悄悄地沿着石墙的墙柱，紧紧攀住光滑的石头，好不容易爬到高处，企图朝清显的墓碑伸出手。常春藤那纤细似干果的红色叶片上，布满了细致的黄色叶脉，叶片边缘舒展开来，染满了丹红。

看到这里的时候,本多的心情缓和多了,于是重新提步走向清显的墓冢,深深地低头,合掌,闭目。一切都为之屏息。

刹那间,一种直觉闪过本多的脑际,令他战栗不已。直觉告诉他,坟墓里没有人,没有任何人。

二十六

勋尚未将计划纲要以及由飞机散发的传单稿交给堀中尉过目。堀中尉忙于秋季演习,致使勋的会面申请迟迟未能获准。距离起事日仅剩一个多月。十一月起,堀中尉应该能抽空指导他们的计划。

回家时,母亲、佐和及其他塾生都温和如昔地迎接勋。或许是一直找不到单独谈话的机会,佐和没再提及日前曾经恳切讨论过的问题,勋也因此失去了感谢他捐款的机会。

那晚,父亲参加聚会去了,塾生们又兴致勃勃地想听听练成会的种种,于是,勋决定与塾生们共进晚餐,母亲便借机为塾生加菜。

"都是男生,谈起话来比较投机吧!你帮忙把这盘菜端出去。"

饭沼家风不许男人下厨,因此勋只是站在走廊上,从母亲手里接过镀了彩釉的大盘子。竹荚鱼、赤狮鱼、比目鱼、针鱼等生鱼片,都是塾生平日的菜单上难得一见的菜色,以极美观的样式盛于盘中。他不明白母亲何以如此大费周章。峰子看着儿子站在走廊晦暗处，一脸不情愿地接过盘子，被他不宽容的美及冰一般的表情震动了。

"为什么要这么铺张呢？"

"为了庆祝你回来哦。"

"我只不过到邻县待了一星期而已。如果是到外地，就另当别论了。"

勋不禁想起了藏原的名字及他的财势，在家里老是被这个名字威胁着的不快感，已升至不可名状的程度。这个名字像毒素般沉淀在靖献熟里的空气、水、食物及一切事务中。

"我好意让你打打牙祭，没想到你这么不高兴。"

勋用锐利的眼神盯着母亲充满了抱怨的眼睛，母亲的眼球如水平仪中的气泡，极不稳定地转着。当勋直视她时，那眼神又呈现空泛之色，连忙转至他处。

这个牙祭或许很单纯地只是出于母亲一时兴起。虽然，勋也了解自己这种心情是来自一种不安感，但是他不喜欢家里出现不同寻常的事，不管那是好事或坏事，即使是一个微乎其微的改变，对勋而言，都是一项重大的负担。

"听父亲说，你挨海堂先生骂了？"

母亲打趣似的说。勋神经质地觉得母亲方才说话时，口水似乎喷到了透明的生鱼片上，给他一种不洁感。他企图用母亲满口飞沫沾到生鱼片及海藻上的这种不净，除去另一种不净。

"没什么大不了的事。"

勋面无笑容的冷淡回答，当然不是母亲所期待的回答。

"真讨厌,怎么说出这么见外的话?我担心死了,你却满不在乎。"

母亲从盘上捏起一块生鱼片,猛然塞进勋的嘴里,勋双手捧着盘子,一时无法避开,再加母亲的动作富有冲击力,使他的嘴自然开启。嘴巴勉强容纳了东西,视线因而变得模糊,隐约间,勋看见母亲像要掩饰眼泪似的转身走回厨房。此时,勋觉得母亲待他如即将出征的儿子般,心里感到一阵不舒服。母亲的悲伤宛如自己口中的异物,生鱼片粘在牙缝里,让他很是气恼。

为什么一切都脱离了常规?他无法相信,母亲真能单纯地凭着直觉看出自己眼中的死亡意志。

勋托着大盘子来到餐厅时,塾生们均以欢呼声迎接他,而勋对眼前这些一如往昔围绕在自己四周的脸,刹那间觉得好遥远。自己已经决定要行动了,但是,这些人仍然生活在吟咏风月、恋阙之情、高谈大志或热衷维新之中。有一副和善如僧、笑颜常驻的脸嵌在这群人中,那是佐和。这时他才恍然大悟,佐和并未行刺藏原,当时没答应佐和参加组织,可真是明智之举!

勋觉得自己应该进一步训练自己戴着假面应付旁人,因为自己已经不是一般的人了。即使没有显露在外表上,但稍一疏忽,别人就可能马上嗅出勋内心深处那导火线般的气味。

"听说海堂先生对自己最器重、最心爱的塾生,会骂得最严厉,勋大概也碰到了这种情形。"

听塾生这么说,便知那件小事已经传开了。

"那只野鸡结果怎么样了?"

"当天晚上,大家一起吃掉了!"

"很好吃吧!不过,我没想到勋的枪法竟然这么好。"

"不,那不是我射的。"勋轻松地回答,"按照海堂先生的说法,是我的荒魂射中的。"

"应该有一位美貌的小姐出现,把和魂献给勋吧。"

大家尽情地享用佳肴,畅所欲言。佐和始终含笑不语。勋在谈笑间禁不住盯着佐和。

突然,佐和起来制止众人的喧闹。

"今天,为了庆祝勋练成会的训练结束,而且变得更健硕,我想吟一首诗。"

鸦雀无声的餐厅里,佐和的声音骤然响起。他的声音略微提高,隐含着一股狂热,给人一种暴风雨来临之前马嘶的感觉。

除却洋风报国恩
决然岂顾他人言
唯有大义传千载
一死本来不足论

勋马上记起那是箕浦猪之吉的诗,也就是堺事件中,这位年轻的小队司令的绝命诗。无论就任何意义而言,这首诗都算不上庆贺之诗。

众人报以掌声。佐和接着说:"那再吟一首,这首是取悦海堂先生的。"

说着，他径自吟起伴林光平的诗：

本乃神州净洁民
谬作佛奴说同尘
而今弃佛佛休恨
本乃神州净洁民

吟至"谬作佛奴说同尘"之际，众人想起了海堂先生的模样，都笑开了，吟至"佛休恨"，笑声更大。

勋跟着众人开怀而笑，并回味起佐和吟的第一首诗，那明朗的诗句里蕴含了年轻人激愤而死的情愫。佐和曾经发誓要捐躯，却又活了下来，而且丝毫没有羞愧之色，甚至还想向勋灌输明治元年青年们愤世嫉俗的心情。

顿时，勋羞惭至极。那本该属于佐和的羞惭，现在却由勋承受了。

那是因为佐和的确洞察了死意已坚，而将身躯浸淫于死亡蜜糖中的青年的快乐及鹰般的骄傲。这种洞察使得勋心生羞惭。

佐和用金钱赎买了他的羞惭。

二十七

十一月七日,堀中尉捎来消息,要勋马上前去。堀中尉没换军服便在那里等着,神情异于平常。

"在这里用饭吧!我已经通知厨房了。"堀中尉起身捻亮电灯说。

"可不可以先把话告诉我?"

"你别急嘛。"

空无任何家具的朴素房间大概四坪大,在点亮灯火之后就像个明亮的空盒子。天气严寒,火盆里不见火苗,紧掩着的纸门外,一阵故作威武的脚步声在走廊上响起,一往一返之后朝楼梯的方向喊道:

"喂,老伯,快点做饭吧!"

语毕,脚步声掠过纸门,远离了。

"那位中尉住在那边最后一间寝室,我们谈话的声音外面听不到,你大可放心,隔壁的人今天轮值去了。"

这话听来似有遁词之嫌,勋并非来谈话,而是来听话的。

堀中尉点燃了烟，又弹了弹嘴上的烟末，之后用指头揉捏空的金蝙蝠烟盒，绿底上的金蝙蝠翅膀被指头残酷地捏碎了。前些日子中尉提及的菲薄薪金及其宿舍的寒酸，与纸盒碎裂声中散发的寒气一起升了起来。

"发生什么事了吗？"

勋先开口这么问，中尉却只答以：

"嗯！"

勋按捺不住地说出最不愿提及的预测。

"我知道了，是不是被识破了？"

"不，不是的，这点你大可放心。是这样的，我突然被调到满洲去了。命令是以通告的方式下达，第三团只有我一个人去。这是最高机密，我只告诉你一个人，我要被派到满洲的独立防卫队。"

"什么时候？"

"十一月十五日。"

"……只剩一星期的时间了。"

"对。"

勋觉得眼前的纸门仿佛迎面向他倒来。竟然在这节骨眼儿失去堀中尉的指挥！尽管这次行动并非完全依赖中尉指导，但是，军人的指挥必能对炸毁日本银行产生莫大的帮助。而且按照原订计划，在最后一个月将请中尉指导战术细节以及实际操作程序。勋本身虽有那种精神，但缺乏技术上的素养。

"不能延期出发吗？"

勋无法自制地说。

"这是命令,不能改变。"

中尉话音落下,两人陷入漫长的沉默中。勋在心里想着中尉应有的英姿。只要触及期望,就会脱离常识,他渐渐觉得中尉就是完美的化身。那是起事前挺身而出的加屋霁坚的英雄式决断。他幻想着,中尉突然辞官,摇身变为平凡的百姓,甘冒生命危险指导少年们的起事。那个夏日午后,在蝉鸣阵阵的道场上,中尉与勋较量剑道时眼底散发出的那股气魄,他感受得到。

中尉该不会是已经决定这么做,却蓄意先制造勋的困惑,而后再说出真相吧?

"那么,中尉,你不能参加了吗?"

"不……"

中尉立即加以否认,勋的眼睛为之发亮。

"那你要参加了?"

"不,军令就是军令。如果能把起事日期挪到十一月十五日之前,我必定欣然参加。"

勋听了中尉的话不禁为之一震,一些强迫对方的话立刻就要脱口而出,但是他马上就领会过来,中尉并无意参加起事。中尉明知一星期内无法起事,所以才这么说的。勋深深觉得,说出这种迂回推托之词的中尉,比他不能参加的事实更令人失望。

仔细一想,便可知道中尉身着军服的理由,因为要说出这些话,必须具备不容侵犯的威严。事实也正是如此,坐在简陋餐桌另一端的中尉,正襟危坐,胸膛直挺,在令人一望便心生信赖的宽肩上，肩章闪烁着光芒，壮实有力的脖颈上，扣着镶有金色3字的红色领章，这样，当他说他帮不上忙时，却显露出夸张的威严。

"那是不可能的。"

勋答道，他得意于自己话中不败的感觉，觉得自己似乎因为这句话而突然朝更宽敞更自由的地方滑去。

中尉似乎没有注意到勋在这瞬间的变化，以为勋有了挫折感，于是改用强硬的姿态。

"如果你认为不可能的话，就停止吧。好好听着，整个计划不够周全，参加人数又少，根本不能奢望当局会发布戒严令，还有，时机未到……这些，我一开始就觉得有点问题，最近更觉得问题重重，而且，现在的天时地利都不属于我们。你们的志向十分了不起，我深受感动，所以一直都很支持你们。但是就目前的情况看来，绝对是不利的，必须再等候时机。碰巧我又在这时收到调职的命令，这或许是老天要我们停止吧！我可能不会在满洲待太久，请你等我回来，我会十分乐意地参加。你们可以利用这段时间重新考虑作战计划……在满洲我仍然会怀念你们这群年轻人……怎么样？听我的忠告，停止吧！你不认为能果断中止已经开始的行动，才是真正的男子汉吗？"

勋不发一言，却对自己这种毫不惊讶的反应感到惊异不已。他甚至了解，自己保持沉默的时间越久，就越使中尉不安。

他发觉自己已经在不自觉中有了一个观念，一个现实崩溃之后，必定会有另一个现实开始结晶，进而创建新的秩序。而中尉已从这个新结晶中被弹出去了，他那威严的装扮正在没有出入口的透明体内徘徊。现在，勋已经达到另一高层面的纯粹，另一高准确性的悲剧。

或许中尉正想象着这位青年精神崩溃，趴在自己的膝盖上哭诉。然而勋却端坐依旧，并带着冷漠、平静的表情保持沉默。勋接下来要说的话离他本身的诚实甚远，所以担心中尉会误以为自己遭人嘲弄。

"那么，至少可以让我见见志贺中尉吧？我想请他帮忙散发传单。"

说话时，勋就已经盘算好了，不准备把手提包里的传单稿拿给中尉看，但中尉依然未能注意到勋心理上的变化，继续坦率地说：

"不行，那可不行，我叫你停止，你还没答应我呢！其实，我并不喜欢这么说，只是情况相当不利，我只好忍泪劝告你。我是考虑再三才这样告诉你的，既然我已经要你停止行动，你就不能再寄望于军方的任何协助，我的决定当然也包括志贺中尉在内，这种事你应该理解吧！如果你们还是要进行，那是你们的自由，可是你既然找我商量，我就有责任衷心相告，我不能坐视年轻人这么无意义地丧失性命，懂了吗？停止吧！"

中尉发号施令般地对着勋的额头喊：

"停止吧！"

勋猜想，这时候或许应该欺骗中尉，发誓说要停止一切。没错，若不给他一个确定答案就回去，中尉一定会担心，甚至可能在出发前的一星期内干预我们的行动。但是，那种虚伪的誓言是否会违背纯粹性呢？

中尉下面的话，猛然改变了勋的心情。

"你得注意，不能在记事本的任何角落留下我和志贺中尉的名字，如果不听我的劝告中止的话，那就更别说了，马上把我们的名字擦掉！"

"是，我会这么做。"勋爽快地回答。

"您的话我明白了，我会负责擦掉你们的名字。不过，大家不会愿意中止计划的，我会告诉大家是无限期的延期。事实上也就是停止。"

"哦？你真的明白了呀。"

中尉的表情转为温和。

"我明白了。"

"这就好，不要步上神风连的后尘，我们一定要让维新之举成功。总有一天会有并肩作战的机会，怎么样？喝一杯吧！"

中尉从橱柜里拿出威士忌，邀勋对酌，可是勋坚持拒绝，告辞了。为了避免被误认是自己在闹情绪，他努力地装出开朗状。

他走出挂有北崎名牌的木格纸门，外面不像第一次来此处那天那样下着滂沱大雨，但是，寒冬的细雨却也湿亮了夜路。虽然没有雨具，但勋想趁此机会好好思索一番，于是便向龙土町的方向走去。第三团的红砖高墙位于马路左侧，在光线灰暗的路灯照射下，湿漉漉的墙面显得分外鲜亮。路上不见行人。到目前为止勋的思绪依旧井然有序，但此刻泪水竟不争气地夺眶而出。

勋回想自己仍是一名剑道社的热心社员时，某次与名剑道家福地八段交手，被他那水般平稳的招式节节逼近，虽然一再反击，却每每被对方避开。就在自己退缩的刹那，名剑道家在护面后方用沙哑平静的声音说：

"不可以后退，你现在还有事可做吧！"

二十八

在新租来的四谷左门町藏身处里，同志们都在等待勋的归来。众人心里莫不思忖着，中尉叫勋一个人前去，想必有重要的指示吧！

他们借神风连之名，以神风作为藏身处的暗号。提到在神风集合，意思就是在距离左门町市内电车站一百米左右，一栋拥有四个房间的二层建筑集合。

事后才知道房东会轻易地把房子租给他们，是因为今年夏天有个人在这屋里上吊死了，之后这房子就一直乏人问津。这房子面南的一二楼房间都只有两扇小窗，而阳台却与众不同地位于东面。据说，以前房客家有位老太婆不愿意搬家，因而吊死在楼梯的扶栏上；这件事是相良从附近的面包店听来的。面包店老板娘利用把芥末馅面包放进袋子、抓起袋口巧妙地转一圈再交到相良手上的这段时间，将她所知道的情形告诉了相良。

勋推开大门之时，众人闻声聚在二楼楼梯口的灯光下等候。

"怎么样?"

井筒忖度必定是好消息,因而以兴奋的声音问道。勋却默默地与他们擦身而过,不顺利的预感如电流般迅速传到众人身上。

二楼走廊尽头有个上了锁的橱柜,被拿来充当武器库。勋几乎养成了一种习惯,每至此处必定要相良开锁,检查里面武士刀的数目;然而,此时他似乎忘了这事,直接进了房间。他的肩膀湿淋淋的,坐下之后,寒气立刻向他逼近。旧报纸上散乱地堆着方才大家剥下的花生壳。神经质地绷着脉络的干果,在灯光下显得苍白而无光泽。

勋盘腿坐下,在来人未围坐就绪之前,极其无聊地拿起一个花生,用指尖用力把它捏碎。花生壳裂成两半,而两粒肥厚的花生仁依旧安然躺在壳里,微微地颤着。

"堀中尉要被调到满洲去了。他不但叫我们停止一切行动,而且还要制止我们起事,飞行军官志贺中尉也指望不上了。因此,我们和军方断了所有的关系。现在,我们大家来想想往后应该怎么办。"

勋一口气说完。看到大家的脸都像水涨满了之后突然又退了一般,勋觉得自己的态度必须有弹性一点,尽管相当勉强,还是得面对这些脸。此刻,"纯粹"是赤裸裸的,而能够体会的只有勋一人。

井筒那坦率的好品质立刻发挥了作用,仿佛受了好消息鼓舞似的满脸涨红。

"重新制订计划就可以了,起事的日期没有必要变动,剩下的就看我们的精神和气魄了。军人终究只会考虑到自己的升迁。"

勋静观众人对这话的反应，却未见蛛丝马迹。每个人都好像藏身于竹林间的小动物般保持沉默。勋心想，太残忍了。现在除了强硬地使用自己权利之外，别无他法。

"井筒说得对，这件事要如期进行，撇开指挥问题不谈的话，现在就只有发传单和弄几支机关枪有点困难。传单还是要印，散发的方法另外再想。对了，油印机买了吧？"

"明天买。"相良搭腔。

"很好。我们有武士刀，昭和的神风连自始至终都用武士刀。让我们缩小攻击计划，加强攻击精神吧。既然大家都已经发过誓，我相信，大家会跟随我的。"

附和此话的呼声虽高，而热情的火焰并不如勋想象中的高昂，实际高度比本来应有的一尺高矮了一两寸，这种微妙差距就如冰冷的刻度般极其明显地在映在勋的心里。只有芹川表现得特别激动，他踢开花生壳，喊道：

"我们干吧！我们干吧！"

他紧握勋的手，一边摇晃不停，一边愤然落泪。勋觉得这名青年如同推销火柴的少年般教人心烦不已，此时需要的并不是这个啊！

当天晚上，众人讨论着如何缩小计划范围。最后形成放弃或坚持攻击日本银行两种对立的意见，僵持不下，于是决定明天再行讨论，就此散会。

众人纷纷离去之际，濑山、辻村和宇井三人说还有事要和勋谈。井筒和相良也想留下，勋却要他们回去。当晚值夜的米田和榊原也暂且到外面回避。

四人回到寒气逼人的屋子里。不等他们开口,勋也想得到是什么事。

第一高校的学生濑山不让其他两人发言,径自说了起来。青春痘的痕迹使得他的双颊变成荒野,他一面用火钳打碎已无火焰的火盆内灰烬的硬块,一面说道:

"希望大家相信,我这么说的动机纯粹发自友情,起事应该延期才对。我没敢在众人面前提起,是因为我觉得这对于以起事为前提的讨论来说就像浇上一盆冷水,而且可能引起误会。我们的确在神前发过誓,但是,这个誓是以没有发生任何重大改变为条件的,所以,誓约和契约在精神上是一样的。"

"誓约和契约不一样。"

辻村愤然从旁插嘴,他这么做似乎是把勋原本可能说的话抢先说了,其实,他话中含有对濑山微妙的奉承。濑山接下来的回话,更使得勋焦躁万分。

"对,那不一样,不能混为一谈,我收回刚才的失言。不过,我们的目的是要使当局发布戒严令,所以军方的合作就成了绝对条件,不止从飞机上散发传单,就连刚开始你曾说过的向国会投炸弹,也是必需的。有没有专家的指挥,对于现场的统一行动具有决定性的影响。现在没有了这些,单单以武士道和大和精神去做这件事,是不是一种妄动呢?我想,太过精神主义是应当警惕的。"

"妄动?没错,就是妄动!神风连也是轻举妄动。"

勋放低声音这么说,由于他的声音过于低沉,且清楚地表露出放弃解释的意思，其余三人因而面面相觑。

瀑布的流水在勋心里冲落而下，他的自尊心渐遭切割。他认为此刻最重要的并非自尊心，正因如此，被舍弃的自尊心为他带来了不可避免的痛苦。痛苦的另一端却浮现着好似傍晚云间的清澄天空般的"纯粹"。

他祷告似的想象着每个该遭刺杀的国贼的嘴脸，他越是陷入孤立无助，他们富于脂肪的现实性就越加增强，恶臭也会随之缓缓飘来。他将被掷入渐渐不安的世界，宛如夜海中的水母一般。把他的世界变成一个如此暧昧不清又令人难以置信的地方，都是他人的罪过。这世上一切不信的根皆源于他人那丑恶的现实性。当洁净的刀刃斩向他们高血压的皮下脂肪之际，这个世界的修复与加固才开始变得可能……

"你如果不干，我不会勉强你。"勋无法自制地脱口而出。

"不。"濑山咽了口口水，慌慌张张地说，"不，我们是这么想的，如果我们的意见不被接纳，我们就只好求退出了。"

"你们的意见确实不被接纳。"

勋觉得自己的声音仿佛是从遥远的地方传来的。

他们每天都在开会。

次日，最初三人脱离组织后，没有人步其后尘。第三天，各持己见的两派争辩十分激烈，意见相左的四名少数派愤然离去。接下来的那天，又有两人拂袖而去，至此，同志人数仅剩十一位，而起事日期却在三周后。

自堀中尉遗弃他们的十一月七日起，在十一月十二日第六次集合时，勋迟到了将近三十分钟。他上了二楼后，看见十个同志全都到齐了。此外，还有个不速之客坐在角落里，离大伙儿远远的，以致勋没有马上发现他。

他是佐和。

显然，勋的惊讶与愤怒已在佐和的预料之中，因此，勋更不可以像个孩子似的落入他的圈套里。勋觉得佐和竟然连这个地方都知道了，那一切就都完了！因为如果十人当中有一人背着勋暗自请佐和帮忙，那就再也没有一个值得信任的人。幸而，他马上意识到这种想法是一种病态，或许是脱离组织的那些人为消除自己良心上的苛责而请佐和来代劳，这种想法似乎比较合情理。

"我想大家也许饿了，所以带了大阪寿司。"

佐和别扭地穿着旧西装，对内衣有洁癖的他，却穿了领口有汗斑的白色衬衫，虽然系着领带，看起来却一副无情打采的模样，他盘坐在这房中唯一的垫子上，活像个木鱼。

"谢谢！"勋尽可能平淡地向他打招呼。

"我可以到这里来吧？我也算个赞助者……来！大家吃吧！他们都很顽固，都坚持要等你来了才肯吃，真是一群好同志呀！男人能有这样的同志，活得才有意义。"

勋被迫故作豪爽地说："大家别客气，吃吧！"

说完，率先拿起寿司吃了。勋想利用这吃寿司的时间好好想一下该如何处理佐和的事，但是咀嚼妨碍了思考；不过，吃寿司的这段沉默对他而言也算一种解脱。还有三周，生命就将告终，而这三周内不知还能享受几次这种吃东西的堕落。他记起神风连的楢崎楢雄在切腹前还大吃大喝的逸事。放目四望，众人都默默地吃着。

"请你把我介绍给同志们，好吗？虽然有两三位我曾在塾里见过。"佐和面露笑颜说道。

"这位是井筒，他是相良，那是芹川、长谷川、三宅、宫原、本村、藤田、高濑、井上。"勋逐一介绍。

这番介绍使勋忽然明白过来，变电所袭击队只剩下长谷川、相良和芹川三人。属于日本银行占领队的井上说，无论自己的任务发生了什么改变，也要忠实地和高濑一起留下。而要人暗杀队的人未曾变动。这证明了勋的眼光的确没错，分配了最有胆识的同志担任第二、三队。

开朗而轻信的井筒，个子矮小、鼻梁上架着近视眼镜的相良，东北神官的儿子、稚气稍重的芹川，寡言而滑稽的长谷川，忠厚而扁头的三宅，脸像昆虫般暗淡干枯的宫原，性喜文学、崇拜天皇的木村，情绪易激动却沉默的藤田，肩膀结实却患有肺病的高濑以及柔道二段、性情温和的井上，都是精心挑选的真正同志，只有这些懂得赴死原因的青年留下了。

昏暗的灯光下，勋在透着霉味的榻榻米上，窥见了自己内心火焰的确证。行将凋谢的花瓣已经凋零而下，只有骄傲的花蕊散发着光芒。仅仅这些尖锐的花蕊，也能刺进蓝天的眼。梦想越是不可能实现，大家越是紧靠在一起，不让理智乘隙而入，成为坚固的杀戮精髓。

"各位都是好青年，靖献塾的青年应该觉得羞愧。"佐和似乎在模仿《讲谈俱乐部》的方式说话，随后继续说下去，"是让我从今天晚上开始加入你们的行列呢，还是被你们杀掉呢？这就全看你们了。如果让我逃掉，那可就危险了。因为你们不知道我会到处胡说些什么，而且我还没发过什么誓。现在，各位是要完全相信我呢？还是要全然怀疑我呢？你们得作一个选择。如果你们觉得我还有点什么用处的话，相信我不是比较聪明吗？怀疑我的话，对你们确实不利。怎么样？各位？"

勋犹豫未决之际，佐和却出人意料地高声说出誓言：

"一、吾等效法神风连之纯粹，挺身除祛邪神扫荡奸鬼。"

"二、吾等誓为莫逆之交，相互砥砺共赴国难。"

由佐和口中道出的"莫逆之交"，刺激了勋。

"三、吾等不图权势，不为利己，誓以万死之决心，奠定维新之基石。"

"你怎么知道誓言的？"

勋斥责的声音里不自觉地流露出幼稚的埋怨。佐和以与他那肥胖且沉重的身躯极不相称的猎人式机灵，猛然抓住了勋的幼稚。

"我是凭灵感知道的。现在我已经发誓了，需要按血手印的话，我也会照办。"

勋环视其他同志，而后泛出苦笑。"我真是敌不过佐和，那么，请你成为我们的同志吧！"

"谢谢！"

佐和的表情乐不可支，表现出不合常识的天真。此时，勋才注意到，这人有着一口洁净如其内衣的牙齿。

当天晚上的会议颇有成就，主要原因在于佐和竭力说服了大家放弃让当局发布戒严令的奢望，而把这件事的范围缩减为单纯的刺杀。

只求正义之刀在黑暗中一闪光芒即可,见到刀光即知黎明将至,武士刀的闪光,会让人们联想起山巅锐利棱线上的浅蓝色曙光。

佐和说,暗杀者必须是孤独的,而且十二个人都必须具有杀掉十二个人的勇气和决心。起事日期选在十二月三日无须变更。既然袭击变电所的计划已经取消,那么与其选在晚上,不如改在黎明进行较妥。那些家伙的岁数大了,睡眠时间变短,因此选择他们将要醒过来,有微弱光线足以识别长相的时刻,而且是他们把头靠在枕头上,研究着今天该怎样制定统治日本的计划,并聆听着麻雀啼啭的时刻,应该比较妥当。从现在起,必须查明他们睡觉的地方,务必以十足的热诚行事。

听了佐和的意见之后,他们的暗杀计划变更如下。根据这个计划,财政界的首脑人物将寸草不留。

藏原武介——佐和

新河亨——饭沼

长崎重右卫门——宫原

鳟田信久——木村

八木升之助——井筒

寺本宽——藤田

大田善兵卫——三宅

神谷龙一——高濑

乡田稔——井上

松原贞太郎——相良

高井源次郎——芹川

小日向利一——长谷川

这个表涵盖了日本的金融、工业、资本家巨子，财阀操纵下的重工业中的钢铁部门、轻金属部门及造船部门代表人的名字也在名单内。由于那天早上他们将一同被杀，日本的经济必会遭受沉重打击。

勋对佐和的说服力甚表佩服，他竟然能舌灿莲花般将行刺藏原的任务转移至自己身上。井筒为藏原宅邸警备之森严而自我勉励时，佐和趁机说：

"藏原家自晚上九点到第二天早上八点都不让警卫接近，这段时间最有可乘之机，把这个任务交给我这个老头吧！"

井筒甘拜下风。

"从今天起，我每天都会来这里传授刺杀的要领，最好能做个草人，凡事都必须注重练习和准备。"

说完，佐和将手插入裤袋，拔出勋曾见过的白鞘短刀。

"我来教你们吧！请注意看，敌人就在那儿，他害怕得发抖，是一个平凡、可怜、有点年纪了，和我们一样的日本人。切记不能有丝毫怜悯之心。他们就是因为一直没意识到本身的恶，因而使得恶在他们体内生根。必须正视他们的恶。你们看见他们的恶了吗？能不能看到，就是这次起事成功与否的关键。我们必须剔除肉体的障碍，打击存在于他们内部的恶，你们注意看！"

佐和面向墙壁，像猫一般做了个弓背的姿势。

看着，看着，勋察觉，像他那样全身扑向对方之前，必须跳过许多河川。人性主义的渣滓如同河流上游工厂所排出的矿物毒素，自成一条黑暗的小河。河流上游有夜以继日工作着的西欧精神工厂，灯光灿然。就是那工厂的暖水降低了崇高的杀意致使杨桐叶褪尽绿意，甚至枯萎。

对，就迎面冲向敌人。挥扬着刀的身体在不自觉中翻越了墙垣，到达了彼端，感情迅速熄灭进而迸出火花。敌人顺其自然地主动向刀刃扑来。如穿梭竹林时粘在衣袖上的山苋菜，刺杀者的衣襟上也不知不觉地染满血渍……

佐和将右肘紧贴体侧，用左手握住右手腕，保持刀刃的平衡，然后扬起如同出自那肥胖身体的刀刃，"呀"的一声，连刀带人冲向墙壁。

次日起，勋着手研究新河家的宅邸。

位于高轮的新河宅邸，墙垣高筑，却被勋发现了一处破绽。在后面的坡道上，为保护院内的巨松，在墙壁上树枝向道路伸展的地方开了个豁口，可以攀上松树潜入院中。当然，新河宅邸警备森严，在树干周围缠上了带刺的铁丝网，不过它所能造成的伤害并不大，不足为惧。

周末经常外出旅行的夫妻，星期五大都会在家过夜。这对极尽崇洋之能事的夫妻可能是睡双人床，总之，是纯英国式的寝室。像这样的大宅邸，客房一定不少，而男爵夫妻当然是选择面南的角落，因为海景在东边，所以东南角最为合适，是一个视野最美的房间。

新河男爵宅邸的草图不易获取，他在旧的《文艺春秋》的随笔栏里看到了新河亨写的一篇矫揉造作的文章。新河对自己的文采颇具信心，在他那篇文章里，随处可见"妻子……""妻子……"的字眼。他这种作风看似不经心的情感流露，又像是在借此讽刺那些提及自己的妻子时必以"贱内"称之的日本积习。

他的随笔，题目是《深夜的吉朋》，现援引其中的一部分：

（前略）就任何层面而言，吉朋的文章均享盛名，才疏学浅如我，早知无法窥其堂奥，即使如此，我也看得出《罗马兴亡史》日译版的金石之声已丧失殆尽。因此，最好是读一九〇九年出版，内页附许多插图，由 J. B. 布里教授所编辑的一套七册未删节版。在小床头灯下读吉朋的书，总会爱不释卷，迟迟不肯就寝，而身旁妻子的鼻息和翻动书页的声音，以及巴黎露·罗瓦公司生产的古董钟的走动声，不久便成为静谧寝室中的三重奏。而照亮吉朋作品的微弱灯光，也成了我家最后熄灭的理智之灯。

看完这段，勋设想趁着黑夜先潜入新河宅邸，注意观察那栋西式主楼二层的东南角，如果那儿从窗帘露出灯光，而且是最后熄灭的，便是新河男爵的床头灯。为达这一目的，需要在半夜潜入宅内，等到最后那盏灯火熄灭。那么大的宅院里，必定有夜警巡逻，但是，一定也会有许多树荫可作为藏身之地。

想到这里，勋不免心生疑惑，既然明知公开身边的事物是一种危险，男爵又何以在杂志上发表这种具有危险性的文章？会不会是故意设套呢？

二十九

时候接近十一月底，勋的心里满是去跟槙子告别的念头，而且这个想法在心中翻腾许久。他已经很久没有见到槙子了。一来是因为太忙，形势又多变化，而且根本没有时间也没有心情留意其他的事。再者，对于这种死别，总觉得有些耻于开口；尤其令他顾忌的是在面对槙子时会过于紧张，以至于压抑已久的感情会出其不意地汹涌而出。

如果就这样不辞而别，虽然显得悲壮而美丽，但在情理上却无法交代。而且每个同志身上都佩戴着槙子送的祈福百合。槙子就好像主司这场神圣的百合之战的女祭师。无论如何，勋都应该代表同志们向她致意才是。转念至此，勋觉得此行理直气壮，心情笃定多了。

一想到突然去拜访槙子而槙子又不在，他就禁不住开始颤抖。因为要他再一次提起勇气去看她，实在非常困难。当晚出现在玄关迎接勋的槙子，无论如何都必须最后一次展露出她美丽的容颜。

勋一改平常的习惯，虽然知道这样做会令人觉得很唐突，但他还是毅然打电话问槙子是否在家。刚好那天父亲的学生从广岛送来大批的牡蛎，母亲想分一桶给经常照料儿子的鬼头中将。这给了勋一个名正言顺的理由，真是一个幸福的巧合。

勋穿着制服，拎着小桶，向槙子家走去。此时已经是晚餐过后，所以不用为了配合对方的用餐时间而慌张赶路。勋想到在决意赴死却又不能明说的诀别场面，还要带着一桶煞风景的牡蛎，心里不免嘀咕埋怨。牡蛎犹如浪花舔舐崖壁般发出细微的声响，而海好像被推进了那个小小的黑暗里，开始在里头发臭。这大概是此生最后一次走在这条路上了吧？那走惯了的三十六级石阶也是最后一次见到。在无风但犹觉冷峭的夜里，登上好像瀑布般垂在眼前的石阶，勋猛然止住脚步，转身回顾来时的路。

鬼头家南面的斜坡上有两三棵棕榈树，冬日的寒星透过树梢，尤显清冷。山下村落的灯火也不灿烂，倒是白山附近的商店街一片通明。万籁俱寂，只有偶然的犬吠声划破眼前似乎被冰冻住的沉默。这幅景象如此平静，远离一切流血与死亡。自己即将赴死的命运，一点也激动不了这个社会；这个社会也不会了解自己何以选择死亡；而这死亡所掀起的骚动，想必也不会骚扰到他们的安眠吧？

来到鬼头家门口，按了门铃，槙子像早已等在玄关似的很快开了门。

平常勋都是在玄关脱了鞋再进去谈话的，但是今天他怕话一讲多了，感情会浮到表面上来，于是便拿出小桶说道：

"家母吩咐我送来的,是客人从广岛带来的牡蛎,想分一点给你们。"

"谢谢。谢谢你送来这么珍贵的东西,请上来坐。"

"不!我这就告辞了。"

"为什么!"

"我……还要读书。"

"说谎。我知道你不是那种死抱书本不放的人。"

槙子极力挽留他,说完便匆匆入内。勋隐约听见鬼头中将叫他上来的声音。

勋闭上眼睛,贪婪地享受着一路上迫切渴望见到槙子的心情。他想把她那美丽白皙的笑容丝毫不损地全封存在心里,可他越是心急,她那美丽的容貌就越像碎了的镜子般四散纷飞。他还是马上离开比较好。不辞而别,也许会被人误以为任性或不懂事,但是事后他们终究会了解他此行的意义。玄关幽暗的灯光巧妙地将勋的感情隐藏了起来。

当勋转身正要离开玄关时,听见了槙子回来的声音。

"啊!为什么急着要走?家父请你一定要上去坐坐。"

"我告辞了。"

勋掉头就走,就像做了一件危险工作似的,他清楚地察觉自己的心脏狂跳不已。他真想飞快地跑掉,又怕显得太突兀了,一切功亏一篑,于是决定不循原路回家,改向后山的白山神社走去,打算穿过神社绕路回家。

但是到了白山前町那条没有人烟的小径上,打算转入白山神社时,他远远望见了槙子尾随而来的白色身影。勋并没有停下脚步,他决心不要再看到槙子的脸。

那是一条位于神社后方绕着白山公园的小路。通往神社正面的路尽头,有一座廊桥架在那里,连接着拜殿和社务所。勋心想,他只要沿着灰暗灯影下的格子窗户走过去就不会被发现。

可是槙子终于开口叫他了。勋不得不停下脚步。但他又觉得,如果在这里停下来,会有意想不到的不祥之事发生。

他没有回答,反而转向和公园方向相反的小山丘。山丘的顶端有一座升旗台,下方是一处杂草丛生的断崖。

不久,身后终于响起槙子低沉的声音。

"你在生什么气?"

她的声音不安地在黑暗中回响,勋不得不回头了。

槙子把反射着银白色光泽的毛披肩拉高,掩住了鼻子但是神社前的灯火还是照出了她脸上的泪水。勋觉得自己快要窒息了。

"我没有生气呀。"

"你是来告别的吧?对不对?"

这种毫无脉络可寻的事情,槙子竟然铿锵有力地说了出来。

勋一言不发地看着眼前的景色。大榉树树根隆起,裸露在地面上,细长的枯枝伸向天空,使天空呈现龟裂状,星星在树梢尖上闪烁着。断崖边有两三棵柿子树,稀疏的叶片绘出了一抹抹的黑影。山谷的那一端,高处人家的灯火像雾一般盘旋着。从这里看去,那闪烁的灯火绵延成一大片,却一点都称不上热闹,像是沉在水底的石砾一般。

"我说得没错吧?"

槙子又问了一次,她的声音逼近他的脸庞。勋的双颊也顿时灼热了起来。她冰冷的手指像刀刃般插向他的后颈。当他预感到头将被砍掉时,一定也像现在这般寒冷。他战栗不已,眼前一片空白。

槙子能够这样把手伸到勋头上,一定已经来到勋面前了,但是勋并没有注意到她。槙子一定以非常快的速度转到了勋面前,然而勋竟没有看见她。

他依然没有看见槙子的脸,映入他眼帘的是垂在他胸前的比夜更黑的黑发。槙子的脸就埋在他的胸口。他只闻到槙子散发出来的香水味。他脚上的木屐颤抖着发出吱吱声。因为有点站不稳,就像溺水者急着想抓个什么逃生似的,他将双手绕到槙子背后抱住了她。

但是他抱在怀里的,只不过是外套里面硬得像鼓一样的腰带结。那是比抱住槙子之前更遥远的一种物质。然而,这种触感带给勋的感受,是他对于女人身体所具有的一切先入为主的观念的显现,是一种比裸体更为赤裸的感受。

这个时候他开始感到如痴如醉。醉意从某一点开始迸发,突然像奔马般挣脱了缰绳,在他抱着女人的双手上加了一股巨大的蛮力。勋感到互拥着的两个人像船桅般摇晃着。

伏在他胸口的脸抬起来了,槙子的脸抬起来了!那正是勋每晚在梦里梦见的脸,也是他夜夜期待着和槙子诀别时所希望看到的脸。那张不施脂粉、美丽白皙的脸庞上闪着泪光。那紧闭着的双眼比睁开时更有力地凝视着勋。那是一张仿佛从很深的潭底浮上来的大水泡般的脸。唇在黑暗中战栗地吐着短促的气息，勋无法忍受那唇就在眼前。想要使那两片唇消失无踪，除了去触碰它别无他途。就像落叶飘落在已经飘落地面的落叶上一样，勋一生最初也是最后的吻就这样自然地落下。槙子的唇，让他忆起了梁川边的红樱落叶。

唇一旦接触后，那如蜜汁般的流动使勋惊愕不已。世界在唇的接触点上战栗着。他的唇从那一点开始渐渐地变质了，被一种无法言喻的温暖软滑的东西浸渍着，当他咽下槙子的唾液时，这种感觉到达了高潮。

当两个人的唇分开后，他们拥在一起哭了。

"请你告诉我，什么时候行动呢？明天？后天？"

勋知道自己恢复冷静后就绝对答不出来了，所以他急速地答道："十二月三号。"

"那只剩下三天了，我们能不能再见一次？"

"不！我想是不可能的。"

于是两人默默地并肩走着。因为槙子故意绕远路走，勋不得不跟着她穿过白山公园的小广场，来到神舆仓库旁边的幽暗小路上。

"我决定明天到樱井去。"黑暗中又响起了槙子的声音，"我要到大神神社为你们的武运祈福，替你们每个人求一个护身符，在二号那天送去给你。你们需要几个护身符？"

"十一个。不！十二个。"

勋基于一种羞耻心，不敢将大家都带着上一次槙子送的百合花瓣行动的事告诉她。

两人走到神社前的灯下，广场上渺无人烟。槙子又说直接把花送到靖献垫怕是不妥，所以要勋告诉她藏身之所，勋写在小纸片上递给她。

虽说有灯，不过是山下照相馆所进献的五烛光长明灯罢了。微弱的灯光隐约照出了石狮、金字匾额、喷火的龙浮雕和正殿前的阶梯。浮现出的白色部分有神社前的白纸条。如此微弱的灯光，竟也照到了隔着两三栋房子的社务所的白墙上，映出了杨桐树美丽的叶影。

两人各自在神社前默祷后，在幽长的石阶上告别了。

三十

十二月一号早上,勋假装去学校,直接来到了藏身所。

除了佐和由于塾长派他出去办事而无法出席外,剩下的十个人都到齐了。这次集会的目的,是商议后天起事的细节,并且进一步起事后全部人员都要切腹的心理准备。勋觉得所有同志的表情都很镇定,而且眼神里闪烁着热情与毅然的光芒。

他们卖掉两把武士刀,买进六把短刀,这样每个人就都有了一件锋利的武器。有人提议,为了以防万一,大家应该在身上再藏一把短刀,大家也都同意了。

虽然大家都知道,危急时刻服毒自杀最为有效,但没有人愿意用这种娘娘腔的方式自杀。

每次集会人员全部到齐之后,习惯上总会把玄关的大门锁好,所以当敲门声响起时,大家以为是佐和脱身前来了。井筒跑下去问:"是佐和吗?"

"是。"

井筒以为是佐和回来了,于是开了大门。这时,一个陌生男人闯了进来,推开井筒,穿着鞋子就朝楼上冲。

井筒大叫:"快跑!"

但是第二波、第三波的人迅速跟着涌了进来。

井筒的双手被反扭起来,动弹不得。从二楼跳到院子里的人,也被从后面围上来的刑警抓住了。勋拔出身边的短刀想切腹自杀,但被一名刑警制住,纠缠中,刑警的指头被划伤了。井上与一名刑警扭在一起,又用柔道摔倒一人,但终因警察人数不断地增加而被制伏。就这样,十一个人都被戴上手铐,带到了四谷分局。

当天下午,佐和回到靖献塾时也被逮捕了。

三十一

"十二名右翼激进分子

在集会时被一网打尽

武器及宣传文字全部被扣

全案正由警方积极调查中"

看见早报的标题时,本多只嘀咕着又发生这种事了,倒没有特别留意。但是当看到被收押者的名单中有饭沼勋的名字时,平静的心情和漠然的态度立即被打破了。他很想马上打电话给东京的饭沼探询此事,但他的世故让他没有这么做。

第二天的早报上,赫然刊登了勋的照片,而标题则更大更醒目。

"昭和神风连"事件真相大白

企图以一杀一粉碎财政界

首犯竟是年仅十九岁的少年"

照片不太清楚,但是那双眼神仍是本多邀请他来家里做客时的眼神;是一双无法和家常便饭相容的眼神,闪耀着一种异常的光芒。那是一副认真的不得了的模样,勋仍然没有改变。本多意识到自己从法律观点来分析事物的倾向,不禁轻轻地叹起气来。

勋已满十八岁,不再适用少年法了。根据新闻,同党除了一名叫佐和的中年男子外,其余都是二十岁左右的青年,其中该有少年法的适用者吧?但十九岁的勋,已没有这个可能了。

本多从法律的观点想象着最恶劣的情况。他觉得在模糊的新闻报道后面,好像有什么东西隐藏着;表面看来是一桩少年们轻率的暗杀事件,但调查的结果会暴露出什么让人吃惊的内幕呢?

实际上,在今天的早报里,已经出现对某些流言的反驳文字。而军方为了避开自五一五事件以来的偏见,还特别作了声明:

> 陆军军官与此事无关。
>
> 每次有此类事件发生,社会上就自然产生有青年陆军军官参与策划的言论,对此,当局深表遗憾。自"五一五事件"突发以来,军方对内部管理及军纪恪守十分重视,军方所做的努力已是公认的事实。

陆军当局的这份声明,反而更使人猜测:这次事件的背后,有什么其他力量在左右?

如果发展成触犯刑法第七十七条——意图"紊乱朝纲"的话,事态就十分严重了。但是从新闻报道看来,这个事件应该以"起事未遂"论之,还是应该以"阴谋造反"论之,并没有清楚地表示。本多记起勋推荐他读《神风连史话》一事,再想到如今号称"昭和神风连"的勋及其伙伴们,不禁产生一种不祥的预感。

那晚的梦中,他看见清显像是在求助又像是在抱怨他夭折命运似的悲凄目光。醒来时,本多的心中已有了决定。

法院里,大家对本多的评价似乎比以前差了一点;和他比较熟稔的同事也觉得,自从秋天自东京出差回来以后,他变得相当冷漠。大家都说本多有点变了,纷纷猜测是因为家庭问题或是女人的关系。因此,他一向最被称道的准确而又敏捷的判断能力,也受到了怀疑。院长也觉察出了这种气氛,暗自摇头叹息,因为他比任何人都更相信本多会有个飞黄腾达的未来。

自从秋天去东京出差归来,本多在心理上所发生的变化,虽然并非由于女人的缘故,但同事们将其归于诗的范畴却没有错。能够看出本多脱离理智的常轨,踏入了杂草丛生的感情小径,这种眼光已经非比寻常。然而如果是二十岁左右的少年产生这种梦幻般的热情,还可以被理解。但本多的年纪已不适合这种浪漫色彩。看他不似一贯清明理智的眼神,根本不像是个受过法律专业训练的人。同事们的怀疑主要集中于这一点。

如果从国家正义的角度来看,本多的情况虽然不能称之为罪,但是其中确有某种"不健全"的成分。然而,对这情况最清楚又最感到诧异的是本多自己。

几乎已经变成自己本能的所谓法律上的"正义",原本有如盘踞在令人目眩之高处的鹰巢,如今竟遭受梦的洪水和诗的浸润所威胁。事情如果只是这样也罢，但更可怕的，并不是这种梦的袭击彻底地破坏了本多至今深信不疑的人性的先验性，以及他对于自己属于法则世界而非现象世界的夸耀和喜悦，而是让他看见了耸立于这个人世法则的背后，那道更高更严峻的白色法则的围墙。那仿佛是一道极致光环的闪动，一旦瞥见了它，就永远无法重返悠闲的日常性信仰。

这不是退步而是前进，不是回顾而是先见。关于勋就是清显再生这件事，对本多而言，是一种超越了法律的法之真理。这种思想早在少年时代聆听月修寺住持的法言时就已萌芽。当时的他，心中已对欧洲自然法[1]的理论不甚满意，而对于把轮回转生的思想也纳入法律条文中的古印度法典——《玛努法典》十分倾心。

所谓法律，并非只是单纯地整理混沌，而是由混沌中找出原则来，就如同在脸盆的水面上捕捉月影一般。由此看来，比起以自然法为基础的欧洲的理性信仰，或许有一种更深层的、单凭直观去感受反而更正确的可能性。但是这种正确，与以实施实定法[2]为任务的法官所持的正确是不同的。

像这样的一个男人和同事们在同一栋建筑物里工作，会让人感到多么不舒服，本多自己也心里有数。那就如同井然有序的精神之屋里摆着唯一一张落满尘埃的桌子。从理智的角度来看，没有比执着于梦境的人更无药可救的了。因为梦总会让人显得慵懒散漫，赋予精神以肮脏的衣领、背上的褶皱、膝盖部

---

[1] 指人类所共有的权利或正义体系，作为一般承认的正当行为规范。

[2] 因人的行为所制定，在一定的时代及社会实际施行的法律。

鼓出的长裤等风情。本多并没有做什么也没有说什么，然而却在不知不觉中触犯了公共道德。他知道同事们看他的眼光，就像在看干净的公园步道上的纸屑一样。

在家里，梨枝也没有说什么，她是个绝不会去窥视丈夫内心世界的女人。她不可能不知道自己丈夫的转变，也不可能不知道她的丈夫被什么吸引了。但她一句话也没说。

本多不想把心中的决定告诉她，并非怕被她嘲讽或取笑，而是被一种微妙的羞耻感所阻。这种羞耻感正是他们夫妻间的特质。更进一步说，那正是这一对保守而平静如水的夫妻关系中最美丽的部分。本多几乎是在无意识中察觉到了自己的新发现和新变化中所蕴含的意义。这对夫妻仿佛是在这最美丽的部分里沉默地缄守着不能公开的秘密。

这阵子梨枝侍候丈夫的生活起居的确煞费苦心，得细心留意丈夫工作的空当时，侍候丈夫进餐。但是梨枝没有发牢骚，也没有露出一副寂寞的样子，更不会因为没有表现出自己的寂寞而觉辛酸。她在肾炎发作时鼓胀着的脸，像京都人偶般略增了几分稚气，而这张脸又在不知不觉间恢复成了她平常的脸。就算微笑时露出了几分寂寥，也不会表现出她内心的期待。

她会成为一个这样的女人，一半是由于父亲的关系，一半是因为她的丈夫从来没有让她尝过嫉妒的苦恼。

勋的事件在报上以如此大的标题刊登来以后，本多没有提，梨枝也没说什么，但在吃饭时，再这么沉默就不自然了。

一天，梨枝淡淡地说："饭沼的儿子真不简单！他来我们家时，看起来就是一副乖巧而认真的学生样嘛！"

"嗯……乖巧和认真跟这事件并不矛盾。"

本多反驳地说。但是梨枝感受到那反驳中有一种温和的不以为然,而且是深思熟虑后才讲出来的。

本多的心被触动了。当初想救清显却没能救得了,是本多青年时代的最大憾事。这次,无论如何都要把勋救出来不可。一定要把他从危难和污名中救出来。

社会上的同情之声也是本多倚重的一大支柱。由于举事者多是未成年的孩子,社会大众对他们绝对不会有恨意,反而会同情他们才是。

本多梦见清显的第二天早晨,在心中下了决定。

饭沼穿着有长披肩的大衣到车站迎接本多。他的胡子暴露在十二月冷冽的寒风中,不停地抖动。或许是站了太久的缘故,他那双红色的湿润眼睛中现出一丝疲态。他对从车上下来的本多十分客气,连忙叫塾生为他拿公文包,并且连声称谢。

"谢谢您,有您出面,我就放心了,勋实在是太幸运了。可是本多先生,您还真是能下这么大的决心呀!"

饭沼让学生把本多的行李送到旅舍,然后两人相偕到"银茶寮"共进晚餐。

圣诞节的灯饰在无月的夜中闪烁,显得灯火辉煌。据说东京此时已有五百三十万人,但是看过这样的人潮后,让人觉得萧条与饥馑似乎只是一处遥远的火警。

"接到您的来信,内人高兴得都哭了。她把您的信一直供在神龛上,早晚膜拜。不过,法官不是终身制吗?您为何要辞职呢?"

"生病了，没办法。无论法院方面怎么留我，我都用医生的诊断证明书挡掉了。"

"什么病啊？"

"神经衰弱。"

"不会吧？"

饭沼沉默下来。他的眼中有种不安的神色闪过。他这种诚实的态度，令本多对他怀了一分好感。本多知道，当法官面对一个自己不太喜欢的被告，想抹杀他在一刹那间所显示出的诚实时，也会对他产生某种程度的好感。他想，律师对他的委托人所抱的感情，想必更具戏剧性的味道。在法官心中，一瞬即逝的好感，应该有其伦理上的源泉。站在律师的立场上，就要尽量利用这种好感才是。

"我是'另有任用，特准辞职'的，所以还是有法官身份，不过是退休法官。我明天就到律师公会去登记，核准后就可以开始工作了。这次的辩护工作是我自己选择的，所以我一定会全力以赴。现在这样辞职，在头衔上不大好看，但是自己情愿嘛，也就无所谓啦！被告还是自选律师比较好。至于报酬嘛，我在信上已经说清楚了。"

"本多先生，您实在是太好了！可是我怎么可以平白无故接受您的帮助呢？"

"我不是在信中提过了吗？我不想收费，并且以此为条件才接下这个工作的呀！"

"您这……这叫我怎么说才好呢？"

饭沼端正身体，磕了好几个头。

"可是，您这么做，您夫人很吃惊吧？还有令堂也很担心吧？她们一定极力反对吧？"

"内人是没有说什么。家母那边我已经用电话告知了，刚开始时似乎吓了一跳，后来也很爽快地答应了，说我想怎样做就怎样做吧。"

"真是太了不起了，你们一家人都让我感激不尽。内人就比不上了，今后还要请您教我指导太太的秘诀，要她多多向您夫人学习……不过，好像也太晚了。"

两人都笑了起来，打破了主客间一直相当尴尬僵硬的气氛。时光好像倒流了二十年，仿佛是学生时代的本多及学仆饭沼，正在商谈如何拯救不在场的清显。

街上的灯火在毛玻璃上忽明忽灭。那入夜后的热闹好像也和饥饿与不幸连接着，两种不同的夜显现在这餐厅里，桌上色泽鲜艳的佳肴似乎和阴暗冷湿的拘留所连接着。于是过去的事情带着一种无奈和不满，连接着这两个中年人的现在。

已经步入中年的本多，想到自己这辈子可能再也不会这样主动地作这么大的牺牲，便想把汹涌在心头的那股奇妙而强大的热情深深地铭刻。作出这种任何人都认为不智的决定后，反而觉得身心清爽了起来，心中的那种温暖，实在无可比拟。

这件事不该由勋来感谢本多，而应由本多向勋道谢方是。若没有勋的转生以及勋这种行为的刺激，本多说不定已经成为一个住在冰山里沾沾自喜的人了。他原来所认定的安稳其实是冰。在发现自己也能用其他方式思考时，只能意识到自己的不成熟的话，其实他是连成熟的真实意义也不明白啊。

饭沼似乎十分焦躁地饮着酒,一杯又一杯地喝着。酒滴沾在他的八字胡上,就像这个一生靠着卖一种思想维生的男人,其思想的珠滴天真地残留在了八字胡上。因为他把某种信念当作谋生的工具,又把思想当作生活,饭沼的理亏和罪过在他脸上涂上了一抹乐天的自我欺骗的阴影。他的姿势好像浑然忘了在岁末的寒风中战栗的儿子,像一张伫立在旅馆玄关的水墨屏风般,把感情及一切的虚饰都当成一个形态来表演着。他把思想当作一种臭味随意地喷洒在自己身上。他距离过去带着深远而黯淡的眼神,给人郁郁寡欢之感的青年时期,已经很远了。他的世故及苦恼,尤其是他的屈辱,使他现在因他儿子的光荣行径而昂首挺胸,这没有什么好奇怪的。

本多心想,这个父亲一定是在无言中把什么东西转移给他的儿子了;父亲以前的屈辱变成对权势的对抗,表现在了那样纯洁的呐喊及行动上。

本多突然想问饭沼一件有关勋的事。

"勋是不是实现了您从进入松枝家就一直所抱持的梦想?"

对于本多这句话,饭沼断然地驳斥:"不,他只不过是我的儿子而已。"

随后饭沼就转移了话题。

"现在想来,少爷那样度过了他的一生,是最自然也最符合天意的。但勋是个听话的孩子,年纪也还很轻,因为是生在这种时代,所以才会做出那种事情。也许,想教少爷武道是由于我的自卑心作祟。我觉得少爷他死得好委屈。"

谈到这里,饭沼的声音与刚才不同,充满了情感,令人觉得像是冲破了堤防的水，滔滔而出。

"但同时，少爷他那样地跟着他自己的感觉行动，一定也在其中得到了一些满足才是。至少，我愿意相信事情是如此，而这种信念在我心里一天天地加深。当然这里面也有我非信不可的任性成分在。少爷如此度过了他的青春岁月，我在他身边，虽然觉得焦虑不安，却毫无作用，完全是徒劳。跟他比起来，勋是我的儿子，我按照自己的意思严格地教养他，他也尽力配合我的意思在努力。他十几岁就获得剑道三段，本来是足够了，但后来就走过头了。他之所以如此，可能是过于从正面看父母的生活所使然吧。他会有此错误，一定是他太早想脱离父母的引导，对于自己过分相信，擅自行动所导致的。这次事件，如果能由于您的努力而判轻点，对勋来说会是最好的教训。本多先生，他不会被判死刑或无期徒刑吧？"

"您不必担心这一点。"本多简单地回答。

"真是谢谢您，您真是我们父子这一生的大恩人。"

"等到判决下来再道谢吧。"

饭沼一再叩头。他被感情淹没之后，他那庸俗及定型的表现一下子崩溃了，加上酒醉之故，他的眼睛湿润、神情迷蒙，令人有种不知他会突然说出什么话来的感觉。

"本多先生，您现在在想什么，我很清楚。"饭沼突然拉高嗓音激动地说，"我知道您在想，我这么龌龊污浊，却有个那么纯洁的儿子。"

"没有这回事……"本多觉得有点不耐烦，这样回答。

"不！是的！一定是的。既然说出来了，那我就告诉您真相吧！我儿子在起事前三天被捕，您以为这是谁的关系？"

本多觉得饭沼要说出什么不该说的话，但是他来不及制止。

"本多先生，您如此大力帮忙，对您说这些话我真的很难过。但委托人对律师是不该有所隐瞒的，所以我坦白对您供认：是我，是我去警察局告密的。我在千钧一发之际，救了我儿子一命。"

"为什么？"

"您说为什么？不这么做，那他就死定了。"

"可是，且不管这件事的对错，您身为人父，难道不考虑让儿子去完成他的心愿吗？"

"那是因为我看得远。我总是看向未来的，本多先生。"

饭沼多毛的手脚由于频频喝酒的缘故红了起来，动作也敏捷多了。他伸手去拿那件叠好的大衣，摊开给本多看。

"就是这个，这个就是我，这件长大衣就是我。这件长大衣就是所谓的父亲。在冬季黑暗的夜空里，将这件大衣摊得远远的，覆盖住我儿子奔走的大地。我儿子到处奔波想寻觅阳光，我却把这件黑大衣掩盖在他头上，让他觉得四周是一片黑暗、冰冷的世界。当清晨到来，我会撤去这件大衣，让他能充分地感受到阳光的明亮温暖，所谓父亲就是这个样子，不是吗？本多先生？我的儿子没有充分认识这件大衣的意义就率然起事，他是应该受惩罚的。但是，长大衣知道现在还是夜晚，不能让他死掉。

"那些左翼激进分子，您越是压抑他，就越是助长他的声势，日本几乎已经被那些势力所吞噬。另外，日本之所以如此柔弱，是因为某些政治家及企业家的缘故。这些事即使我儿子不告诉我，我也清楚得很。日本值此危急之际，捍卫国土的哨兵自当毅然奋起，我们就是这些哨兵，那是不用问的。但改造也要考虑时机的问题，仅有热切的心志是不够的。我的儿子太年轻了，还体会不到这一点。做父亲的我也是有志气的，我有胜于儿子的忧国情怀。妄想改革一切而隐瞒于我、偷偷地蠢蠢欲动的儿子，根本不了解他父亲的志业及苦衷。他只是个孩子，我却能高瞻远瞩，如果不起事会更有实际结果，是最好的了，不是吗？

"听说为'五一五事件'请求减刑的请愿书也曾堆积如山，舆论的同情力量一定会倾向于这些年轻的被告，这点是可以预料的。因此，我儿子没失掉他一条命，反而能光荣地回来，'昭和神风连'饭沼勋之名，一定会受垂青，他这一辈子吃饭都不成问题啦！"

本多哑然。

他之所以哑然，是因为他怀疑真相是否只有这些呢？若如饭沼所言，先救了勋的是他父亲，那么，接下来打算救勋的本多，就变为完成饭沼计划的助手了，而他连工作都辞掉，免费来为勋辩护的好意，全成了泡影。这粗暴地亵渎了潜藏在本多内心深处的善意。

但本多并没有生气。自己想要为之辩护的是勋，不是他的父亲。无论他的父亲多卑鄙，都不会波及他儿子。勋动机的纯洁，并不会因为他父亲而有任何污染。话虽如此，理应对饭沼无礼的说辞生气的本多，竟保持平静，是有理由的。

因为从饭沼一杯接一杯喝着酒,以及他多毛的手指不停地颤抖之中,本多看出了隐藏在饭沼心中绝不会透露的某种感情,或许那正是他告密的真正动机——那就是对他的儿子将要实现的血的光荣及壮烈的死,所怀有的一种无法抑制的嫉妒。

三十二

洞院宫治典王殿下也由于这次事件受到了极大震撼。本来，殿下对一个只见过他一次的人，通常是不会留下什么印象的；但是，因为是崛中尉带去的人，勋让他印象深刻。

勋的事件爆发之后，殿下立即吩咐手下不得泄露勋见过他的事。这是自然的。因为这里有宫内省派到洞院宫府的大臣，殿下对此人向来不太信任。

洞院宫殿下与崛中尉是因为在一起讨论世局，发觉彼此见解相似、志趣相投，而逐渐接近起来的。宫内省对殿下不分贵贱，凡有请谒一律接见的作风颇为不满；而殿下对宫内省的多方约束也十分反感。特别是殿下出任山口的团长时，传出他激进的谣言，也颇令宫内省猜疑。宫内大臣和宗秩寮总裁曾在洞院宫殿下到东京之际作了礼貌性的拜访，若无其事地提出劝告。

殿下默默地听，一句话也没有回答。由于沉默的时间很长，宫内大臣担心洞院宫会说出什么严厉的话来。果然，殿下半启那双充满威严的细长眼睛看着他们两个，缓缓地说：

"你们对我的干涉不是今天才开始的。宫内省固然是在维持皇室的礼仪法度,但是,若要干涉的话,也应该公平处理,我不明白你们何以一直对我特别刁难?"

洞院宫殿下因为竭力想抑制他的愤怒,以致说起话来显得断断续续,这种压抑更让人感受到其中的怒意是多么强烈。他不给宫内大臣反驳"绝无此事"的机会,接着说:

"当年,就那个本该成为我妻子的人,松枝侯爵曾无礼地羞辱我,宫内省偏袒侯爵毫不理会我的难堪。连皇室受臣民的侮辱时都如此,宫内省到底是为谁而设立的?从那以后,我对于你们的态度就不相信,这有什么好奇怪的吗?"

宫内大臣和宗秩寮总裁无言地匆匆退下。

殿下对崛中尉的慷慨陈词十分激赏,而对于自己被视为从覆盖在日本上空的乌云缝隙间露出的一角蓝天,感到很是安慰。殿下的内心曾受过很大的伤害,而今,他的伤口反倒成为某些人的光耀及希望,这种情形令他欣喜,但他并不打算做进一步的事。

勋的事件爆发之后,在满洲的崛中尉音信全无,洞院宫殿下对这次事件只有靠与勋一面之缘的记忆来推测。当他想起那个夏夜少年清澈而狂热的眼神,就能感受到一股赴死的决心。当时勋献给他的《神风连史话》,至今还放在团长办公室的书架上。他想在那本书里找寻这次事件的线索,因此趁军务的闲暇读了一遍。与其说殿下是被这本书所吸引,不如说是被那晚勋狂热而又激动的言辞所吸引。

军队朴素的团体生活,多少影响了与世隔绝的殿下的意识,因此他十分喜爱军队。但军队里也有上下阶级分明的礼数。殿下从未接触像那个民间少年般，因为接近纯洁的火焰而受到灼伤，因此，那晚与勋的对谈成了他难以忘怀的一段记忆。

什么是"忠义"？对军人而言，不需要怀疑这个，因为军人的忠义是被赋予的。

那个神情激动的年轻人，曾说过类似这样的话。这些话的确唤醒了殿下心中的某些东西。想一想，自己似乎摆出了武士般的坚强姿势，委身于军人应有的忠义规矩里，但实际上，他是为了逃离让他伤心的一切才躲避进去的；他从来没有想过"焚身为国"那种极致的忠义，同时，他也没有必要去思考那样的忠义。接见勋的那个夜晚，他才首次见到如此炽热鲜活的忠义的典范，这一点令他十分激动。

洞院宫殿下自然有随时为天皇陛下舍生的决心。对于比他小十四岁、现年三十一岁的天皇陛下，殿下有种哥哥般的心情；这是一种平静而清澈的忠诚，像宽广的树荫下拂过的微风，十分温和。另一方面，他的臣属对他的忠义，总有一种敬而远之的成分，令人觉得不太自然。

被勋的言行感动时，殿下对自己今后能置身于军中那种忠诚的世界感到很快乐。

这次事件，军方并没有被牵连进去，可能是这些被告为了保护崛中尉而三缄其口的缘故。由于殿下如此猜测，对勋他们也就更添好感。殿下回想起《神风连史话》中的一节——"他们都不近文雅，中秋节到白川河边赏月时，就想到今年的明月，将是自己此生中所见的最后一次明月；暮春赏樱时，又会想到今年的樱花将是自己能看到的最后一次樱花。"勋他们是把这些言行当作自身的指导原则，认真地加以阅读，这些年轻人纯洁的热血震撼着四十五岁的殿下内心。殿下开始认真地思考有没有办法把他们救出来，但左思右想也想不到什么有效的对策。

殿下自年轻时起就有听西洋音乐的习惯，此时，他想独自聆听一些比较轻快的旋律。他让侍卫在宽敞阴冷的大厅生起火来，火焰声混合十二月的风声，令人产生一种温暖而又安慰的感觉。他选了一张由柏林爱乐乐团演奏的施特劳斯交响乐，支开侍卫，一个人听了起来。

殿下并未解开军服领口的扣子，他把身体埋进套着凉凉的白麻布套的安乐椅中，跷起脚，动也不动。军裤下摆的扣子紧束小腿，轻度的淤血已使小腿有些沉重，所以很多人一脱下长靴就把扣子解开，但殿下并不介意。

他轻轻地抚摸八字胡，好像在摸着猛禽尾部的羽毛。当他听见圆号吹响主旋律时，立刻就觉得选错了唱片，他想听的并不是这个。因为这不是活泼而淘气的旋律，更像是在叙述着孤寂又忧郁的故事。但是，他并没有移动，仍然继续听下去。狂躁的旋律使神经有如到处拂掸的鸡毛掸子般不安地弹动，直到听完宣告死刑并受刑时，他才站了起来，猛然关掉唱机。

他按了铃，命令侍卫打长途电话给宫内大臣。他想在向天皇拜年时，能有几分钟的时间把勋等人的忠心传达给天皇，再由天皇向他们说些勉励的话，若能传到最高法院院长的耳里，可能会对判决有影响。

为了这么做，他需要一些数据，所以必须在年底前与被告律师见面。这通电话就是命令宫内大臣调查律师的名字，以便十二月二十九日到东京时，请被告律师到芝之宫殿见面。

在找到合适的办公室前，本多暂时在丸之内大厦五楼的朋友处挂了招牌。他的朋友也是律师，是本多的大学同学。

有一天，洞院宫的事务官来找本多，告诉他殿下想和他见面。这件事太不寻常，本多不免有些吃惊。

来人是一个戴金边眼镜穿黑色西装的矮小男子。本多一见到此人的形貌，就生出一股说不出的憎恶之情。引进会客室后，这种感觉就更强烈了。这间小会客室和办公室之间只隔着一道波状的玻璃墙。这矮小男子以冷漠的表情环视四周，生怕会有任何声音外泄。他那张死鱼般苍白的脸，明显地表示出他所栖息的水域是多么深远寒冷，而他就静静地生活在绝不会见到阳光的繁文缛节的海藻底下。

仍然保有法官派头的本多不自觉地忘了寒暄，开门见山地说：

"保密是我们的职责，您不必担心。尤其是贵族，我会更谨慎小心的。"

这位事务官好像患了肺病，用极微弱的声音开了口，令本多不得不俯身聆听。

"也不是什么秘密，洞院宫治典王殿下对这次的事件很有兴趣，所以想请您于除夕抽空到宫府走一趟，把这件事详细地向他禀报就可以了。不过……"

这个矮小的男人像要忍住打嗝儿似的，吞吞吐吐地又说：

"不过还有一件事——这事若被人知道是我告诉您的，就不太方便了，请不要告诉殿下这是我说的。"

"我知道，请您放心地说吧。"

"是这样的，这绝不是我个人的意思，这一点希望您能了解，如果……如果当天您感冒或有其他的原因，无法觐见，请告诉我一声就可以，不去也没有关系的。我已把殿下的意思告诉您了。"

本多哑然地看着事务官毫无表情的脸，此人奉命来传达殿下邀请之事，却又在暗示他辞谢。

跟清显的死有间接关系的洞院宫殿下在十九年后邀他进宫谒见，这实在是段奇缘。原本有些抵触的本多听了事务官那奇怪的话，反而产生了见殿下一面的强烈冲动。

"好的。不过如果当天没有感冒的话，就必须去觐见，是不是？"

事务官冷酷且毫无笑容的脸上，首次出现了一种悲伤而困惑的神色，但他很快就恢复了常态。

"那是当然，请在三十号上午十点到芝之宫，我会先通知正门的警卫，您只要报出您的姓名就可以了。"

本多虽然进过学习院，但因为他的同学中没有什么皇家的人，所以从未到过宫殿，他也没刻意地找过什么机会。虽然本多知道洞院宫殿下与清显的死有关，但殿下并不知道本多是清显的朋友。公平地说，当时的殿下是受害者。所以，若非殿下提起，本多不准备旧事重提，而且说出清显的名字也是一种无礼。从上一次事务官的态度来看，虽然不知道殿下基于什么理由，但是本多直觉地认为殿下对这件事是心怀好意，而且根本不知道勋即清显的转生。

本多已经决定，不论那位事务官怎么想，他必定会按时赴约，把他所知道的一切说出来，在不至于不敬的范围内，让殿下能了解此事的原委。

进宫那天，他的心情很平静。

昨日开始飘洒的寒雨，到今天早上还未停止。宫府的沙砾坡道上，积水弄湿了本多的裤管和鞋子。在玄关接待他的事务官虽然显得十分有礼，但态度十分冷淡，那股冷淡分泌自他白色的肌肤。本多也不多作寒暄，就尾随他进了会客室。

小小的客厅连接着被雨点拍打的阳台门窗，形成有趣的钝角。壁龛上面有个香炉，香味固执地弥漫于室内，不肯飘散离去。

"一大早就请你来，不好意思。"穿褐色西装、身材魁梧的洞院宫殿下，以相当响亮的声音说。

本多递给他一张名片，深深地鞠了个躬。

"请别太拘束，请你来是因为听说你为了处理这次的事件，竟辞了法官之职来当他们的辩护律师……"

"是的，因为嫌犯中有故人之子。"

"是饭沼勋吗？"

殿下直接说出勋的名字，倒令本多一时不知所措。

窗子上蒙着一层水汽，变得朦朦胧胧的，依稀可以看见宽敞庭院里冬枯的林木，淅淅沥沥的冬雨打在前庭裹着除霜草席的松树和棕榈树上。戴着白手套的侍者端来了英国红茶，从银制茶壶的细口缓缓流出的红茶，倒进了白瓷茶杯里。银匙上的热度迅速传到本多的指尖，他突然从银器对热的过敏上想到了令人哆嗦的皇族惩戒条文。

"饭沼勋曾随某个人到过我这里，"洞院宫殿下淡淡地说，"他态度激昂，曾留给我很深的印象。我觉得他很纯洁，脑筋很好，是一位出色的青年。我故意问他很多别有用心的问题，他回答的着眼点都非常好。虽然带有一些危险性，但并不轻浮，这么有为的青年跌倒了，实在遗憾。当我听说你甚至为此而放弃了自己的法官职务，真的很感动。所以，我想和你见个面，谈一谈。"

"勋是个效忠皇家的少年，虽然他的行为是错误的，但我相信他把一切都奉献给天皇的赤心是始终如一的。他来谒见您时，说过这些吗？"

"嗯，我记得他说过：所谓忠义，就是用自己的双手握着滚烫的饭，做成饭团献给天皇，然后切腹自杀。他还把《神风连史话》这本书带来给我……他们不会被判死刑吧？"

"我想，不用担心这一点。但是，殿下……"

本多逐渐大胆起来，把话题引到了他所希望的方向上。

"殿下认同他们的行为吗？不只是表面上的部分，您连他们的动机和企图也都认同吗？或者不基于任何原因，只要是出自他们热诚的行动，您全部都认同是吗？"

"这是个很难回答的问题。"

殿下放下茶杯，显出心虚的表情。

本多此时突然感到一股冲动，希望殿下能了解他对清显之死的痛惜与遗憾。

为了清显的事，殿下的自尊心一定也受到了很大的伤害，不过他是否曾因某种热情而受伤，却是个未知数。如果殿下那个时候真的不问贫富贵贱，而被那道把人拖往地狱的光所映出的幻影所笼罩，被那种比令人目盲更蒙昧更高贵的热情伤害过的话……而且如果聪子正是使他这份热情化为灰烬的人的话……如果能在此时弄清这件事情的真伪的话……这无疑是对清显最好的祭奉，没有比这更能安慰清显在天之灵的了。恋爱和忠诚是同出一源的。如果殿下能在他面前清楚地表示出来，那本多也有拼死保护殿下的诚意。因此，本多虽然知道不该提清显的事，但仍然想用暗示的方式，使殿下明白导致清显夭折的那股不可思议的感情风暴。为了试探殿下，本多终于把本来不想说的不敬之语说了出来。这件事对于勋的判决也许会有不利的影响，自己作为律师是不该说的，但本多无法抑制清显与勋合力在自己体内发出的那如浪涛般的呐喊。

"据我调查，饭沼一党并不单单想刺杀财政界的人士。"

"哦？有什么新发现吗？"

"当然，他们的起事计划还在准备阶段就被揭露了。但是这些少年们，好像是希望天皇能够重新亲政。"

"嗯。"殿下随口应了一声。

"他们为此偷偷地印制了大批传单，其中有殿下的名字。"

"有我的名字？"殿下脸色大变。

"他们准备在起事后散布这些传单，因而伪造天皇陛下要殿下组阁的谎言，希望能取信于民众。这份伪造的文件已经印刷了，现在在警方手中，我们正为此苦思对策。因此，可能会给他们定个令人害怕的罪名。"

"这可是'私议朝纲'的罪，这怎么得了？真是太荒唐了！"

殿下的声音变得越来越大，但是声音的背后有着战栗。本多的视线未曾离开他那细长的双眼。

本多平静地、成竹在胸地问道："我这样问也许很失礼，但是，军方多少也有一点这种想法吧？"

"不！军方和这件事没有任何关系！军方怎么会有所牵连呢！太荒唐了！这些都是民间妄想出来的。"

看见殿下庇护军方，本多最热切的愿望终于破灭了。

"这么优秀的青年也会做糊涂事，真令人失望！只见过一次面就擅自引用我的名字，太狂妄大胆了。忘恩负义的东西！不！他还谈不上忘恩，他连什么叫作节度都不懂！还说什么忠义？什么赤诚？他根本不了解体制。他难道不知道没有比'私议朝纲'更不忠的吗？青年人就是这么不懂事，真是伤脑筋。"

洞院宫殿下怒吼着，完全不见了军方指挥官的豁达作风，他的心急速冷却了。本多清楚地看见那满腔的热忱正迅速地冷淡下去。曾经一度在殿下内心燃起的火焰，连一点灰烬也没有留下就被吹熄了。

殿下暗自庆幸，这次先与律师见面是对的。这样一来，在向天皇拜年时就不必多说什么，免得自取其辱。

在他的心中尚有许多疑惧，那种"私议朝纲"的事不是小孩子的智慧所能想到的，崛中尉在事件发生后消息全无，现在想来颇觉纳闷。当时自己对他被派往满洲还感到同情，现在不禁怀疑：是否崛中尉安排好后自愿前往的呢？竟被自己最相信的中尉利用、出卖，令他十分震惊。

殿下的憎恨本来是由于不安而起。过去他对宫内省或某些上流社会的人士，都抱着不信任及厌倦的心情，而现在唯一让他能够放心的地方，竟也出现令人难以信任的气味。现在想来，儿时他便被这种有如狐狸窝般的气息围绕，不管怎么挥也挥不掉，阴险、刺鼻而不可信的气味，一直缠绕在他高贵的身份四周。

本多望着下雨的窗外。天空越来越暗，一排排裹着除霜草席的棕榈在黑暗的雨夜中浮现，看来有如穿卡其布军装的士兵拥挤地站在窗外。

本多知道自己正在进行当法官时想都没想过的危险赌博。在他到芝之宫以前，他心中并无这种企图，当他目睹殿下的热情在自己面前快速消逝时，突然产生了一种不羁的愿望。

殿下现在已经放弃了刚才想救勋的念头，而且是根本不想救他了。这一来反而更好，反而剩下了一个救出勋的最好办法。现在除了本多之外，没有第二个人再有其他机会，能让殿下下定决心了。因此本多心中虽然惶恐，也只能巧妙地将计就计下去。那份不利的资料，社会大众还不知道，目前还握在检察官手里。

本多以平稳的口气说道："刚才我提到的，那份有殿下名讳在内的数据，如果这样放着它不管，恐怕会连累到殿下……"

"什么'连累'？我和此事根本无关！"

殿下第一次用愤怒的眼神看向本多，但声音中已没有先前那么高亢及震怒的意味。

本多心想，他的愤怒是很重要的，要好好利用这一点。

"我很失礼，我是替殿下设想，因为那是很危险的对象，但是我无法把它处理掉。若不及时处理，社会大众迟早会知道的，您虽然和这个事件没有关系，但也播下了臆测您和这件事有关系的种子。"

"你以为我有销毁这些对象的能力吗？"

"是的，殿下您拥有这个能力。"

"什么方法呢？"

"由您向宫内大臣下命令就可以。"本多立即回答。

"你说要我向宫内大臣低头吗？"

殿下用刚才的高声音吼道。正在敲打椅子把手的手指抖动着，他目不转睛地注视本多，瞳孔充满了威严，令人联想到他叱咤风云时的严峻神情。

"不是的，只要您下令，宫内大臣就会好好处理的。我在担任法官时了解过一些皇室管理的问题及程序，宫内大臣会去和司法大臣商量，而司法大臣可以向首席检察官下令，使传单不再留存。"

"就这么简单吗？"殿下一面在心里想象着宫内大臣那不甚愉快的微笑，一面松了口气。

"是的。只要殿下肯这么做……"

因为本多说得十分有把握，殿下受到他笃定的态度所鼓舞，也冷静了下来。

本多心想，如此一来，在勋的罪名上已抹掉一个危险而不祥的阴影。不过即使这一部分能侥幸地如愿以偿，也还有检察厅那更危险的隐匿于暗处的报复。

三十三

在警局看守所迎接新年的勋被起诉后，于一月下旬被移送到市之谷监狱。

勋从押解车的小窗口望见已掩埋了街道的雪。市场上飘扬着各种色彩鲜艳的旗子，在冬日夕阳的照耀下，益发醒目。囚车通过一扇一丈高的铁门驶入监狱。大门缓缓关上，勋就此与外界隔绝。

市之谷监狱建于明治三十七年，是栋木造建筑。外面涂灰泥，内墙则用白漆刷成。

下车后，这群等待判决的囚犯穿过一条有屋顶覆盖的长廊，被带到了建筑中央部位的审讯室。

长廊的左右是一排排像公共电话亭般的窄小牢房。勋被带到更衣室，衣服被剥光……张开双臂，检查前身，趴在地上，检查背部。嘴、牙齿、鼻孔、耳朵……都一一地被仔细检查，勋觉得此刻连身体都不是自己的了。剩下来的只有思想。这种想法是对屈辱的逃避。

天气寒冷，在只用薄木板隔开的更衣室里，勋全身都起了鸡皮疙瘩。他感觉自己的每一寸肌肤都受到寒气的鞭笞，却无法逃避。

他记得在警局看守所时，是和一名赌博惯犯关在一起。那人原是一名文身师，他对勋的皮肤极为赞赏，一再表示愿为勋免费文身。他计划在勋的背部刺牡丹及中国狮子的图案。为什么作此选择呢？因为那亮丽的红、蓝两色就像是映在幽暗谷底沼泽上的五彩红云，像是从屈辱深处映上来的晚霞。莫非那文身师以前也看过极深的溪涧底部映出的黄昏夕照及其鲜艳的余晕吗？否则他为什么坚持非文上牡丹和中国狮子不可？

当狱卒用他的手指触摸并揪起勋腹侧的痣时，勋再次提醒自己绝不能因屈辱而自杀。在看守所那些失眠的夜里，勋反复想过自杀的事，但是"自杀"对勋而言，仍是一种特别的、荣耀的、奢侈的观念。

审判以前还可以穿私人的衣服，但现在勋的衣服要送去清洗消毒，所以这一天得穿蓝色的囚衣。此外，私人物品全要交到监狱的保管处存放。管理员把狱中的规则，诸如外界送进来的东西、会客、书信往来……都作了十分详尽的说明。细节交待完毕时，已经入夜了。

除了偶尔去地方法院的检察厅外，勋整天都待在市之谷监狱第十三舍的牢房里。

早上七点的汽笛声是利用炊事房的蒸汽发出来的。声音虽然很尖锐，但其中夹杂温暖的水汽，使其节奏显得十分活泼。

晚上七点半就寝时汽笛再度响起。有天晚上，汽笛声中似乎夹杂了一声惨叫，接着是一阵严厉的斥喝。这情形持续了两天。勋后来才知道，那种"惨叫"原来是在汽笛响时，由两边同志共同高喊"革命万岁"的叫声。但是第二天起就听不到这种叫声了，是不是他们被送进惩罚室了呢？

勋深深地感慨，此时此地，人已经变得和狗一样了——要借用吠声来传达自己的意志。那喊叫就像是被链子绑着动弹不得的狗在奋力而恐慌地挣扎着，甚至连拼命在地上摩擦爪子的声音都清晰可闻。

白天渐渐地长了起来，春天近了。而牢房里的榻榻米犹如用霜柱编织出来的似的，仍是冰冷不堪。勋的膝盖常因为发抖而撞在一起。

他十分想念自己的同志。但自从进了市之谷监狱，连一个人也没遇见。每想到在举事前夕轻易陨落的同志，与其说是觉得愤怒，不如说是感到某种不可思议的神秘。由于那么快速地解体，反而越来越觉得自己日益清澈，就像被剪光了枝叶的树木一般，显得一身轻松。不过，究竟是什么东西导致这种神秘呢？又是因为什么招致如此的挫折呢？勋百思不解。他极力回避去想"背叛"这个字眼。

入狱前的勋在思考问题时，绝不会往过去的方向回头，而是联想起明治六年的"神风连"。但是，现在的形势逼着勋反省过去：即使是歃血为盟的同志，也会这样轻易地崩溃瓦解吗？就算崛中尉是导致崩溃瓦解的主因，但是当时坚守誓言的同志，没有一个会料到竟落到如此的下场吧？

这是可以断言的。大家想的只有死这件事，只想着全力一战然后赴死。虽说为了保有这个信念，确实有些准备不周，但是就算有不周之处，最后的结果也是一死，因此大家并不在意。为什么要忍受这种除死以外的屈辱呢？勋没想到自己所抱持的"纯粹"观念，会像一只原本应该飞向太阳在双翼被灼烧后死去的青鸟，却被活生生地捉住了。

逮捕时不在场的佐和后来不晓得怎样了。勋显然想挥掉佐和的影像，但那影像却一直在他纷杂的心中浮现。

《治安警察法》第十四条非常严格地规定："禁止秘密结社。"勋他们通过热血所结合，并且要在热血迸溅中回到天上，这种太阳的结社原本就是被禁止的。但是中饱私囊的政治结社，或是为了私利的营利法人，这类的结社却有多少都无所谓。权力有一种比起任何腐败更畏惧纯粹的特质，就好像野蛮人比疾病本身更害怕医药一样。

勋终于触及一直避免去想的那个念头："血盟本身也会引起背叛的。"——这是他最不能承受的想法。

当人想超越某种限制把彼此的心结合为一体时，在一刹那的幻想之后，一定会有反作用发生。这个反作用不仅是叛离，而且必然会造成瓦解一切的背叛。是否在某些地方有个不成文的规定——志同道合的人之间是禁止立下盟约的？而他触犯了这条禁忌？

一般的人际关系里，善与恶、信与不信……多少都混合了一点。但是，当若干数目的人，完成了简直不存于此世的纯洁的人际关系时，由他们身上一个一个地抽取出来的恶，也凝聚成一个结晶体。于是那群纯白的玉中，或许定会有一块黑玉出现。

按照这个想法进一步推测，人在世间必然会遇到此生中最黑暗的思想。那就是恶的本质。与其说恶的本质是背叛，不如说那是血盟本身。背叛是同一种恶的衍生物，血盟才是恶的根源。一群志同道合的人注视着完全相同的世界，反叛着生命的多样性，企图以精神打破由个体的肉体所联结的自然之壁，使那道防止相互侵蚀的壁化为虚空，以精神去成就肉体无法完成的事情；而人类所能达到的极致之恶，或许就在这一点上。协力或合作，是属于人类的温和词汇。但血盟是轻易地把别人的精神算进自己的精神里。它本身就是个永久地在个体生长发育的过程中反复着的进化过程，在快要触碰到真理之际因为死亡而挫折，然后又从羊水中的沉睡重新开始。血盟就是对这种有如马拉松般的人类行为所作的痛快的诬蔑。依据这种对人性的背叛所构成的血盟，会再度引起它本身的背叛，是很自然的结果。他们本来就未曾尊敬过所谓的人性。当然，勋没有想得这么深，但明显地，他已到了必须用思考来打破某种东西的地步。他恨自己的思维缺乏尖锐残忍的犬齿。

七点半就寝是太早了点；同时因为室内有盏彻夜不灭的灯，更令人睡不着。摆在角落里的马桶散发出浓烈的尿骚味。虫虱并不避人耳目，大胆地到处活动。勋常常难受到想要呕吐。

货物列车通过市之谷车站的汽笛声告知了深夜时分的到来。

"为什么？为什么？"勋懊恼地想，"人类为什么不能容许更美丽的行为发生呢？那些丑陋的行为，肮脏的行为，以利为目的的行为，不管有多少，却都被允许着呀！"

"当人很清楚地知道唯有在杀意中保守最高的道德时，认为这种杀意有罪的法律,却是以至高无上的太阳及天皇的名义来执行判决——'最高道德的本身由最高道德的存在来处置。'这究竟是什么人故意安排的矛盾?天皇本人知道这种可怕的安排吗?那才是精巧的'不忠'费尽心血所架设出来的渎神机构,不是吗?

"我不懂!我不!怎么也不懂!而且在杀戮后,应该没有人会违背'立即自杀'的誓言。这样,我们的衣服下摆,也就不应该触及烦琐的法律竹林所探出的枝叶,毫无障碍地往天空奔驰而去才对呀。当年'神风连'的人正是如此。也许,明治九年的法律竹林还很稀疏吧!

"法律,就是不断地妨碍'想把人生化为瞬间的诗与美的欲望'的累积。对大多数人而言,以血的代价来写一行诗,来换取人生,的确不是稳当的事。可是,没有雄心抱负的大多数人,不用触碰法律就过了一辈子。果然如此,那么,法律就是为了少数人而存在的,是企图把极少数人异常的纯粹,以及不符合人世规矩的热诚,拿来和小偷或色情同日而语的机构。

"我陷入了这巧妙的圈套之中,由于某个人背叛的缘故……"

通过市之谷车站的火车拉出长长的汽笛声,干脆利落地截断了勋的思绪。在冬夜里鸣响的汽笛听来特别忧伤,像是身上着火的人在地上翻滚时所发出的急迫而痛楚的呻吟声。

但是火车的汽笛声和监狱里那种带着虚假的生活暖意的汽笛声不同:它那带着悲愁的鸣声,充满了一种无边的自由,滑行般地往未来驶去。别处的土地,别处的清晨,不愉快的白色拂晓,连突然在月台上的洗手间那满是霉锈的镜面上露脸的清晨之幻,也不足以伤害汽笛所倾诉的充满希望的未知。

黎明此时已在右排监舍东侧的窗上展现。从这个窗口,一夜未眠的勋可以看见朝阳升起。旭日以高峻的围墙为地平线,像张热而软的饼般贴在上面,缓缓地爬升。在这个太阳照射下的日本,却拒绝了勋他们伸出来的手,正急遽地病倒、腐败、崩溃……

到这所监狱以后,勋开始做梦。

说是"开始"并不准确,他以前当然也做过梦,但过去他是个健康的少年,总是做一些早晨起身后就忘得一干二净的梦,从没有什么留存下来,让他在白天反复咀嚼。这次就不同了,不仅是早上,并且一天接着一天,这些梦总是沉淀在他心中。翌日的凄凉常常和昨夜的梦重复,甚至还有前一个梦的续集。那气氛好像是一堆雨后忘了收进来的彩衣,始终留在晒衣场上,使阴郁的天空有了颜色。

他曾做过一次看见蛇的梦。

这个梦发生在热带某地,一个被密林围住的巨大宅院里。

那是座石造的房子,前方有个斑驳剥落的小阳台,阳台四面各有一座抬头挺腰的眼镜蛇图案的石雕。那造型就像一只把四周闷热的空气推开的手掌,维持着周遭的寂静。从丛林内部切下的四方形沉默中,听得见蚊子的嗡嗡声,还有蝴蝶飞舞声,以及像水滴般的鸟叫声……这些声音一直都在密林深处回响。蝉在叫着。但比这些声音更响亮的,是仿佛骤雨来袭的声响。

那当然不是骤雨的声响,而是落叶的声音。

丛林的树梢在遥远的高处，阳光透过叶间像斑点似的映照地面。林间的风拂过树梢，丝毫影响不到根部。唯有看到落在蛇头上的斑点移动，才知道有风在吹拂。

落叶并非都是刚刚离开树干的。树深林茂，加上蔓草攀缠住枝干，于是一点儿空隙也没有了。落叶受阻停在枝叶之间，唯有大风吹过，才得以降至地面。一片片枯叶轻微的落地声淅沥一阵，听来像是骤雨声。加以热带丛林多是阔叶林木，因此益发响亮喧闹。

热带的光线在某些地方好像一队军团聚集在一处，将数万支枪排列起来反射出耀目的光芒。但真正的"光"，正以眼睛看了会瞎、手碰到会烫的姿势，包围在丛林外侧。在这阳台上也能多少感受到一点。

勋看见石栏之间有个小小的绿色蛇头探了出来，爬行于蔓草上。那是一条如蜡制工艺品般，颜色介于绿和淡绿之间的粗蛇。色泽看起来十分人工化。它突然由该处跃出，勋发觉得太晚，足踝被咬了一口，蛇毒立即逼走了全身血液的热度。死亡的寒冷从热带的中心升腾起来，暑气全然消退，每个毛孔都敞开了，面对着死亡的寒气。勋的呼吸开始有点困难，不久这世界上的空气就不能流进勋体内了。但生命的运动继续存在于全身快速的战栗中。他的皮肤好像雨打池面般冒出鸡皮疙瘩。

"我本来不是要这样死的，我应该是切腹而死的啊！我绝对不可能会像这样，这么被动又可怜的，只是因自然的一点小小的恶意就死去呀！"勋这么想着，然而身体却像任铁锤怎么敲也敲不碎的冷冻鱼一般，渐渐坚硬而冰冷起来……

醒来后，勋发现自己踢开了棉被，横躺于早春冷冽的牢房里，沐浴在黎明的晨光中。

勋又做了这样的梦，这个梦十分奇特且令人不快，他一直想把它从记忆中抹去，但它却蜷伏在心中一角，不能忘怀——那是他变成女人的梦……但是他没有办法确定自己的身体是一个怎样的女人。他好像瞎了一样，只能用手去触摸全身加以确定。

他好像是回到了哪个世界里似的，大约是午睡刚醒，身上出了点汗，倚在一张靠窗的睡椅里。那个蛇的梦好像又回来了。耳中灌满了各种声音：丛林的鸟叫声，苍蝇的鼓翅声，落叶的嘈杂声，还闻到一股檀木般的味道，散发忧郁、寂寞及枯木特有的沉腐气息。勋突然记起，他在梁川田边的路上所发现的灰烬的味道，正与此类似。

勋觉得自己的身体缺乏明确的轮廓，全身都是柔软摇晃的肉，好似一堆温柔而懒洋洋的肉团。温柔松软的肉的雾团充斥于体内，一切都变得模糊不清，到处都找不到秩序或系统，也就是说，没有了支柱。曾经环绕在他四周，不断诱惑着他的光芒也都消失殆尽。愉悦和不快，欢喜和悲伤，都像肥皂般从他的肌肤上滑过，肉体陶醉地浸在"肉的浴缸"里。浴缸并非牢笼，随时可以离去，但是因为有股浓郁的懒散的快感充盈其间，使他不想离开，一直浸在里面，使这成了"自由"。

于是从今以后，再也没有什么严格的戒律规范着他了。如白金绳子般把他层层捆住的东西也消失了。

坚信不已的事物变得毫无意义。正义像一只苍蝇般跌进粉盒，呛着了；本应舍命以赴的东西，也被香水一喷，溶化掉了。

闪亮的白雪全部融解，春泥在自己的体内渐渐变暖。那春泥逐渐成型，化成了子宫。勋想到自己即将生产，不禁毛骨悚然。

总是催促自己行动的那个激烈焦躁的力量，曾不断地和暗示着广阔荒野的遥远呼声相互呼应，但是那个力量也已丧失，呼声也绝响了。取而代之的是，无法呼喊的外界逐渐逼近。此时自己已经懒得站起来了。

某个像钢铁般锐利的机制已经死了。一种类似腐烂的海藻般、完全有机的气味，在不知不觉中包裹了全身。大义、热血、爱国、以死相拼的志气也都消失了。代之而起的是，自己和衣物、日常用品、针线盒、化妆品这些由琐碎体贴的美所组成的东西相通相容，和这些无法言喻的事物之间产生了亲密感。那是一种使个眼神、微笑，几近猥亵的亲密感，是勋从来不知道的东西。他一向最亲近的东西，只有剑而已呀！

周围的事物像糨糊般黏过来，完全丧失了它超越性的意义。

想要到达什么境界已经不是问题，因为那个境界会朝着这儿来的。在那里已经没有水平线，也没有岛影。在远近透视法不可及之处，也就没有了航海这回事。海到处都是。

勋从来没有想要变成女子的念头。他除了想活得像个男子汉，死得像个男子汉之外，再没有其他的愿望。一个男子汉就要不断地提出他是个男子汉的证据，今天比昨天更像男子汉，明天比今天更像男子汉。是个男子汉，就必须不断地向男子汉的顶峰爬上去，而那巅峰就是如白雪般的"死"。

然而所谓女人又是什么呢？她们似乎生来是女人，就永远是女人。

有烟味飘过,有出殡的行列走过,响着敲锣、吹笛的声音,还夹着女人抽噎的声音。这些喧哗丝毫没有影响享受午睡喜悦的女子。她全身沁出汗水,蓄积了种种官能的记忆、稍稍膨胀的腹部,随着呼吸均匀起伏,像是孕育了充盈着肉体之美的帆。而把这帆由内部拉紧的肚脐,如山樱的蓓蕾般微微泛红。美丽而结实的乳房,由于威风凛凛的姿势,反而弥漫肉体的忧郁。紧扯住的皮肤,薄得好像能透出里面的灯火般发亮。细腻到了顶点的肌肤,则如涌向环礁的波浪般围着乳房。

坚挺的乳头恍如栗鼠般聪明地抬着头,暗紫色的乳晕像充满了恶意的兰科植物般阴森。勋能清楚地看到那女子的睡姿,虽然她的脸被朦胧的雾气遮掩,以致看不真切,但勋想那一定是槙子,因为他隐约闻到了一股在向槙子告别时,她身上所散发出来的香气。勋因为射精而醒了过来。

勋惊醒后,内心充满难以言表的悲哀。他确实有变成女子的记忆,但不知何时,梦的内容却被歪曲,演变成凝视一个女子的睡姿,这令他十分不快。而且,他所亵渎的可能正是槙子。

冒犯了对方的勋,在心中产生了整个世界都颠倒过来的感觉,使他很是迷惘。

有种黯然的情绪寂寥地环抱着勋,这种不可解的情绪,是他有生以来第一次尝到的。即使在他清醒之后,这种心情仍像天花板那盏二十支烛光的灯洒下来的昏黄光线,弥漫在他的全身,没有消逝。

牢房看守的草鞋声渐渐朝走廊这边传来,勋却没有注意到。连慌张地眨眨眼睛的时间都没有,从细而横长的视察口窥探过来的看守眼睛，和勋睁大的眼睛正好撞个正着。

"睡吧！"

看守用沙哑的声音丢下这句话就走了。

春天近了。母亲常带东西来探监，但都不被允许和勋会面。母亲在信中提到本多要为他辩护。勋回了封长信说："太好了，但若不是包括所有的同志，就请母亲辞退。"

然而回信一直没到，理应可以和本多会面的许可也没有下来。母亲的信被墨涂抹得斑迹处处。被涂抹的部分，可能是勋最想知道的同志们的消息。再怎么试着猜测，都因被墨涂掉的那几行实在看不清楚，前后的文意连贯不起来。

勋终于提笔写信给他最不想写的人。他尽量压抑住感情，写信给大概因为捐献金之事已经在接受调查的佐和，并且尽量挑一些不会使他为难的文句，希望佐和因良心上的自责，会给他带来一些方便之处。但佐和的回信也一直没有到，这使得勋在愤怒中又加了一层隐忧。

因为母亲的回信一直没有来，于是勋改写一封信给本多，希望本多能为他和他的同志们一起辩护。本多的回信很快就到了。本多用很周到的语气说，他能体会勋现在的心情，既然都已经接手这个案子了，他也很愿意接下所有同志们的辩护一职，但是原本就适用于少年法的人则另当别论。没有比这封信更令身在狱中的勋感到振奋的了。勋曾在去信中说，希望能让他一个人肩负起所有的罪名，不要累及其他同志。关于这一点，本多在回信中答道：

"你这么说，我很佩服。但审判及辩护是不宜感情用事的。悲壮的心情不会维持很久，你最好能保持平常心。你是剑道高手，我想你该了解我的意思。请你信任我，把一切都交给我——我就是为此而来的！请珍惜自己的身体，安心地过日子。运动的时间要充分地让身体动一动才好。"

他的信感动了勋，使他决心开始振作。

与本多的会面遥遥无期。有一天，勋发现检察官的脸色平和，就试探性地问：

"什么时候可以会客呢？"

检察官沉默半晌，似乎在为该怎么说而犹豫。

"除非禁止会客的命令撤销，否则——"

"这命令是由哪里发布的呢？"

"检察厅。"

检察官给勋一种好像他本人对此处置也颇为不满的感觉。

三十四

母亲的信来得很频繁，但是这些信到处都有被涂过的痕迹，不但很多地方被墨水涂掉，甚至还用剪刀剪过，像开了天窗一样，东一个洞，西一个洞，甚至整张都抽掉的情形也有，看起来母亲好像根本不知道应该避免写哪些文句似的，几乎没有一封信是完整的。可是从某个时期开始，这种情形有了改善，大概是检查书信的人换成了另外一个，被涂掉的部分明显减少了，但是母亲以为她寄来的每封信勋都已全部看过，以致他现在看信时根本分不清前后因果，因此要判断信中的意思很困难，无形中增加了他的焦虑。信中有一行写道：

"……书堆积如山，听说已经多达五千封，一想到……泪水就流个不停。"

"……"是被墨水涂掉的部分，但是检查的人好像不太小心，只用了淡淡的墨水，隐约还可以看出写的是什么。勋明白，检查书信的那个人是在以这种方式鼓励自己。"……书"可以很清楚地看出原文是"减刑请愿书"，"一想到……"这一段，虽然很不清楚，但还是能够看到"社会上很多人士的厚意"，至此勋才首次知道社会人士对这件事的反应。

他被爱了！他一点都没有期望会得到这种爱。

勋猜想，大概是因为他太年轻了，所以社会人士对于他不成熟的单纯观念，几乎没有掺入一丝杂质而感到同情，同时对于他"有为"的将来期待很高，所以才提出减刑请愿书。这种猜想使他感到很痛苦，这种请愿书与"五一五事件"被报道后那种堆积如山的请愿书，性质上一点都不相同。

"社会上的人并没有认真地看待这次事件！"勋按照他入狱以来已经养成的习惯，凡事都从黑暗面去考虑，"社会上的人如果稍微知道在我想法里的那种恐怖、血腥的纯粹性，应该就根本不会爱我了。"社会人士并没有畏惧他，也没有憎恶他，只是爱他而已，这种情形伤害了他的矜持。已经是春天了，槙子很有规律地每隔一段时间就写信给他，这是他最期待的事情。他意识到，自己的这种想法跟他一贯坚硬如玻璃的志气是无法调和的。

说起来，对于自己一直被人爱着的感觉，他也有一种莫名其妙的心理。这种爱的深处，存在某些不透明的物体。国家、法律，甚至于社会人士可能都没有认真地对待他。

在警察的审讯室接受询问时，他们在寒冷的天气里给他火盆取暖，当他肚子饿时，就请他吃面，一个警官指着桌上的花对他说：

"你认为如何？很漂亮的山茶花吧！这是今天早上我从家里的院子里带来的，把刚开花的山茶剪了下来，就为了在讯问你的时候,使你的心情保持轻松愉快,花最能使人的心情缓和下来。"

这句话里有利用大自然故作风流的意味,那种强烈的气味,正如这位警官身上已经穿了好几天的衬衫,袖子上有了云形的污垢。三朵雪白的山茶花把油绿的叶子挤到一边,花瓣滴水不沾,洁白如脂。

"今天的阳光真好。"

那位警官叫与会的警员打开窗户,从勋的座位上往外看,他的视野有一半被山茶花遮住了。窗外的阳光虽然温暖,但是铁栏杆却用它的影子把阳光切断,使得本来就很抽象的冬天阳光令人感觉更为抽象地照射进来。

照在勋的肩膀上,温暖如手掌般的阳光的触手……这种阳光与他曾在麻布军团里所看到的,金色灿烂的光芒像命令般闪耀在士兵头上的夏日太阳不同。现在的阳光被折成好几层才照到他的肩膀上,像有关单位的温情。勋不觉得这里面含有像夏日太阳般的天皇仁慈中遥远的一小片。

"因为有你们这些爱国人士,我们对日本的将来才能放心,虽然你们犯法是不对的,但是我们能了解你那片赤诚之心。告诉我,你与你的同伴是在什么地方、什么时候宣誓的?"

勋机械地回答。他的脑海中浮现出已经逝去的某一个夏日黄昏,在神社前二十个人的手,像从枝丫上低垂下来的白色水果般,紧紧地交叠在一起。但是这些情形对他而言却是痛苦的回忆。在回答他们的询问时,勋偶尔从注视着自己表情的警官身上移开视线,去看冬天的阳光和白色的山茶花。刺眼的光线使看不清东西的眼睛将山茶花的白色看成黑色,而每一朵花的形状有如一个小小的发髻;颜色发黑的绿叶,却又像雪白的领子一般。这种感觉的游戏就像勋从口中说出的"真实"的话语,例如:

"是的,我们二十个人在神前击掌膜拜后,我领读誓词,大家再一条一条地跟着诵读。"

这些绝不是虚构,但是一旦在警官面前说出这些话时,全身很快就像长出鱼鳞般毛骨悚然,好像用谎言包住了心灵。为了暗自忍受这种心理的矛盾,他必须进行这种感觉的游戏。

这时勋突然听到白色的山茶花在呻吟。

他吓了一跳,看看警官的眼睛,但是警官并没有露出惊讶的神情。

勋后来才注意到,那天使用二楼的审讯室并不是偶然的,打开窗口也不是偶然的。和审讯室隔着一条路的是一个剑道场,它的方形窗口虽然在白天关着,但依稀看得见里面有灯光。

"怎么样?听说你是剑道三段,如果没有发生这种事,专心练剑的话,也许能与我在那个道场上较量较量呢!"

"你在练剑吗?"勋望着剑道场,向警官询问,但他心中并不这么认为。

通过山茶花传来的呻吟声并非击剑声,那是遭鞭打的肉体发出的一阵阵迟钝而沉重的声响。在冬日透明的阳光里,湿润的白色山茶花过滤了逼供及酷刑的声音,好像它本身就是国法,恣意地散发出香味,脱离警官那卑劣而风流的心,成为一种神圣的东西……虽然不想看,但还是看见了。在绿色的山茶花叶那边，在白日也点着灯的格子窗内，的确吊着一具沉重的人体，在半空中摇晃旋转。

勋又看了警官一眼，虽然没有问他，但那警官自动开口：

"对！是异见分子，顽固的家伙就吃这一套！"

他的用意大概是想让勋了解：他的遭遇和那名异见分子不同，因为警方对勋相当温和。事实上，勋却在激情及屈辱交迫之下说不出话来。

那我的思想呢？如果被打是思想的特质，那么我的就不算是思想吗？……

勋想到自己有了这样的意图，却未被全盘否定，开始焦躁起来了。如果他们注意到勋纯粹而可怕的思想核心，一定会厌恶他的；即便对方是天皇的官吏，他也一定会被厌恶到极点。另一方面，如果警方永远意识不到这一点，勋的思想就变得毫无分量。他的思想不会被苦痛之汗打湿，更不会有那种被拷打的肉体所发出的铿锵声。

勋尖锐地盯着那名审讯者，大声喊叫："请拷问我吧！马上拷问我！为什么不像对待异见分子那样对我？凭什么……"

"别激动！不要说傻话了！理由很简单，你没有让我们感到为难。"

"是因为我的思想偏右的关系吗？"

"多少也有一点，不论右或左，凡是跟我们作对的，只有让他吃点苦头。不管怎么说，那些异见分子……"

"那是因为异见分子否定国体吗？"

"没错，跟他们比起来，你们是壮士。你们的思想方向没错，只是太年轻，太纯洁了，以至有过激的举动。方向是对的，但手段呀，如果能用渐进、温和一点的就好了。"

"不！"勋全身颤抖着反对，"如果稍微缓和一点就变成别的东西了。这'一点'就是关键。纯粹性是不能有一点妥协的，若是退让一点就全然变成别的思想了，而不是我们的理想。因此，思想本身是无法稀释的，假如其现有形状对国家有害的话，那就与异见分子是一样的。所以，请拷问我吧！你们没有理由不这样做！"

"你很会讲道理。别那么激动，有一件事你可知道？那些家伙，没有一个人像你这样主动要求接受这些刑罚，他们都是被动的。他们不像你这样相信拷打他们的人啊！"

三十五

槙子的信中虽然没有明确地表达，却充满了对勋的不渝之心。她的每封信都会附有两三首经她父亲改过的和歌。信上虽然也盖着小小樱花图案的检查章，但她的信并没有遭到很多涂抹，反而相当顺利地送到勋的手中。这很可能是因为她是鬼头中将之女，但是勋的回信未必一定会到她手中。

槙子在信里从不询问狱中的事，只是用闲聊的口吻叙述随着四季变化所见到的景色及有趣的事。例如，和去年夏天一样从同一个植物园跑到院子来的雉鸡；最近刚买的唱片；想起白山公园的那晚，现在也常常去那里散步；被雨打落弄脏的樱花；夜晚的灯光下，滚动圆木微微地转着，从那转动的情况来看，是刚才还在那里的一群大人玩过的；墨绿色的水仙花；去护国寺时看到了鸡肠花，一朵一朵地摘着，摘到袖袋都装不下了……这些描写都附有和歌，所以勋读着读着有如身临其境一般。母亲所欠缺的才华，槙子都具备了，因此得以使她的信轻易地通过了检查，但是，字里行间却欠缺了当年神风连的阿部以几子远望着丈夫燃起的烽火时,和婆婆一起欢呼雀跃的风情。

勋常常把槙子的信反复读上好几遍,找不到一个跟政治有关的字眼,但会发现某些热情的比喻非常吸引他。为了抗拒这些对他造成的官能上的诱惑,他得特意去发掘一些善意及温柔之处。

勋不明白槙子的居心何在,她怎么会写这些呢?如果那些文句中真的有魅惑勋的意味存在,那对槙子而言的确是出于无意识的。

她流畅的文体、气派的书法,很明显地是对危险的掩饰,那是一种走钢丝般的危险。当她深谙此道后,就会因通过危险而产生快感,甚而乐此不疲。这种情形持续下去,就会对此事产生不道德的兴趣,从而不能自拔。在"为了避免当局检查"的名义下,槙子专注而热衷地玩着这种感情游戏。

信上并没有直接提到什么,但有种微妙的情绪在文字后面跳动。槙子似乎在享受因为勋被关在牢里,从此遭到无情的隔离,因而得以维持感情纯度的情境。不能见面的痛苦,变成平静的喜悦,但却蕴含了一种危险而刺激的官能情欲,像梦一样……如吹过铁窗的微风般,勋的心经常在这种诱惑之下战栗发抖。槙子肯定知道这种情况,但却若无其事一般。如果这样去想,那么信中处处都可以发现这种证据。槙子就是在这种状态中发现了她的王国。

勋的感觉在狱中已被磨得越来越敏锐,因此察觉到这一点时,他也曾愤怒地想撕掉这些信。这时,他就会想些别的事来冷静自己、提醒自己。

勋曾要求狱方给他一本《神风连史话》,被拒绝了。在狱中允许阅读的只有《小孩的科学》《现代》《讲谈俱乐部》《国王》《钻石》……这些杂志。不论是官方还是民间出版的,一个星期只能看一本,但没有一本能点燃他心中的火焰。因此,他请父亲将井上哲次郎的《日本阳明学派的哲学》寄来给他,他主要是想读大盐中斋那一章。

大盐平八郎中斋在文政十三年,三十七岁时,辞去捕吏之职,专心于著述及演讲,并作为阳明学者扬名于世。此外,他的武功也很好。天保四到七年间,全国大饥荒时,没有为政者或富商出来拯救这些饥民,大盐变卖了他所珍藏的书籍赈济灾民,却被视作沽名钓誉,而他的养子格之助也受到了非难。于是,大盐终于在天保八年二月十九日举兵起事。他带着几百名追随者,抢富商之粮分给各处的饥民,同时放火烧了大阪城的四分之一,旋即被官兵平定。大盐抱炸药而死,享年四十四岁。

大盐平八郎身体力行了阳明学的知行合一,体现了"知而不行,是谓未知"的哲学。勋对阳明学中知行合一或理气合一的学说不感兴趣,书中吸引他的是中斋的生死观。

"中斋对生死的看法,跟佛教的涅槃很接近。"井上博士如此评论。

中斋所说的"太虚",并非指完全排除心之作用的消极状态,而是指完全去除私欲之情,彻底发挥良知之光的境界。中斋认为"太虚"为人的本质,提倡常住不灭,归于太虚,进入不生不灭之境之说。井上博士进一步引用《洗心洞札记》中的话说："心既归于太虚，身死不灭，因此不惧不怕。不怕身死，只怕心死；若心不死，世上便无可畏者。由此便生决心，其乃万物所无法动摇者，此即知天命也。"

其中"不怕身死，只怕心死"这句话，重重地击中了勋的心。

五月二十日，预审结果出来了，正文写道：

"本案件将移交东京地方法院公审。"本多原想在预审阶段负于起诉的希望，终于破灭。

第一次开庭定在六月底，开庭前仍不允许会客，但是勋收到了槙子寄来的一些日用品，还有一朵三枝祭用的百合。勋觉得心中升起了强烈的感动。

这朵百合花经过了漫长的旅行，经过了看守之手的翻弄，显得有点残败。可是跟本打算起事时藏在身上的百合相比，它却显得新鲜、明艳。这朵百合花上有着神社前的朝露。大概槙子为了送他这朵百合，还特地跑了一趟奈良，挑选出其中最白最美的一朵吧！

回想起来，去年这个时候，勋全身上下充满了自由与力量，带着神前剑道大赛获胜的余晖，到三光的瀑布下净身。然后以一颗清净的心，不理会汗水湿透了头巾，拖着货车到奈良摘取供神的百合。樱井夏日的阳光闪亮动人，勋的年轻和群山的绿意互相辉映。

百合是他记忆的徽章，后来更成为他决心的象征。从那时起，他的热情、宣誓、不安、梦想、对死亡的期待、对光荣的憧憬……一切都在这朵百合之中。在支撑着巨大而黑暗的计划的顶梁柱上,以及在他那耸立着的意志之柱的上方,随时都有百合花在高处绽放发光。

他注视着手中转动的百合。阳光刺眼,花枝在掌中垂下快要干枯的叶子,淡金色的花粉散落了些许。勋觉得去年的百合复活了。

三十六

当勋在起诉书的共同被告栏内看见佐和的名字时，想到自己长久以来对他抱有的猜疑及不可抑制的憎恶，感到十分羞愧。

当时的自己，急切地想找到一个扮演背叛者角色的人，否则便无法解开心中的困惑，曾始终耿耿于怀。于是，向来令自己厌恶的佐和，就理所当然地成为头号目标。

现在，原以为最有嫌疑的名字——佐和，已被剔除了。勋很怕把怀疑转向宫原、木村、井筒、藤田、三宅、高濑、井上、相良、芹川、长谷川等十人。其中芹川和相良还不满十八岁，适用于少年法，所以没有被列在名单中是理所当然的事。勋怎样也无法把背叛与这些纯洁的少年联系在一起。

经常像影子般尾随自己，四肢短小、眼露精明的相良，曾在神社前大哭"我不能回去了"的东北神官之子——芹川，这两个人无论如何是不可能背叛自己的。那么其他人呢？……勋不敢再想下去。他急于获得真相，却又害怕知道真相。因为又深恐发现其中隐藏着什么骇人的东西，好比拨开草丛乍见白骨一般，令人无法正视。

当然，离队的同志们也知道起事的日期订于十二月三日。但是最后两个离队的人所知道的也不过是起事前三星期的事，而且在原订计划受挫后，起事日期或者延后或者提早，甚至中止的可能性都很大。就算是离队者将情报卖给了司法当局，当局又为何直到起事前两天才来抓人呢？由于起事手段比之前简单多了，不就有可能提前进行吗？

勋告诉自己：不要想了！不要再想了！可是一边这样告诉自己，思绪却像被捕蛾灯诱惑着的飞蛾般，不想看那灯火却又朝着它扑去。他的心转向了他最不愿去想的不祥方向。

六月二十五日开庭那天，天气晴朗而稍显闷热。押解犯人的车子，绕过在烈日照射下闪烁发光的皇宫护城河，驶进了最高法院那幢红砖建筑的后门，东京地方法院就在一楼。勋身着白底蓝条的棉质上衣及和服裙裤出庭，这些衣物是家里送进来的。米黄色的法台光泽耀眼。勋在入口处被卸下手铐时，好心的看守示意他往旁听席看，并且把他的身体扭了过去，半年不见的父母就坐在那里。母亲看到他时，用手帕捂住嘴，强抑着满腹的辛酸。但勋没看到槙子的踪影。

被告们背向旁听席站成一排。能和同志们并排站着，使勋勇气十足。他的身旁就是井筒，虽然不能交谈也不能对看，但是他能感受到井筒身上轻微的颤抖。勋认为那并非出庭紧张之故，而是许久未见的感动透过热汗淋漓的身体波动传给了他。

前面是被告席。被告席的对面则是发亮的红木法台，镶着纹理细致的镶板，被装饰得如神坛一般。在红木法台的正后方，有一扇饰以巴洛克风格人字形门檐的门扉，看来十分庄严。法台上有三把镶着花冠的椅子。庭长坐在中央，左右两旁是陪审官。书记官坐在法台的右前方，左边则是检察官。法官们身穿黑色法服，从肩部到胸前的紫色蔓草花纹泛着暗淡的光泽，漆黑威严的法官帽上也绣着紫色的线。一眼就可以看出，这里的确是个非比寻常的地方。

待心神稍稍平静之后，勋从右侧的辩护律师席上认出了一直注视着自己的本多。

庭长开始询问被告者的姓名年龄。自从被捕以来，勋已经习惯了来自上方、充满威严的响亮叫声，喊着自己名字的叫声。然而此刻，从如此高的法台上传来的、如远方天际的雷声，代表着国家理性的声音，勋还是第一次听到。勋答道：

"有！我叫饭沼勋，今年二十岁。"

三十七

七月十九日，第二次开庭。

时值盛夏，天气燥热，但周遭满是茂林修竹的法庭，却不时吹来阵阵凉风。文件被吹得"啪啪"作响，法警便把窗子半掩了起来。勋的腹部都是汗水，奇痒难耐，就只有拼命忍住想抓一抓的冲动。

开庭不久，庭长就驳回了由检察官在第一次开庭时提出的证人之一。高兴之余，本多不禁在桌上的纸上转动起红色铅笔。

这是他在昭和四年出任法官时无意中养成的毛病，之后虽然努力地克服，却在四年后的今天又犯了。法官有这种毛病，对被告会有不好的影响，但以他今天的立场是可以随心所欲转笔的。

被驳回的证人是陆军的崛中尉。

本多看见检察官不满的脸，仿佛一阵突来的强风横扫过水面似的。

无论是在审讯记录或是调查书上，或在以知情者身份出席的脱队者口中，都曾多次提到崛中尉的名字，只有勋没有提到过。他在这次事件中所扮演的角色非常模糊。在被警方取走的名单上，并没有他的名字。那份名单上，十二名财界巨头的名字与十二名被告之名用红线一一相连，但没有详述刺杀计划的内容。

被告们只承认受到了崛中尉的精神感召，多数离队者甚至表示没有听过崛中尉的名字。检察官怀疑在起事前必然有个更详尽的大计划，但从被告身上及证物上却查不出蛛丝马迹。

检察官早就瞄准了那张传单，但其早已被洞院宫殿下一声令下毁掉了。检察官觉得，那些未成年的被告不应该有这样的智商，于是把焦点转移到崛中尉身上，也是理所当然的。

本多猜想这种让检察官头痛的局面可能是佐和从中安排的结果。饭沼曾暗示过他。

"佐和这个人很不错，"饭沼有次这么说过，"他曾发誓与勋他们同生死、共患难。他背着我想帮勋完成他们的愿望，自己也打算一同赴死。所以，由于我的告密，受伤害最深的应该是佐和。但他毕竟是成年人，所以很周到地准备好了失败后的对策。

"一般那种运动，有人脱队是最危险的了。因此当佐和知道有人脱队以后，马上活跃起来，一个一个地去说服他们。

"他告诉脱队者说，如果有了什么意外，你们一定会以知情者的身份被传讯。知情者和共犯只有一线之隔，为了避免沦为共犯，就得把自己和军方的关系说成仅仅是精神上的影响，否则，就等于是自己把自己送上断头台。

"佐和他一方面决意参与，一方面又为了以防万一，把所有证据都先销毁了。年轻小伙子是想不到这些的。"

一开庭，庭长就以"与本案无关"的名义拒绝检察官所申请的证人——崛中尉出席。本多想，可能是受报纸上"陆军有关当局说……"的影响。军方自"五一五事件"以来，对社会上的反应很敏锐。尤其崛中尉是个备受瞩目的人，此时如果又成了民间叛乱事件的策划人，可就不得了啦！即使是以证人的身份出席，也会影响民间对军方的信任，从而打击军方的威望。军方肯定也想到这一点了。

军方多半是以这种心态来看待此次审判，所以对于检察官申请崛中尉出席作证一事感到十分棘手，但也只能衷心期盼着庭长驳回请求。

然而检察厅已从警方的调查报告中得知，崛中尉和学生们曾在麻布第三团附近一个叫北崎的军人宿舍里相会过。

庭长拒绝崛中尉出席时，本多从检察官紧皱的脸上看出了明显的焦躁及不满。据本多猜测，检察官对此事以"预谋杀人罪"起诉十分不满，他认为该以"预谋内乱罪"起诉，这样才能断绝此类事件的祸根。这样一来，检察官的推理过程就被打乱了。他一心一意地把焦点放在从大计划缩小成小计划的论证上，可能会漏掉构成"预谋杀人罪"的因素。

"要抓住这个漏洞！可能的话，连预谋杀人罪也一并否定掉。现在最让人担心的，是勋的纯洁和诚实。"本多心想，"我必须混淆勋的心智。自己申请的证人，不仅要针对敌人，也要针对自己人。"

在站成一排的众被告中间，勋的眼睛显得格外清澈而凛然。

"美丽的眼睛啊！"本多在心中喊，"清澈、有神、使人震慑的目光，就如同在三光瀑布下净身时一般，那双让世人感到内疚且举世无双的年轻人的眼睛呀！你什么都说出来吧！你把什么都老实地说出来，尽管受到伤害吧！到了这种年龄，你也该知道如何保护自己了。把什么都说出来后，你就会知道——'没有人会相信真相'这个重要的人生教训。这就是我对你这双美丽的眼睛所能做的唯一忠告。"之后，本多把目光移向法台上的久松庭长。

年过六十的庭长戴着金边眼镜，白皙而干燥的皮肤上，有着淡褐色的老人斑。他口齿很清晰，在说话的停顿处，夹杂着如象牙碰撞般的清脆声音。这种声响使他讲话的内容增加了冷峻的威严性，也和法院前那闪耀的菊纹御徽章相符，这都是因为他装了假牙的缘故。

久松庭长在人格上的声望很高，本多也很喜欢他那种严谨的个性。可是，他这么大年纪仍在负责第一审的地方法官，说明他至少不是个才俊型的人物。律师间的传言是，从外表看来他相当理性，实际上却是个十分感性的人，只是为了控制自己内心的火焰而装出冷峻的外貌。这一点，从他被激怒时或感动时涨红的双颊上可以看得出来。

本多知道庭长这一面，那是怎样的战斗呢？感情？利害？野心？羞耻？狂妄？……或其他各种各样的漂流物——纸屑、橘子皮、大小浮木、死鱼、海藻……都包含在内，全被波浪不断地挤压进一片人性的海洋中,而只靠这层法律的薄膜支撑着的战斗呀!

久松庭长很重视把武士刀卖掉改买短刀这件事情,并且把它当作杀人未遂的间接证据。检方证人出庭的申请被驳回之后,证据调查方向马上转向这件事。

庭长:饭沼勋,你在起事前把所有的武士刀都换成短刀,是为了配合刺杀这一目的吗?

饭沼勋:是的。

庭长:那是什么时候的事?

勋:我记得是十一月十八日。

庭长:你是卖掉两把武士刀,又买了六把短刀吗?

勋:是的。

庭长:是你自己去的吗?

勋:不是,是我请两位同志去的。

庭长:那两位同志是谁?

勋:是井上和井筒。

庭长:为什么要一把一把分开去卖?

勋:我想年轻的学生一下子卖两把刀会引人注目,所以就挑了两个给人纯洁明朗印象的同志到远处的刀去卖,如果买刀的人问起原因的话,我交代他们就说自己曾练过武术,但现在已经不练了,所以改买几把白鞘的短刀。如果能卖掉那两把武士刀改买六把短刀,加上原先已有的六把,刚好十二把,可以让十二个同志每个人佩戴一把。

庭长:井筒,你把卖刀的情况说一下。

井筒：我到了麴町三丁目的村越刀剑店后，装着一副很平常的样子，说我要卖刀。当时只有一个小老太婆抱着一只猫在看店，我心里想，在这种卖刀的店，猫也活得很难过吧……

庭长：这种事就不必讲了。

井筒：是。我向老太婆说明来意后，她马上走到里面。不久有个脸色和情绪看起来都不太好的男子出来，他带着挑剔的神情拔出刀，从头到尾端详了老半天，还嘟囔着：这不是什么名刀嘛！就给了我三把短刀。他根本没问我为什么要换刀。我把三把短刀看了一下就带回去了。

庭长：他没问你们的名字和住址吗？

井筒：没有。他什么都没有问。

庭长：辩护律师有没有什么要问饭沼勋和井筒的？

本多：我想问井筒一些问题。

庭长：好的。

本多：你去卖刀时，饭沼勋有没有告诉你，因为用长刀刺杀不方便，才换成短刀的？

井筒：没有，我不记得他这么说过。

本多：那么，他没告诉你什么，只是命令你去换刀，你也不知理由为何就去了吗？

井筒：这……但是大概的情况我是可以想象得到的。

本多：是不是因为当时决议的内容突然有了什么变化？

井筒：没有这样的事。

本多：你去卖的是你自己的刀吗？

井筒：不是，是饭沼勋的刀。

本多：你自己用的是什么刀？

井筒：我一开始就有把短刀。

本多：什么时候有的？

井筒：是……是去年夏天。在大学的神社前发过誓后，我心想若没有把短刀，实在看不过去，就到收藏刀剑的叔叔家要了一把。

本多：那么你当时并不太清楚具体的使用目的，是不是？

井筒：是，我只是想将来可能会用得上。

本多：那么，你是何时得知了使用短刀的具体目的？

井筒：我想是在派给我暗杀八木升之助的任务后。

本多：我问你的是，清楚地意识到必须以短刀作为刺杀的工具，是什么时候的事？

井筒：……这个……我无法确定。

本多：庭长，接下来我想问饭沼勋几个问题。

本多：你的刀是什么刀？

勋：就是叫井筒拿去卖的刀。上面刻有"肥前国忠吉"几个字。这是半年前我获得剑道三段时，父亲送给我的。

本多：一把这么有意义的刀，拿去换成短刀，是为了自杀准备的吗？

勋：什么？

本多：你说你爱读《神风连史话》，对他们切腹自杀的行为十分感动。你希望自己能像他们那样死去，另外，你也把那种死法推荐给你同志们，不是吗？据我所知：神风连的志士们在战斗时用的是武士刀，而自刎时才用短刀。是这样没错吧？

勋：是的。我想起来了，在最后一次聚会时有同志提议：为了预防万一，每人再藏一把短刀，在必要时可以自杀用。这个提议获得全体同志的赞成，但这些刀还没买我们就被捕了。

本多：那么，在此以前，并没有想到要买备用的刀吗？

勋：是的。

本多：而且你们从一开始就抱着不成功便成仁的决心，是不是？

勋：是的。

本多：那么，你们用武士刀换来的短刀，是他杀也是自杀用的，是不是？换句话说，是有兼用目的的。

勋：是的。

本多：也就是说，把武士刀特地换成短刀的行为，是兼具他杀及自杀两种目的的，而非特别以他杀为使用这些武器的唯一目的，是不是？

勋：是的。

检察官：抗议。庭长，本多律师的询问很明显是诱导性询问。

庭长：辩护律师的询问到此为止可以吗？换刀之事先告一段落，现在准许检察官的证人出庭。

回到座位的本多满意地想，通过这次询问，至少打乱了为预谋杀人而换凶器的论点。但是，久松庭长似乎对思想问题不大有兴趣。他本来可以利用职权让勋尽情地阐述他们的政治信念，但从第一次开庭以来，他一直没有给勋机会，本多对这一点耿耿于怀。

一阵沉重的拐杖声在法庭门口响起,吸引了庭内所有人的目光。一位个子很高但稍微有些佝偻的长者,缓缓走上证人席。他的背向前弯着,像是要弯腰下去拿什么似的,麻布单衣的胸部仿佛窗帘般包围着自己的空间。他的白发下有双深陷的眼睛。老人倚杖而立,站在证人席上。庭长站起来宣读宣誓书,老人用颤抖的手在署名处按了手印。在开始讯问前,特别给老人抬来了一把椅子。

他用小得不易听清的声音回答庭长的提问:"我叫北崎玲吉,七十八岁。"

庭长:你一直在经营军人宿舍,是不是?

北崎:是的。我从日俄战争时,就开始在同一个地点经营军人宿舍,很多出色的军人、上将、中将都住过我的宿舍,所以大家都说我的宿舍风水好。虽然外表看起来很寒酸,但托大家的福,军人,尤其是第三团的军官,都很照顾我,让我孤身一人,能一直靠自己的力量过活。

庭长:检察官有什么话要问吗?

检察官:是的。陆军步兵的崛中尉曾住过你那里,对吗?

北崎:是的。

检察官:从什么时候开始的?

北崎:三年前……不,两年前。我最近的记忆有点不太灵光……是,没错,大约是两年前。

检察官:崛中尉晋升为中尉是昭和五年三月的事,至今已有三年多了,那么,他租住你的宿舍时已是中尉了,对吧?

北崎:没错。他住进来之后,我不记得庆祝过升级。

检察官：那么他住在你的宿舍，至少有三年以下，一年以上的时间，对吧？

北崎：是的。

检察官：是不是有很多人常常去找他？

北崎：哦，很多。不过，一个女客也没有。崛中尉的客人都是青年人，特别是年轻的学生，常来听中尉教导。中尉也很好客，常常叫我去外面店里叫东西来请他们吃，很照顾他们，有时候也给他们一点零用钱。

检察官：这种现象是从什么时候开始的？

北崎：他一住进来就是如此。

检察官：中尉有没有跟你谈过有关他客人的事？

北崎：没有。他和三浦中尉不同，他很少跟我交谈。

检察官：等一下，三浦中尉是什么人？

北崎：他也是我的房客，住在三楼，刚好是崛中尉对面的那一排最靠边的房间，是个态度粗鲁但很有趣的家伙。

检察官：在崛中尉的访客中，你有什么印象特别深刻的吗？请告诉庭上。

北崎：嗯，有天晚上，我要送晚饭给三浦中尉。经过崛中尉房间时，我看见他房间的纸门是紧闭的。正当我走到房门口时，里面突然响起崛中尉的吼叫，语气相当严厉，像是在发号命令似的，这突如其来的声音吓了我一跳。

检察官：他说什么，你听清楚了没有？

北崎：我只记得他说："懂了吗？要停止！"

检察官：你知道他说要停止什么吗？

北崎：那我就不清楚了，我经过那里时，被他的怒吼吓了一跳，一心只想端稳手上的饭菜，而且我的行动又不是很方便，只想赶快把饭菜送到三浦中尉那里去。那天晚上三浦中尉大概也是很饿吧，从一开始就在催："喂！老伯！饭好了没呀？"等我把饭送到他那里时，又被他骂了一顿。三浦中尉进餐，笑着说："崛中尉又在叫了。"只这么说了一句。这就是军人的本色吧！

检察官：崛中尉那天有几个客人？

北崎：好像只有一个人，对，是一个人。

检察官：那是什么时候的事，你记得吗？这很重要，所以你一定要想清楚。是哪年哪月哪日几点钟的事？你有写日记的习惯吗？

北崎：哪里，不客气。

检察官：你知道我在问什么吗？

北崎：啊？

检察官：你有没有写日记的习惯？

北崎：哦，日记是吗？我不写日记。

检察官：那一晚是哪年哪月哪日几点钟呢？

北崎：我想肯定是去年。当时纸门关得那么紧，而我并不觉得奇怪，所以绝对不是夏季，也不是初秋，而是寒冷的时节。也就是四月以前，十月以后的事。时间是晚饭时刻，至于日期嘛……

检察官：能不能确定是哪个月的事？是四月呢还是十月？或者是三月，还是十一月？

北崎：是的，我正在努力地想。是……是十月或十一月。

检察官：那么，是十月底还是十一月初？

北崎：这我实在没有办法……

检察官：那我就当作是十月末到十一月初可以吗？

北崎：啊！可以的。对不起，我有点不中用了。

检察官：那天的客人是谁？你知道吗？

北崎：我不知道他的名字。崛中尉每次只是告诉我，几点钟有几个年轻人要来，届时带到他房间去，如此而已。

检察官：那晚的客人很年轻吗？

北崎：是。是年轻学生。

检察官：你记得他的样子吗？

北崎：记得。

检察官：那你到被告席去，一个一个地看清楚，看看当中有没有那天的客人？

勋任由高大的老人一直弯着腰凝视自己的脸，老人深陷的双眼如牡蛎般混浊不清，瞳孔仿佛被四周的血管逼迫，凝成了一颗毫无光泽的痣。

"当时在那里的不就是我吗？"勋用眼神拼命地向他暗示，因为此时他被禁止开口。老人的视线虽然落在勋的脸上，但是又在两个人之间来回移动，好像被什么模糊的阴影卷了进去似的，摇摆不定。

拐杖在地板上颤颤巍巍地拖动起来，老人走向井筒。除了勋外，没有一个人被端详得那么久。勋确信，老人记起他了。

回到证人席上的北崎，好像在努力地把烟雾一样在自己脑海中消散的记忆抓回来。他用拐杖头支撑他的手肘，手掌抚在额头上，显得很茫然。

检察官：怎么样？有没有？

检察官的语气显得很焦躁。

北崎并没有看检察官，他用难以听清的声音，像在对自己的影子说话般喃喃着。

北崎：我不能确定，第一个被告……

检察官：是饭沼勋吗？

北崎：我不知道他的名字，最左边的青年，看起来很面熟，他确实来过，但那天晚上的客人是不是他，我不能确定……他也许不是崛中尉的客人……

检察官：那么是三浦中尉的客人吗？

北崎：不！也不是。以前有个年轻人带一个女人来过我这儿的一个房间，那个人好像是他……

检察官：饭沼带着女人来过吗？

北崎：我并不是很清楚，但很像是他。

检察官：那是什么时候的事？

北崎：我正在想这件事。好像是二十多年前的事。

检察官：二十多年前？饭沼带过女人来？

旁听席上爆出了笑声，老人无视这些反应，仍固执地说——

北崎：没错，是二十多年前的事。

这个证人有没有作证的能力，已经很明显了。大家都在笑他老糊涂。本多原本也在笑，但当老人一再强调是二十多年前没错时，他的笑容突然消失了，心里一阵战栗。

本多记起清显对他说过，曾在北崎的偏房与聪子约会。但是清显与勋除了年纪上相仿之外，在外表上并没有什么类似之处。记忆在垂老的北崎心里混乱了，在一所古老房子中发生的许多事情，超越了时间联结在一起，只有色彩浓淡之分。旧时爱恋的热情和今日忠义的热情，两者都是越轨逾矩的行为，因而融合在一起。就像是两朵开在他模糊不清如泥沼的记忆里的莲花，一红一白秀丽的莲花，在观念上成了一朵，也不无可能。这种错觉，一定在垂老的北崎那沉淀如灰色沼泽的心里，突然射进了不可思议的澄明之光。他一定是为了捕捉这无法形容的澄明之光，才不理会人们的嘲笑和检察官的愤怒，执拗地重复着相同的话。

想到这些，本多突然觉得磨得发亮的咖啡色法台和法官们黑色威严的法衣，都在窗外的夏日强光下褪了色。眼前炫耀着为庄严精巧的法律秩序，宛如一座冰城被那强烈的夏日照射着，眼看着就要融化掉了。北崎的确瞥见了常人看不见的巨大光芒。令窗外前庭的松叶一闪一闪发亮的夏日之光，的确比占据室内的法律秩序更严峻，形成了更为壮观的光之准绳。

"辩护律师有没有什么要问证人？"

当庭长这么问时，沉浸在记忆中的本多茫然地说："没有。"

"那么辛苦你了，证人请退席。"庭长说。

"……现在请允许在庭证人鬼头槙子出席，为了被告饭沼以及共同被告一干人等的利益，请向鬼头槙子询问原定起事的三天前，被告饭沼心里真正的打算。另外，我还要呈上证人当时的日记，请庭上过目。"本多说。

刑事诉讼法中并没有在庭证人的规定，但是可以根据实际需要，由庭长征求检察官的同意，本多正是利用了这个惯例。

庭长征求检察官的意见，检察官以冰冷的态度表示认可，但露出一副不屑的样子。庭长与左右的两位陪审官商量之后答道。

"可以。"

穿着蓝色丝绸和服，系着白色博多产腰带的槙子，出现在法庭门口。

盛夏里的槙子皮肤像雪一般白皙，漆黑如墨的头发在脑后梳了个髻，蓝色的领子围着脖子形成圆滑的曲线，好像遥远的风景一般突出了她冷静的脸庞，温润的眼睛雾一般迷蒙，水汪汪的明亮眼睛下方，一小块肌肤像是刷了一层薄暮般显出衰老之色。微微斜系的腰带中央，点缀着一块碧绿的香鱼形翡翠。玉石泛出绿色光泽，扣在槙子那稍显宽松的和服上。在那无动于衷的风情里有着紧绷的纤细，而在她面无表情的背后，不知道是悲愁？还是冷笑。

槙子从容地走向证人席，并没有看向勋。

"我发誓按良心来陈述真相，不隐瞒任何事实，也不捏造任何事实。"

法官读完宣誓书，槙子手都没抖一下，在上面签了字，并从长袖中取出一枚小小的象牙印章，用她美丽的手指捏住，用力地按下去。远远看着她的本多，似乎在她的手指之间看到了一丝如血般的印泥。

本多遵从槙子的意思，把她的日记当作物证，从而把槙子变成了证人，但本多不清楚申请何以如此顺利地获得同意。

庭长：你和被告是怎么认识的？

桢子：家父和勋的父亲很熟，家父又很爱接近年轻人，所以勋常到我家来玩，我们的关系可以说比亲戚还亲密。

检察官：你们最后一次见面是在什么时候？

桢子：是去年十一月二十九日的晚上，他来我家拜访的时候。

检察官：你所提交的日记内容有没有错误？

桢子：没有。

检察官：接下来由被告的律师发问。

本多：好的。这是你去年的日记吗？

桢子：是的。

本多：你写日记已经好多年了？这是一本不限一天写多少页的日记，也就是说能自由记载的日记是吗？

桢子：是的。我有时候也把和歌写在上面。

本多：你是否一直不换页，只空一行，就接着写第二天的日记？

桢子：是的。我从两三年前就开始写，有越写越多的倾向，若是隔天就换一页，就算是自由记载的日记本，用到秋天也就没有了。所以，我就只空一行，然后接着写。

本多：那你能证明这本是你去年的日记，是当时的实录，而不是后来添加的吗？

桢子：是，我写日记是从不间断的，而且都是在就寝前写。

本多：那么，我现在把去年十一月二十九日，你的日记中有关被告饭沼的部分朗读出来。

……晚上八点左右,勋突然来访。我们已很久没有见面了,但不知何故,今晚他的影子一直在我脑海中浮现。电铃还没响时,我就到了门口,这就是所谓的心灵感应吧?他穿着学生服及木屐的样子一如往昔,但我看见他的脸就觉得不同寻常,他像陌生人一般冷漠,表情很生疏,见到我时,他把手中的小桶急急塞进我的怀里,说:"家母吩咐我送来的,是客人从广岛带来的牡蛎,想分一点儿给你们。"

在玄关昏暗的灯光下,水桶中隐约发出声响。他说还要温习功课,就匆匆忙忙地告辞回家,但他的表情写着他在说谎。这和平常的勋太不像了。我把小桶收下,极力挽留他。并且进屋去向父亲禀告。父亲命令我说:"去叫他进来。"当我回到门口时,勋却已转身离去。我急急忙忙追过去,想向他问个明白。

他应该知道我跟在后面,但他并没有回头,步伐也没有慢下来。走到白山公园时,我扬声问他:"你在生什么气?"这时,他才停下来,回头望着我的脸上,浮着不好意思的笑容。我们就坐在白山公园寒风中的长凳上说话。

我问他运动筹划得怎样了,他曾和我谈过他们的组织,我也常请他的同志们吃饭。我想勋最近不常来,或许就是为了那个运动的事在忙吧。

勋带着赧然的表情说:"老实说,我就是想和你聊聊那件事,但一见到你的脸,想到过去常常用盛气凌人的态度慷慨激昂地说大话,就觉得很不好意思,所以才跑掉的。"

我听他这么一说,才知道这件事已发展到相当严重的地步。这些年轻的孩子为了掩饰自己的恐惧,故意说了许多夸张的话,来试探其他伙伴的勇气。脱队者及被淘汰者的数目越来越多，留下来的人只能强撑下去。他根本无意造成流血的局面，如今却演变到骑虎难下的地步。只是没有人肯泄露出心中的恐惧，但也没有人有实践的勇气。同时，也没有人肯被视为"懦夫"，提出就此打住的建议。身为负责人的勋，心中也十分气馁，不知有没有转圜的余地。他今晚就是为了想问我有没有什么好办法才来的。我劝他立刻住手，因为下定决心停止才是真正男子汉气概的表现。也许暂时会被唾弃，但终有一天会被了解。尽忠之道很多，如果有需要的话，我可以从女性的立场去说服其他同志。但他说我出面反而不方便，所以我便没有干预。在白山神社前告别时，我们向神祷告后，勋说："托你的福，现在我的心情开朗多了，我已经放弃了。我要选一个恰当的时机宣布终止。"听他这么说我松了一口气，但仍有点不安。我一边写着日记，一边思考着这件事，看样子今晚是睡不着了。

父亲对勋有很大的期许，不无夸张地说，若是他有什么闪失，对日本而言也将是很大的损失。今天的心情十分郁闷，和歌也没法写了……

——以上所念的，的确是你当时写的吗？

槙子：是的。

本多：没有后来添加修改的吗？

槙子：没有。

庭长：以你的看法，饮沼在那天晚上已完全放弃举事了吗？

槙子：是的。

庭长：他有没有提起举事的日期？

槙子：没有。他没说。

庭长：你不认为他是故意隐瞒吗？

槙子：他既然已经告诉我他放弃了，怎么可能再告诉我起事的日期呢？他是个老实人，如果他说谎，我有把握马上看出来。

庭长：你和被告那么亲密吗？

槙子：是的，我们像姐弟一般亲密。

庭长：你说心中仍有不安的感觉，是否曾偷偷地奔走、阻止他们？

槙子：我想女子如果出面只会坏事，所以只是向神祷告。当我在报上看见他们被捕的消息时，我真的吓了一跳。

庭长：那天晚上的交谈，你有没有告诉你父亲或者别人？

槙子：没有。

庭长：如此重大的事情，而且形势紧迫，告诉你父亲不是很自然吗？

槙子：那天回家，父亲什么也没有问。父亲一向很看重年轻人的热诚，如果把这种变化告诉了父亲，岂不破坏了他对勋的印象？我想既然没事了，就什么也没说，一直把它放在心里。

庭长：检察官有没有什么话要问？

检察官。没有。

庭长：好，证人可以退席，辛苦了。

槙子鞠躬，一眼也不看被告席上的勋，便离开了法庭。

勋握紧拳头，汗水大颗大颗地在拳头里翻滚着。

槙子如此大胆地做了伪证，若被发现，不仅会判伪证罪，而且还有被视为共犯的危险。她不顾危险，说了勋明明知道是假的证词，使勋觉得很矛盾。本多大概也不知道这是假的，因为他不可能触犯职业上的道德和槙子串通。这样说来，本多一定相信槙子日记的真实性。勋觉得进退两难，为了不让槙子被判伪证罪，自己必须将最重要的"纯粹性"牺牲掉。

如果槙子在那个晚上确实写了这样的日记，她为什么要在分手后不久，把那段美丽的别离，篡改成这么丑恶的内容？

她这么做是不是恶意的呢？还是不可理解的自我亵渎？不！应该不是。聪明的槙子一定是在他们分手后，立即觉察到会有出庭作证的这一天，所以她及时准备好了应变武器，这是为了救勋！

勋本来曾猜测告密者是槙子，现在看来显然是不可能的。因为法庭不可能让直接的告密者做间接的证人，槙子若是告密者，就和隐瞒了事实的日记内容有了抵触。勋把槙子当告密者的可能性排除掉，这也让他松了口气。

她的动机是爱——是敢于在众目睽睽之下冒险的爱。这是怎么样的爱呀？为了自己的爱，即使把勋最珍视的理想污染了也在所不惜。而且更令人为难的是，勋必须对她的爱有所回报，他不能使槙子沦为伪证罪的犯人。而且槙子也很清楚这一点，她是知道这一点才敢出来做伪证的。她竟利用这点设计圈套，以勋最憎恶的方式来救他。勋觉得那爱成了绑住全身的绳索。

站在自己身边的同志听了槙子的证词不知作何感想。他相信同志们会信任他的，但这样公开在法庭上做的证言，谁会相信都是谎言呢？

勋在槙子作证的时候已经感受到，在夜里，在关家畜的小屋里，那群被绑起来的野兽正悄悄地在咕哝着，轻轻地踢着墙板，就好比一股不满和郁闷的屎臭浓烈地蹿上来似的，死命地保持着沉默。勋觉得一个同志用脚跟搓着椅脚的声音，都在表示着对他的责难。在狱中使勋痛苦不堪的"被出卖"的不安，就好像在黑暗中找针却找不到的那种感受，现在立场反过来了。他觉得那种感受正沾了黑色的毒素，迅速地在每个同志的心里扩散开来。如白瓷花瓶般的"纯粹性"，已经发出龟裂的声音。

被讥为卑鄙也好，被诬蔑也好，这都还忍得住。怎么都令人无法忍受的是，槙子的证言必然会导致推演，将使勋被怀疑为出卖同志的内奸。

要澄清这个世上最难忍受的怀疑，只有一个办法，而能够澄清这个怀疑的也只有一个人，那就是勋。只有勋站出来，揭发槙子的伪证。

实际上，本多并不完全相信槙子日记上的记载，也不认为法官会无条件地肯定这本日记的证实能力。本多只确信勋绝不会使槙子涉嫌伪证罪，因为槙子倾力解救勋的意图，勋能够体会。

他企盼能在被告与证人之间挑起这场战斗，也就是用染红勋纯粹而透明的理想密室，用晚露，让双方陷入互相否定的情形，各持最真实的刀刃进行战斗。只有这种战斗才是勋过去二十年的岁月里未曾想象过的，连做梦都没梦到过的，却又是为了"生存的必要"而不得不明白的战斗。

勋太过相信自己的世界了。必须把这种相信毁掉。因为那是最危险的自信，并且会危及他的生命。

如果勋按照计划进行暗杀行动，随后立即自尽，那么他这辈子就无法碰上任何一个"别人"便结束了。他企图谋杀的那些"大人物"绝非对立的别人，只不过是年轻人秉持纯粹的志向所瓦解的丑恶泥偶罢了。不，在举刀刺杀那衰老而丑陋的肉体之际，或许勋会对自己世界里长时间温和酝酿而成的观念之具体化，觉得比骨肉之情更加亲切。勋在供词上也表示"绝非基于憎恶而生杀念"，那是纯粹的观念上的犯罪。但是，勋不懂得"憎恨"，正意味着他未曾爱过任何一个人。

现在，勋可能已懂得憎恨了吧！那是他纯粹的世界中第一次出现了异物的影子，这是任何利刃、任何骏马、任何机敏的行动也无法囊括或统御的坚强的异物。也就是说，他体会到了在其居住的完整无缺的金瓶之外，还存在着一个"外部"世界。

庭长看着证人退庭，摘下了老花眼镜，他脸部的气血不太畅通，纸般的皮肤暴露在室内明亮的光线下。

本多注视着他，微微战栗地想："他正在想什么？想什么呢？"

众目睽睽之下，老庭长不会被槙子美丽的倩影所吸引。端坐于高高法台之上的久松庭长，好似持其高龄看守着法律之正义瞭望台的孤独长者。他那充满人生阅历的眼光，令人认可了他的高瞻远瞩，因而，他一定是想拿安然离开法庭的槙子的背影，与朗诵日记时以及被讯问时举止严肃的槙子作个比较，希望能察觉出更多东西——通过那走向荒凉的，花、草、情感皆不存的旷野，渐渐远离夏季的背影……方才他确实看出了什么，他虽然没有才俊之士的声誉，至少通晓人性，因此这也不足为怪。

庭长问勋:"刚才证人鬼头的证词没有错吧!"

本多用手指按着极易在桌上滚动的红笔,侧耳倾听。

勋站了起来,紧握双拳,身体微弯。本多着实为他担心,勋白衣微敞的胸膛上闪烁着豆大的汗珠。

"是的。没有错。"勋如是回答。

庭长:你在十一月二十九日晚上特地拜访了鬼头槙子,还告诉她,你已经改变主意了,是不是?

饭沼:是的,就是这样。

庭长:你们的谈话内容就像证人说的那样吗?

饭沼:是的,不过……

庭长:不过什么?

饭沼:我的心情不是那样。

庭长:不是那样,是怎样?

饭沼:我的心情……实在是……鬼头中将和槙子对我一直都照顾备至,所以我想在起义之前去看看他们,并向他们告别。还有,在这之前我曾经将自己的志向或多或少告诉过他们,因而担心事发之后连累了槙子,于是不得不对槙子撒谎,说我的决心已经动摇,让槙子对我失望,甚至想就此斩断对她的不舍之情……当时我说的都是谎言,槙子完全被我骗了。

庭长:原来如此,那就是说,当时你企图起义的决心丝毫都没有动摇,是不是?

饭沼:是的。

庭长:你这么说是不是因为害怕同志们听了鬼头槙子的证

词,认为你太懦弱,竟然动摇了心志,所以想草草蒙混过去,是不是这样?

饭沼:不,没有这种事。

庭长:根据我的观察,槙子绝不是这么容易受骗的女人,你当时有没有觉得槙子表面上似乎上当了,实际上只是故作受骗的样子?

饭沼:不,没有那回事,因为当时我也是认真的。

这一问一答听得本多打从心底喝彩,勋助人意表地杀出一条血路。他在走投无路之际,终于学会了大人的智慧,独立地找到解救槙子且能自救的唯一途径,至少,在那一瞬间他不是个只知横冲直撞的鲁莽的小兽。

本多暗自忖度,所谓"预谋",仅凭犯罪意图是不够的,还必须有足以说明"预谋"的行为,罪名才得以确立。就此而言,与实际行为毫无关系而只与犯罪意图有所牵连的证人槙子,对整个案情并无太大影响。然而,考虑到法官的"心证",问题就不同了。因为刑法第二百零一条预谋杀人罪的界定上,有视具体情况免刑的条款。

这种主观酌情的自由心证因法官本身的性格而有所差异。本多研究过久松庭长过去的判例,但还是无法从中了解把握其性格。所以,提供构成法官心证所需的两种不同材料是比较明智的做法。

假如法官是个心理主义者,或许就会把槙子证词中所提及的犯罪意图动摇视为参考依据。假如法官为侧重思想或信念者,便可能受勋所主张的纯粹理念影响,不管法官的取向如何,都得准备好相应的材料。

"尽管说吧！不管是什么主张，倾吐你的真心吧！不论你的谈话内容多么血腥，也要限定在内心世界之中，这是你自救的唯一途径。"

本多又在心里向勋呼喊着。

庭长：被告所说的什么行动、志向啦……这些在供词里也说了不少，但是，你的行动和志向之间有什么关联呢？

饭沼：啊？

庭长：我的意思是说，为什么只有志向不行呢？为什么只当个忧国之士是不够的呢？又为什么非得采取这种违法的行为作为目标呢？请说明这点！

饭沼：好吧！我是想实践王阳明的知行合一学说，所谓"即知即行，知而不行，是谓未知"的哲理。知道了日本目前的颓废与阻碍日本前途的乌云，了解了农村的积弊及人民的疾苦后，才晓得这一切都源于腐败的政治现象，也就是那批唯利是图的财阀们低劣的个性所致，并且明白了遮蔽天皇仁慈辉光的原因就在于此，所以，"即知即行"的道理不是很应该吗？

庭长：你别说得这么抽象，尽可以把话说长一点，把你怎么有所感受，如何愤怒，以及如何下定决心的过程详细说出来。

饭沼：好的。少年时期，我专心于学习剑道，一想到明治维新时期青年们持剑从事真实的战斗，讨伐不义，完成了维新大业，就对只用竹剑在道场练习的剑道产生了无法言喻的不满足感。但是，当时脑子里并没有出现自己应该怎么做的具体想法。

我在学校学到了，昭和五年日本在伦敦裁军会上被迫签下丧权辱国的条约，致使大日本的安全受到威胁，国防上毫无保障，就在那时，发生了佐乡屋氏袭击滨口首相的事件。我想当时弥漫在全日本的阴影绝不是单纯的事件。从那时起，我就经常有机会听到老师或长辈们谈论时局，自己也看了许多相关的书。开始逐渐了解社会上的一些问题，对世界经济危机所带来的不景气及政治家们的束手无策大表惊异。

二百万的失业人口，过去在外工作，挣钱寄回家，现在都纷纷返乡，使得农村更加贫困。听说藤泽的游行寺还煮稀饭供应给那些身无盘缠，徒步返乡的人。在这种情况之下，政府依然无动于衷，当时的内政部长甚至还若无其事地说：

"我认为发放失业津贴给他们，可能会产生大批的游民和惰民，所以，我希望尽量避免这种可预见的弊害。"

昭和六年，东北地区和北海道遇上大荒年，农民被迫变卖所有家当，连房屋、土地都被地主收回去，农民们只好住进马厩，饿了就吃草根、野果，勉强充饥，在村公所前也贴出了"欲卖女子者，请至此洽商"这种公告，将被卖掉的妹妹泪眼盈盈地为出征战士送行的场面处处可见，平常得很。

此外，黄金解禁下的金融紧缩也使农村每况愈下，农村危机已到达顶点，而古来盛产稻米的国家也沦落到人民饥饿而泣、田地荒废的地步。同时，从外国进口大米，全国的大米供应马上出现过剩现象，使得米价暴跌。另外佃农们必须把收成的稻米拿出一半来当作地租交给地主，自己却粒米不存，身无分文。一切都以物易物，一包敷岛牌香烟等于一升米，理发需要二升，一百棵大头菜仅能换得金蝙蝠香烟一盒,十点五公斤的茧只值十日元。

您应该也有所闻,佃农间的争执频频发生,农村面临赤化的危险。而身为忠良臣民被征为士兵的壮丁们,在心理上没办法只靠爱国意志过日子,因为灾祸已经蔓延到军队了。

政治运作体系对这些窘相不加理会,径自走向腐败的道路,财阀们基于不安的心理,大量购买美金,造就了无数暴发户,却对涂炭的生民视若无睹。我读了很多书,并且作过深入研究,我认为使日本陷入目前情况的不只是罪恶的政治家,更是那批图谋己利,幕后操纵着政治家的财阀首脑们。

然而,我压根儿就没想过要参加左翼组织,左翼的思想是完全与天皇对立的思想。日本自古以来就崇拜天皇,拥戴天皇为日本人的大家长,和谐地绵延着这个国体,这才是皇国的真面目,也是我们天壤无界的国体。

那么,这满目疮痍、人民饥困的日本,究竟是个怎么样的日本呢?天皇的瑞绪依旧存在,而世间竟为这种混浊末世,到底是为了什么?随侍于天皇左右的达官显贵与东北僻壤上饮泣着的农民,一样是天皇的子民啊!这就是我皇国对世界各国引以为豪的特色吗?以前我曾深信这些困民总有一天会承天皇的慈悲而得到拯救,而日本和日本人目前只不过是稍微脱离正道罢了,一旦时机到来,日本人的大和心必将苏醒,恢复为往日忠良的臣民,举国上下都折转回来,这就是我曾经抱持的希望。从前,我坚信遮蔽了阳光的乌云,总有一天会被风吹散,晴朗的太阳亦将随之出现。

但是，等候许久仍未见太阳出现，相反，阴影却渐加浓重。这时，我读了一本书，得到很大的启示。

那就是山尾纲纪先生写的《神风连史话》。读了这本书之后的我和从前的我判若两人。我终于了解过去那种坐视的态度并不是忠诚之士应有的态度，在那之前我尚未了解"必死之忠"的道理，我还未体会到忠义之火一旦燃起，就必须舍生的道理。

太阳正在那儿闪耀着，此处虽然无法看见，但是身边隐约出现的灰色光线显然是来自太阳，因此，天空的某个角落里应该藏有太阳才是。这太阳就是天皇的真实面目，若能直接沐浴在这阳光下，人们必将发出欢呼声，荒弃的土地立刻转为肥沃，恢复到过去盛产稻米的时代。如果低沉而晦暗的乌云覆盖于地上，阳光将遭其遮掩；天与地因为被残酷地隔离，一旦相遇便互露微笑进而相拥，故无法目睹对方的悲伤。充塞于地面的叹息声也无法传至天听，一切的呐喊、哭诉均属徒劳，如果任何声息都能到达天的耳际，那天只需轻弹手指便可除去所有的阴影，而将荒废的沼泽点化为沃壤的田园。

谁去向天报告呢？由谁接受使者的重要任务而以死升天呢？我知道，那就是神风连志士们所坚信不疑的宇气比。

如果我们一直静坐不动，天和地就不可能连接在一起；欲结合天与地，就需要某些决然纯粹的行为。果断的行为超越其本身的利害关系，而以性命为赌注；须将自己身化为龙，而自由地召唤龙卷风，如是便可冲破重重低迷的乌云，升向那琉璃般亮丽的天空。

当然，我也想过要借助许多人的武士刀，首先劈开层云，随后再升天。可是，我渐渐了解这并非唯一的途径。神风连的志士们只凭着武士刀就能闯进现代化的步兵营，因此我只要以云层上颜色最深且最脏的一点作为目标，竭尽所能在那点上面打穿一个洞，让自己升天就可以了。

我并没有杀人的快感，但为了清除毒害日本的邪恶精神，必须撕裂其精神外的肉体外衣。这么做才能使其精神全然净化，进而恢复明朗率直的日本大和心，然后与我们同步升天。在此之后，我们必须立即切腹，否则时机就难再现。如果来不及抛弃肉体，也就无法达成灵魂升天的紧急使命。

揣测天皇的心意已属不忠。忠，就是抛弃性命。恪遵天皇之心，冲破乌云、升天，进入太阳的中心，便等于进入天皇心念的正中。

……以上是我与同志心底所发生的誓言的全部。

本多凝视着庭长。庭长的容貌因为勋的陈述而产生了显著的转变，那苍老泛白而略有斑点的脸颊，逐渐染上了少年般的红润。待勋说完坐下时，庭长赶忙翻阅文件，但这显然是为了掩饰胸中的感动而做出的无意义动作。片刻后，庭长开口了。

庭长：都说完了吧？检察官，你有意见吗？

检察官：按照顺序，首先，我对证人鬼头槙子有点意见。对于这名证人，我想本法院也有相当程度的了解。不过，以我之见，她的证词非但毫无意义，而且……我姑且不说是伪证，但是她那本日记的可信度确实值得怀疑，有关这个被视为证据的日记的证实能力，我十分怀疑。还有，证人所谓"如姐弟般的感情"，加上饭沼、鬼头两家之间长年的交往，可想而知其间必有情感上的顾虑，再由被告饭沼口中的"不舍之情"，都可判知他们有着相当的默契。因而，证人的证词及被告的陈述都流露着一种极不自然的夸张，我为此深觉遗憾，我认为，传讯这名证人并非适当之举。

刚才，被告饭沼冗长的陈述中含有强烈的幻想因素。乍听之下，似乎是在热切地表达他的志向，可是，我发觉几个关键处，他都故意含糊其词。比如说到要借助多人的武士刀劈开乌云以便起事的计划时，关于他为什么会只以乌云的一点作为目标就满足，这段心路历程他并没有交代，这里有不容忽视的跳跃。我认为，被告是蓄意省略了当中的原委。

另一方面，证人北崎在时间日期上的记忆虽然有些模糊，可他说去年十月底或十一月初，崛中尉曾经大声喊"懂了吗？要停止！"，从我的观点看来，这些证言是相当重要的旁证。因为，这很明显与被告饭沼所说的十一月十八日换购短刀之事在日期上有所关联，如果换购短刀之事在前，而大叫"懂了吗？要停止！"的晚上在后，那就另当别论；如果不是这样，不就前后呼应，十分吻合了吗？

——庭长、检察官与辩护律师三方进行协调，确定了下次开庭的日期之后，随即宣布第二次公审到此结束。

三十八

昭和八年十二月，临近年终的十二月二十六日，第一审判决下来了，它不是本多所希望的无罪，判决正文写着：

"对被告免除刑事处罚。"

这是援引刑法第二百零一条预谋杀人罪条款中的附项：

"但是，可依其情况免除其刑。"

判决书上虽认定了预谋杀人的犯罪事实，但是除了佐和之外，其余共同被告的年纪均轻，动机单纯，而且考虑到其忧国稚情，并且坚持犯罪意图的证据也不充分，因而免除了对全体被告的刑罚，判决书上对此理由附有详尽的说明。除此之外，佐和基于年龄关系，若是主谋，便不可免其刑，然而他只是半途加入，又无特别指导的事实，于是同受免除刑罚的判决。

本多觉得，若被判无罪，则检察官提起公诉的可能性很大，但既然以这样的形式结案了，那检察官就似乎不太可能再上诉了，总之，这些问题都将于一周内揭晓。

被告悉数获释，分道返家。

二十六日晚间，靖献塾大摆庆宴，本多俨然为主客，塾长亢俪、勋、佐和以及全体塾生莫不举杯庆贺。虽曾力邀槙子，但她却未出席。

宴席开始之前，勋一直呆呆地听收音机，从六点的儿童剧，六点二十分村冈花子的"儿童新闻"，六点二十五分近卫师团军医部长的"市民对毒气的防护心得"演讲，一直听到六点五十分哈里路特·帕马的"重大新闻"为止，才在众人催促下站了起来。自从回到家后，勋一直面带微笑，但不发一言。

勋获释返家，母亲喜极而泣，大哭了一场，随后穿上洗净的围裙，进入厨房专心地切起冬菜。许多邻居的主妇们也为这个日子深感兴奋，前来帮忙，顿使厨房拥挤不堪。母亲忙着指挥众人，她的手指仿佛放射出了不可见的光芒，盘子上迅速出现了生鱼片及各式菜肴。来自厨房的女人笑语声，在勋听来仿佛是这个世界上不可能存在的事实。

饭沼与塾生们来接勋及佐和，归途上，一行人在皇宫前与明治神宫前驻足膜拜致谢；一进家门，全家人又赴另一个神殿拜谢，而后勋才得以悠闲地享受沐浴。对于诸方神圣的感谢就此告一段落，而宴席上只剩人间社会里最应该感谢的本多。装束正式的饭沼退至末席，并让儿子与佐和伴己左右，然后向本多深深磕了个头。

勋遵循父亲的命令磕了头，就连脸上的微笑也仿佛受制于父亲的命令。耳际响起一阵嘈杂声，眼中闪烁着光芒，口中咀嚼着梦寐以求的东西。可足以信赖的五感[1]正逐渐远离。菜肴

---

1 指视觉、听觉、嗅觉、味觉、触觉。

如同梦中的美味般虚无缥缈。勋恍然觉得自己所置身的十二张榻榻米大的房间,完全暴露于毫不留情的光线下,突然变成了一百或二百张榻榻米大的空间,遥望桌子对面的人们,竟是那么陌生。

本多马上注意到,勋的眼里已失去了他独特的敏锐光芒。

"这也怪不得他,他现在肯定还很茫然,我也有这种经验,虽然时间没这么长,但也有七天都在虚脱状态中度过,根本谈不上什么解脱感。"饮沼为纾解本多的不安,便笑逐颜开地轻声说道,"本多先生,您不必担心,您知道我今天最想庆祝的是什么,我有意把今天当成他成人的日子来庆祝一番。他离弱冠之龄虽然还有一段时间,可是,今天却是他一生中感触最深刻的一天,而且毫无疑问也是他重生的日子。我想就从今天晚上开始,就算粗鲁了点也无所谓,但总是要让勋真正觉醒,我要把他当大人看。还得请您谅解我身为人父的心情,不要阻拦我。"

另外一边,勋与佐和正被塾生们围绕着饮酒,佐和兴致昂扬地高谈狱中逸事,逗弄众人,勋却一直微笑着缄默不语。

年纪最轻而对勋敬仰万分的塾生——津村,听了佐和的谈笑顿觉焦虑,非常想听听勋那冰霜一般的激烈论调,便一直缠着勋,勋却缄默依然,于是津村按捺不住,主动对勋轻声说道:"勋,你知道吗?藏原竟然做出了莫名其妙的事。"

藏原这个名字如雷般贯穿勋的耳朵,此刻,原本遥遥在望的现实,突然变成了汗湿之后粘在粗糙肌肤上的东西。

"藏原怎么了?"

"我是在昨天的《皇道新闻》上看到的,整个第一版的报道。"津村提了某份右翼报纸的名称，"真是太岂有此理了！"

津村从口袋中取出一张叠好的小型报纸给勋看，在勋阅报之际，他也才越过勋的肩膀看着，并呼出了灼热的气息，愤怒的目光像要穿透重重纸面似的，再次嚷道：

"太岂有此理了！"

这份报纸的印刷十分粗糙，上面还注明这条消息未见于中央报系，而是转载自与伊势神宫有关的神道系报纸。其内容大致如下：

去年十二月十五日，藏原参加了关西银行协会的会议之后，归途中顺道去伊势游玩，并大快朵颐吃了不少松阪肉。翌日，他偕同县知事一同至伊势神宫内殿祭拜。

秘书及数名随从也在场，还特地在卵石地上为藏原及知事准备了两张椅子。神宫并未做任何事前要求，只将两个玉串分别给了他俩。两人手执玉串站着，谛听祝词；突然，藏原觉得背脊瘙痒，便换成左手执举玉串，欲以右手抓痒，可却够不着，所以又换右手执玉串，试图以左手搔痒，结果还是徒劳。

祝词还在继续，而且毫无停止之意。藏原踌躇未决，不知该如何处置手里的玉串，最终决定将其放在椅子上，而用双手抓痒。此时，祝词已告一段落，神官请他二人将玉串敬献给神明。

藏原忘了自己手上早已没有玉串，仍与知事互相谦让孰先孰后；最后知事让步了，先过去了。藏原这才发现手上的玉串已不知去向，但为时已晚，还好已让知事先去。藏原松了口气坐上椅子，却正好坐在玉串上面。

神乐声中，未曾引起旁人侧目就掩饰过去了。还没等人注意到不对，藏原又捧着一束新的玉串走上前去。可是，目睹此情此景的一位年轻神官压抑不了胸中怒气，于是将此事写成内部报道，后辗转传至《皇道新闻》。

这是相当严重的渎神行为，津村的愤怒实属人之常情。即便是单纯的失误，也不该在祭神前夕饱食一肚子的兽肉，而且不但无意向神谢罪，还明目张胆地另执新玉串，堂而皇之地当众亵渎神祇，想瞒天过海，掩饰罪责，这样恶行就更深了……

不过，也不是严重到非杀死他不可，勋突然这么想。半响后，回头看到少年津村那激昂而清澈的目光，勋不觉心生愧意。

或许是心理上刹那间的犹豫，使他拿报纸的手松开了，这份小报当下便被佐和伸来的手夺去了。

"算了吧！算了吧！忘掉那些事吧！"

略带几分醉意的佐和说道，并伸出白白胖胖的手臂搂住勋的肩膀，硬让勋喝酒。此时，勋才注意到，佐和竟有着如此暗淡的白色肌肤。

酒过一巡，大伙儿兴起开始拍手唱歌，也有人自告奋勇地表演自己的拿手本领，继而在塾长的命令下散席。之后，饭沼建议本多、勋和佐和去他卧室，让妻子暖酒，大家围坐暖炉再喝一巡。

这是本多第一次进饭沼的房间，在这十张榻榻米大的房间中央，有一条绣着色彩艳丽的车轮图案的棉被覆在暖炉上，本多见状顿觉惊讶。然而，本多原就冷静、清晰的思维立即领悟了，这是饭沼的妻子承袭了贵族生活习气的结果，方才他在席间也曾经因饭桶上的青地棉被惊讶不已。

　　本多看着饭沼和他妻子的举止，直觉饭沼在某些方面还未完全谅解其妻的过去。本多不太清楚那是与松枝侯爵有所纠葛的一段，或是近几年发生的事情，总之从饭沼的行为中，可发现他不谅解妻子的端倪。相对地，峰子也一直流露出乞怜的卑微表情。尽管如此，暖炉上的棉被却可以反映出虽然与本身的情趣不符，饭沼却任由妻子在家中各个角落随心所欲地将往日放荡浮华之美呈现无遗，并且还默默地承认这种情境的存在，真是怪异之至。本多不禁揣测，或许饭沼内心深处仍隐藏着这种贵族式的乡愁呢！

　　饭沼请本多上座，峰子坐在一旁，目不转睛地凝视着长条火盆上的铜制温酒器，有那么几次仿佛触弄小动物似的伸出那纤细而擅长女工的手指。本多忽然想到，不管峰子摆出多么庄重的模样，都掩不去她喜欢恶作剧的本质。

　　四个男人围着火炉取暖，就着咸鱼子喝起来了。

　　"今天，勋，你也尽情地喝吧！"

　　饭沼一边给儿子斟酒，一边注视本多的表情，仿佛即将着手进行刚才所说的"粗鲁的……"。

　　"做父亲的我，现在要当着本多先生的面说些让你吓破胆的话，我之所以要这么做，是因为从今天起我就要把你当成大人看待，把你培养成一个明了社会真相的人，以及我最佳的继承人。我直截了当地问好了。十分明显，你们被捕是由于有人告密，你认为这个人是谁呢？不管心里有什么猜测，都尽管说吧！"

"……不知道。"

"不要顾虑，心里有什么怀疑都可以说。"

"……不知道。"

"那个告密者就是我，怎么样，吓一跳了吧！"

"嗯！"

此刻，勋脸上未露丝毫惊愕之色，本多不由得吃了一惊。饭沼却避开儿子的视线，急于继续方才的话题。

"怎么样？你认为怎么样？没想到世上有这种将自己儿子奉送给警方的冷酷父亲吧？有吗？我却毅然决然地这么做了，可是，我是含着泪这么做的。对吧，峰子？"

"没错，你父亲是含着泪水这么做的。"

坐在火盆另一端的峰子附和着丈夫的说法。勋却表情冷漠而不失礼貌地问父亲：

"父亲，我现在知道是父亲报的警了。可是，又是谁把我们图谋的事告诉了父亲呢？"

饭沼的八字胡微微颤动，慌张之余，他像要抓紧即将飞走的蝴蝶般伸手抚触那两撇胡子。

"这件事我早就查清楚了，你还以为父亲看不出这是怎么回事吗？那你就错了！"

"是吗？"

"没错。否则，我为什么急着让你被捕呢？现在，我必须让你了解这一点。

"老实说，我很佩服你的志向，我觉得你相当了不起，可能的话，我也想帮助你完成你的志向。但这么一来我就得眼睁睁看着你走向死亡。如果我袖手旁观，不采取救援行动，你一定会按照计划去做，而且必死无疑。

"但是，必须让你了解的是，我并不像一般的父亲由于担心失去儿子，不惜让儿子的抱负化为乌有也要拯救你。这是一件重要的事情，我不但希望营救你的生命，更盼望能协助你完成既定的志向。我彻夜不眠地想着这个问题，终于决定先救你的性命。从大局来看，这是留下一个让你完成抱负的机会。

"你懂吗？勋，死并不能解决问题，不懂得珍惜生命就谈不上'忠义'，天皇对每位子民的性命都是珍爱万分的。

"从五一五事件之后的社会形势来看，不难知道一般人对腐败的政治已经厌恶至极，对这一类事件也都报以同情与喝彩。而且你们还年轻，心性纯洁，充分具备了令人怜悯及喝彩的条件，再加上你们是在眼看抱负即将实现的时候被捕入狱，这使社会上的人们更能心安理得地为你们叫好。在起事过程中遭到了挫折，使你们比真正达到目的更能成为大英雄，这么一来，你们日后的活动必将更容易进行，到了大规模维新的时候，你们便会成为一股难以侵蚀的力量，堂而皇之地去战斗。我的看法并没有错，看到你们被捕后的减刑请愿书数量，以及报刊上的论调都趋于赞扬的方向，证明了我的决定没有错，勋。

"我好像一只狮子，为了锻炼自己最疼爱的儿子而将它踢进山谷，但如今你从谷底爬了上来，成为一个堂堂正正的男人。对吧，峰子。"

"你父亲说得没错，勋，你现在真的变成了一个很了不起的人。这一切都靠你父亲那股狮子般的爱,你该向父亲道谢,他做的一切都是出于对你的爱。"

本多忽觉眼前的景象如同在海边挖坑,无论如何努力都会被汹涌而来的潮水摧毁。饭沼得意而发的议论就这样没入听者的沉默中。其实,在饭沼话音刚落之际,沉默的砂就已经掩上了映着亮丽阳光的水面。本多瞟了勋一眼,随后又看看佐和。勋依然挺胸低头,而佐和却像偷酒喝似的自斟自饮。

本多不知饭沼是否早已计划好说出下面的事。但无论如何,他似乎畏惧勋的沉默。

"听着,到目前为止还都是你能理解的范围,可是,勋,要成为大人就必须懂得更多,还要忍痛吞下女人和孩童们不懂的痛苦,这是个务必通过的关卡。过去一年里,你用身体经历了这道关卡,现在则需以你的心来通过。

"过去,当父亲的我从未提过,靖献塾之所以能够这么顺利地继续下来都是托谁的福。你认为是谁呢?"

"我不知道。"

"我说了这人的名字,你一定会吓一跳,他就是新河男爵。你和佐和绝不能向塾生说出真相,因为这是本塾的最高机密,这栋建筑也是新河男爵匿名买给我们的。当然,为了报答他的恩惠,我也曾经做了许多事情,新河男爵可从没白花过一毛钱,否则怎么能够平安度过谴责炒卖美元的风暴?"

本多不禁又瞥了勋一眼。勋那波澜不惊的冷漠表情着实令本多毛骨悚然。饭沼无意将话打住。

"我和新河男爵之间就是这种关系,'五一五事件'发生之前，男爵曾主动召见我。在这之前，每个月给我的钱，都是由他的秘书秘密送来的，可见这次的召见必有重大事态。

"当时，新河男爵把一摞包好的钞票递给我，说：'这笔钱不是为了我自己，坦白地说，是为了藏原武介。他那种人绝不可能为了保全性命而拿钱出来。不过，藏原先生曾经对我照顾备至，所以，我瞒着他拿出了这笔钱。请用这些钱保住藏原的安全，如果不够，请直说，我会再送去。'

"所以，我……"

"父亲，您就收下了，是不是？"

"对，我收下了。因为我对新河男爵那份感念恩人的心意十分感动。从那次之后，我们靖献塾便蒸蒸日上，这一点，你跟佐和也已经知道了。"

"所以，父亲，您就让我们被捕，以便保住藏原，是不是？"

"我就知道你会这么想，这是小孩子的想法。对父亲而言，不论收到多么大笔的钱，一个财阀和自己的儿子哪个重要，我怎么会不知道呢？"

"就是说，您采取了两全其美的办法，既可以救我，而且对新河男爵也有所交代，是不是？"

本多看到勋的眼底终于燃起了火花，不禁开心起来。

"不是！这就是你的想法不够深刻的地方。你必须了解，这个世界是错综复杂地联结在一起的，甚至到了天堂，人类的互相依存关系也断不了，你越想解开就越纠缠不清，如果你能坚持志向，便不会受到这种纠葛的干扰。

"但是我非受这种干扰不可呀！勋，对我而言，收下了多少钱并不代表什么,就算你杀了新河或藏原,那也没有关系,事后我再切腹向他们致歉就可以。收下钱的那一刻,我就有了这种心理准备。商人们事先收了款项而未能如期交货,是一种欺诈行为。可是,志士就不同了,钱是钱,信义归信义,两者截然不同;钱就当钱用,信义可以用自杀了结。我希望你能有这种大丈夫的心志,所以才大胆地告诉你这番话。受到污染却没有染上那种污秽,才是真正的纯粹;如果对污染敬而远之,就什么事也没办法做,永远也成不了大丈夫。现在,你了解了吧?

"我设法让你被捕不是为了救藏原一条命,不,甚至不是为了拯救你。假如当时我认为放手让你去做,是使你名垂青史的最佳途径,我就会欣然让你赴死;我没有那么做,只是因为我不以为然罢了。你好好听着,刚才我也已经说过了,我是因为顾虑到你的抱负,加上对你的疼爱,才毅然出此下策,我是含着血与泪而做的。对吧,峰子?"

"是啊勋,如果你不能体谅你父亲的心情,一定会遭天谴。"

勋默然低头,酒意渲染了他的眉眼,呈现出朝霞之色,而那双放在火盆上取暖的手微微颤抖着。

目睹这些,让本多意识到了刚才自己一直想向勋表达的是什么。那是在饭沼发表那段自私冗长的训诫时,本多打算一有机会便要脱口而出的一句话。那句话一落,一切将告瓦解,或许勋将因而觉醒,毫无所惧地奔至洒满白色光线的旷野。

然而,现在若为安慰低着头的勋而说出那句话,可能会把他一生中最纯粹的唯一一次苦恼,变成世界上最愚笨的事情……那就是告诉他转生的秘密……本多很想将保守至今的秘密,如释放笼中鸟般说出来。正当心中为此翻腾之际,他看见勋再度仰头,脸上淌满了泪水,这个念头便告消逝。勋仿佛强壮而焦虑的狗般咆哮起来:

"这么说,我是为幻想而活,为幻想而行动,也因幻想被捕的了?……我希望得到不是幻想的东西!"

"成为大人后就可以得到了。"

"与其成为大人……对了,也许转生变成女人就好了。当女人的话,不追求幻想也能活着,不是吗?妈!"勋崩溃似的笑了。

"你在说什么?当女人很没意思的,你真傻,你大概是喝醉了才会说出这种话。"峰子生气地说。

很快,猛灌了几杯酒的勋将脸伏在桌上睡着了。佐和在旁照料,并带他回房休息。本多原想借故告辞,却担心勋的情况,也跟着去了。

佐和小心翼翼地将勋放在床上,本多在旁不发一言。此时,远远传来饭沼叫佐和的声音,于是,本多得以与酣睡中的勋独处。

勋双颊涨红,喘息困难,眉心仍凛然紧蹙。突然,他翻转身子,叹了口气,发出十分模糊的梦呓:

"更南一点,更热……在南国的蔷薇之光里……"

这时,佐和进来请本多。而本多对方才那可能是因醉而发的梦呓难以放心,只得一再叮嘱佐和照顾好勋,然后才依依不舍地走向门口。他曾经放弃一切想解救勋,事情也很顺利地成功了,然而此刻,他心中却毫无满足感,对于这点,本多自己也感到很纳闷。

三十九

翌日，依然晴空如洗。

上午，附近警察局的坪井刑警来到靖献塾，他是来探视勋的。这位五十多岁的刑警是剑道二段，他捎来了警察局局长希望勋能在每周日去道场教授剑道的意思，之后说：

"局长碍于工作职守，不能公开对你表示赞赏，内心的钦佩却丝毫不减。有了你这种人才来教授剑道，并灌输日本精神，也是学生们家长的心愿，如果检方没有提出上诉，希望你能在新年后就来上课。当然，我想不会再上诉了。"

勋看着刑警身上的便服和宽松的长裤，想象着自己在教授少年们剑道中垂垂老去的情形，或许，在护面后与包头布间的空隙中会露出霜发的白光吧。

刑警回去之后，佐和便请勋到他的房间。

"好久没在榻榻米上枕着坐垫躺下来了，随便看看积攒了一年的《讲谈俱乐部》，这种感觉实在太棒了。对了，虽然你现在正值反省期间，但这么年轻就成天待在家里，大概会受不了吧！跟我在一起，你就可以顺理成章地外出，今天晚上我们就去看电影，怎么样？"

"啊！"勋的语意十分含糊，又觉这种回答有点冷淡，于是便说，"去拜访一下朋友也好……"

"算了吧！暂时不见面也许比较好，因为见了面总会说些本来就不想听的事。"

"你说得也对。"勋并未说出他真正有意造访的地点。

"你有什么事要问我吗？"在稍显慌乱的沉默之后，佐和问道。

"是的，家父说的事情当中，还有一件我一直都不懂，把我们的事告诉父亲的是谁呢？可能是在被捕前不久说的。"

佐和方才的自若之态顿失，一下子沉默起来，这让勋感到不安。那企图毒害世界似的沉默令勋无法消受，因而定睛注视着透过玻璃窗射到榻榻米上的阳光。榻榻米已褪成了褐色。

"你真的想听吗？听了也不后悔吗？"

"我想面对现实。"

"好，我这就告诉你，老师已经说得十分明白了。实际上在被捕前夕，也就是去年十一月三十日晚上，槙子打电话给老师，电话是我接的，后来给了老师听。我不知道他们谈了些什么事，老师挂了电话就立刻外出，也没有带其他人，我所知道的就这样而已。"

佐和的温和带着积极，就像要给打冷战的人披上毯子。"我知道你喜欢槙子，也知道槙子喜欢你，或许，她对你的感情比你对她的要深好几倍，但是正由于她对你的爱，才导致了这种结果。"

"审判的时候,她以证人的身份出现在法庭,那时我才看到她的真面目,她真是一个可怕的女人。这是我真切的感受。她为了救你而不顾一切,同时又庆幸你在坐牢,你懂吗?必须先对槙子之前的婚姻为何破裂有一番了解。她的丈夫虽然深爱着她,行为却十分放荡。一般的女人会容忍一辈子,但是,自尊心相当强的她无法忍受,加上她对丈夫的爱情,就更难以忍受了。于是,她不顾社会舆论回了娘家。

"这样子的一个人,现在又爱上一个男人,就不能掉以轻心了。她的爱越深,就对未来越感到不安,再加上以前痛苦的经验,使她无法相信任何男人,从而终于产生一种想法:自己所爱的人无法留在身边,又难以忍受见不到男人的无限痛苦,至少也要让他成为自己专属的男人。这也是人之常情吧!一个男人绝对无法做出放荡之事的场所,女人最放心的地方,你认为那是什么地方?那就是监牢。你因为她的爱而入狱,也算是艳福不浅啊!我真羡慕你。"

佐和摸着自己苍白浮肿的脸颊,看都不看勋一眼,继续说道:

"你就躲开那种危险的女人吧!我带你去找更多可爱的女人。老师也要我这么做,他给了我很多钱。尽管这钱可能是间接从藏原那里得来的,不过,就像老师所说的,钱是钱,信义是信义。你还没抱过女人吧?

"我们今天晚上去看电影吧。要到芝园馆看外国片,还是到国学院大学旁边的冰川馆看千惠藏的电影都可以。然后我们到百轩店喝一杯,再一起到圆山町去逛逛吧!我们必须举行老师说的成人礼。如果被提起上诉,一切就都完了,所以,趁早进行吧!"

"这些事,还是等确定不上诉之后再说吧。"

"可是如果上诉了怎么办?一切可都泡汤了。"

"到时候再说吧!"

勋态度坚定。

四十

十二月二十八日,依旧晴空万里。勋有些犹豫。次日,也就是二十九日,是太子殿下命名大典的日子。即使会让洋溢庆贺气息的早报版面蒙上一层不祥的阴云,也得在这一天行事,只要等庆典完毕后再做就会被原谅了吧!想到检方上诉的可能性,再等下去就危险了。

十二月二十九日,仍然是个晴朗的日子。

勋邀佐和一起参加皇宫前的灯火游行,他在学生制服上加了件外套,提着喜庆灯笼就离家了。提早与佐和在银座吃饭时,他瞥见经过一番修饰的有轨电车穿梭于街道上,上面挂着装饰了菊花并写有"谨贺"字样的彩灯,司机自豪地挺起穿着镶有黄铜纽扣的蓝色制服的胸膛,在人群间慢慢移动。

手提灯笼的人群从数寄屋桥缓缓涌向皇宫前,灯笼上的太阳旗投在皇宫前的护城河面,照亮了寒冬黄昏里的松树。皇宫前的广场上,众多灯火驱走了包围松林的黑暗,而代之以光的弥漫。万岁呼声不断传来,人们手上的灯笼光线,使他们的嘴巴跟喉咙愈发黑暗,每张脸都沉浸在黑暗里,忽而又出现在摇曳的光线中。

不久,佐和就与勋走散了,他在人潮中毫无头绪地寻找了四小时,最后只能回到靖献塾报告,勋失踪了。

勋回到银座,在菊字号购得一把短刀及同等长度的白鞘小刀。他将小刀放入学生服的暗袋,短刀则置于外套的暗袋。

他搭上出租车,匆匆赶到新桥车站,搭上了开往热海的列车。车内乘客稀少,他一人占了一个四人座。他从口袋里取出杂志剪报,重新读了起来,那是从佐和那本元月份的《讲谈俱乐部》上剪下来的。

那是一篇以《政界、财界要人的岁末年初》为题的报道,文中对藏原有如下的描述:

"藏原武介于岁末年初之际过着简朴的生活,连高尔夫球都不打。每年工作结束后,他便赶往热海伊豆山稻村的别墅,亲手照料他引以为豪的橘子园,这就是最让他快乐的事。其他人家的橘子都已在年内采摘完毕,只有藏原的果园依然果实累累,以供欣赏。而后,摘下的橘子除了馈赠亲友之外,悉数送给医院及孤儿院。这种行为充分体现了这位堪称财界罗马教皇之人,其朴实的本性及高尚的情操。"

勋在热海站下了车,转乘公交车到伊豆山稻村。此时已过晚上十点,四下寂静,只闻大海的浪涛声。

公交车所经之路两旁时有人家,但此时都已关了门,不见任何灯光。海风凛然,勋竖起外套的领子。往海边去的下坡道上,有一座大石门。门前有盏灯,写着茂原字样的名牌随即映入眼帘。宽敞前庭的尽头亮着几处灯光，宅邸便静静地伫立在那儿，四周有高墙围绕。

道路对面是一片桑田，桑田的尽头有一块木制招牌，写着"橘子直销"，被绑在桑树上，迎风作响。勋听到向海滨迂回而去的坡道上传来了脚步声，便藏到了那块招牌后面。

一名警察从坡道上缓缓行来，在门前驻足片刻后，便顺着墙边的小径走去，留下一阵佩刀的声响。

勋从招牌后面探出身子，小心翼翼地穿过坡道，这时，他看向暗无灯光的黑色海岸。

勋轻易地爬上了石墙，但是石墙上隐藏着铁丝网，外套下摆被扯裂了。

院中的梅、松、棕榈等树之间穿插种着橘子树，仿佛是为了供主人欣赏的。在黑暗中嗅得到成熟果实的芳香。海风袭来，巨大而干枯的棕榈叶随之沙沙作响。

勋亦步亦趋地向前走去，脚下的土壤极其松软。他逐渐走近透出明亮灯光的一角。那房间的屋脊是日式风格，窗户则是西式的，挂了窗帘。他将身体紧贴在墙上，踮起脚尖向内窥探。

墙上有烟囱，房内可能有西式暖炉。勋瞥见窗边那女人的背影，当女人移向一旁时，他看到一个上身穿背心，身材稍胖，神情严峻的老者。没错，他就是藏原武介。

他似乎正在与女人谈些什么。女人离去时，手上拿着托盘，或许她是来送茶水的。女人离开后，房内仅剩藏原一人。藏原面向暖炉坐进沙发，从窗口只能望见他那光秃秃的额头，仿佛正随着暖炉里的火焰摇曳着。藏原应该是一边啜饮着身边的茶，一边在看书或者沉思。

勋开始入口，发现一道两三级的石阶顶上有个门。他借着微弱的灯光向内窥探，门未锁，只上着门闩。勋从外套的暗袋里取出短刀，脱下外套放在松软黑暗的土地上。接着他抽出短刀，将刀鞘扔掉，短刀散放着光泽。

他蹑足走上石阶，将短刀插入门缝，门闩颇重，好容易才挑开，却发出了挂钟走动的声音。

此时不知室内发生了什么变化，但是能确定这声音已引起藏原的注意。勋索性转动把手，推门进去了。

藏原背向暖炉起身，没有大声喊叫，脸上仿佛蒙上了一层薄冰。

"你是什么人？来这儿干什么？"

他的声音嘶哑而乏力。

"接受你在伊势神社把下渎神罪的惩罚吧！"

勋耳畔响起自己平稳而清朗的声音，他对自己的沉着更具信心了。

"什么？"

藏原的脸上绽现诚实而不解的表情，显然，他在这一瞬间努力搜索记忆，却怎么也想不起来。与此同时，他用令人生厌的恐怖目光看着勋，像在看一个疯子一样。或许是有意避开背后的火把，藏原退至炉边的墙壁，这却让勋决定着手进行既定的计划。

勋依照佐和所教的，猫似的弓着背，右手紧贴于腹部，左手按住紧握着短刀柄的右手腕，以免刀刃朝上，而后鼓足全身的力量冲向藏原。

反作用力使刀柄强劲有力地撞上自己的腹部，这股冲击力比刀刃刺入对方体内的感觉更明显。但是，勋觉得还不够，于是按住对方的肩，想刺得更深一些。可是对方的肩膀比他想象中的低，而且毫无脂肪的柔软感，僵硬得像块木板。

在他的按压下，对方的表情并不痛苦，而是松弛着脸部肌肉，睁开双眼，张着嘴，假牙几乎要掉下来。

勋想拔出短刀，一时间却拔不出来，不免有些焦虑。藏原的体重完全压在了刀刃上，逐渐地瘫软了。最后，勋用左手按住对方的肩，右膝顶住他的大腿，好不容易才抽出短刀。

鲜血涌出，喷向勋的腿。藏原仿佛追着鲜血喷涌的方向一样，朝前方倒了下来。

勋一个转身，企图扬长而去。

通往走廊的门开了，迎面而来的是方才那女人，她尖叫一声。勋随即改变方向，从进来那扇门飞奔到庭院，他眼前全是那惊愕万分的女人翻着白眼的身影！

勋从庭院朝大海的方向直奔而去。

从背后的宅邸中传来一阵阵骚动与嘶喊，好像在刹那间袭向了勋。

勋边跑边摸了摸制服的暗袋，确定小刀还在，但是他突然觉得手上的短刀比小刀更实在，于是捏紧短刀继续奔跑。

他气喘吁吁，双脚乏力，这时，他才深深地知道了，一年的牢狱生活的确使他的腿脚虚弱了不少。

通常橘子树都种在面朝大海的梯田里。藏原家的橘子园，果树分布均匀，外围用石墙圈起围，划分成无数土台，每个土台都以极巧妙的角度采光，面海逐级而下。橘树平均八九尺高，根部盖着厚厚的稻草，根脉错综复杂。

勋从一块橘田跑到另一块，黑暗中的累累果实挡住了他的去路，他仿佛进了迷宫，失去了方向感。他努力摆脱目前的困境，大海近在咫尺，却遥不可及。

等他终于跑出橘林后，视野豁然开朗，眼前只有海洋、天空。紧挨着断崖的石阶，一直通往橘园尽头的木制门扉。

勋信手摘下一个橘子，这才发觉手上的短刀已不翼而飞。可能是刚才怕脸被打到而拨弄树枝时，不慎掉落了。

他匆匆推开木门，只见石阶下白浪滔滔。这时，勋才注意到了涛声。

橘园外那片地不知是不是也属于藏原家所有，那里古木覆盖断崖，林间有条崎岖小径。勋已经跑不动了，却还是走上了林间曲径。他任凭树枝击打脸颊，蔓草缠住腿部，继续向前跑去。

片刻后，他来到断崖上一个凹进去的地方。这是长满青苔的巨岩饱受侵蚀后形成的凹陷。自顶部垂下巨大常绿树的枝叶，遮住了洞口，因此无法一探究竟。一道细细的瀑布流经长满了羊齿草的岩石，穿过草丛注入大海。

勋藏身在那里，心绪渐趋平静，只听见浪潮和海风的声音阵阵传来。他忽然觉得口干舌燥，于是胡乱地剥开橘子皮，把橘子一整个塞进口中。他突然尝到一股血腥，橘子皮上沾着已经凝固的血迹，但并没破坏足以润喉的果汁味道。

在枯草、枯芒、垂在眼前的常绿树枝叶及蔓草的那一端，海洋沉睡于黑夜。虽不见月亮，海面依然映着天空中的微光，时而绽现黑色的光亮。

勋跪坐在潮湿的地上，脱去制服上衣，从暗袋里取出白鞘小刀。摸着那实实在在的物体的一瞬间，他整个身体都感到一种往下沉的确定感。

制服底下虽然还穿着毛料衬衫和内衣，但海风凛冽，脱去上衣就颤抖不已。

"离日出还早，但我等不到那个时候了。没有冉冉上升的旭日，没有高贵的松树，也没有闪亮的海面。"

勋这么想着。

等他脱去衬衫，裸露出上半身之后，却觉得身躯紧绷，了无寒意。他松开裤子，露出腹部。正当他抽出小刀时，橘园那边传来杂乱的脚步声和喊叫声。

"跑到海上去了，一定是搭船跑了。"

耳畔响起这一个高嗓门儿的声音。

勋深吸一口气，用左手抚摩着腹部，而后昂首闭目，再将右手上的小刀尖端压向腹部，拿左手手指确定好位置，最后，右腕用力，向下刺去。就在他举刀刺向腹部的刹那，旭日在他眼睑里面冉冉而升。